大 師 名 作 坊

MASTERPIECE 87

瘋狂

哈金◎著
黃燦然◎譯

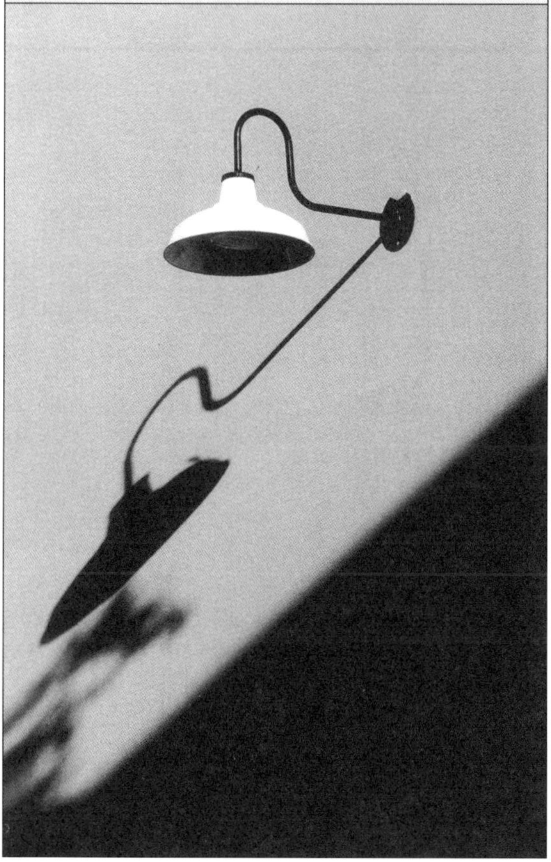

瘋狂
The Crazed

Contents

The Crazed 瘋狂

獻給麗莎

第一章

一九八九年春，楊教授突然中風，大家都非常吃驚。他身體一直很好，同事們都羨慕他精力充沛、成果累累——他著述比誰都豐富，一向是中文系的支柱，又擔任碩士導師，還編輯一份半年刊，而且課也教得跟別人一樣多。現在，就連本科生也在談論他病倒的事，要不是彭書記宣布楊先生正接受特別護理，不宜見客，他們早就有人去醫院探視他了。

他中風使我心神不寧，因爲我已跟他女兒梅梅訂婚，並在他的指導下學習，準備報考北京大學古典文學博士。我希望去那裡深造，以便跟未婚妻一起在首都安家落戶。楊先生這次住院，打亂了我的計畫，整整一星期我都無法坐下來讀書，因爲我每天都得去看他。我心急如焚——不做足準備，就別指望考好試。

我們系的黨支部書記彭英剛才叫我去她的辦公室。一個電風扇在她桌上來回轉動，吹走那股「敵敵畏」味。她辦公室裡噴了這種殺蟲劑，用來消滅跳蚤。她向我描述我的工作時，灰白的劉海晃來晃去。她要我從現在起，每天下午到醫院照料楊先生。我的同學方班平則負責每天上午看護他。

「萬堅，」彭英淡淡一笑，對我說：「楊教授在這裡就你一個親人。現在是你出力的時候了。白天醫院沒人手照看他，我們得自己派人去。」她拿起長茶杯，喝了一大口。她像個男人，喝紅茶，抽廉價香菸。

「他會在醫院住多久？」我問她。

「這我可不知道。」

「我要照顧他多久？」

「直到我們找到人來接替你。」

她所說的「找人」，是指系裡也許可以請個看護。雖然她指派工作的語氣讓我不舒服，但我沒說什麼。我倒是樂意接受這個任務，反正我得每天去醫院。

午飯後，同房滿韜和胡然都在午睡。我走向位於兩排宿舍之間的自行車棚。女生們最近搬到校園內新建的宿舍，而大多數男生仍住在學校大門口附近的平房。我拖出我那輛鳳凰牌自行車，朝中心醫院騎去。

醫院在山寧市中心，我蹬了二十分鐘才抵達。夏天還沒來，但空氣已開始悶熱，充滿燒糊了的肥肉和燉蘿蔔味。臨街樓房的涼台上，一排排曬著的衣服慵懶地晃動著——床單、女襯衫、男睡衣褲、毛巾、短背心、運動服。我經過一個建築工地時，電線杆上的喇叭正在廣播一場足球賽；評論員似乎無精打采，儘管球迷時不時發出雷動的叫喊。建築物被竹竿搭成的腳手架包圍起來，地盤工人都在裡面休息。骨架似的起重機和大鼓似的攪拌機都靜止不動。三把鐵鍬插在一個大沙堆裡，沙堆上方有一塊黃色大木板，寫著幾個紅色大字：**鼓足幹勁，力爭上游**。我襯衫的後身已被汗水濕透。

楊太太隨一個獸醫隊去了西藏已有一年。我們系給她寫了信，告訴她楊先生中風的事，但她不能立即回來。西藏太遠了。她必須頻頻轉換公共汽車和火車——要一個多星期才能回到家。我的未婚妻梅梅正在北京忙於應付考醫學院的研究生，我寫了信給她，談了她父親的病情，並向她保證我會好好照顧他，要她不必太掛慮。我叫她別急著回來，因爲中風沒有靈丹妙藥。

老實說，我覺得自己有義務照料老師。即使沒有跟他女兒訂婚，僅僅出於感激和尊敬，我也願意這樣做。在差不多兩年中，他單獨教我，幾乎每個星期六下午都跟我討論古典詩歌和詩論，爲我挑選參考書，指導我寫碩士論文，幫我修改要發表的文章。他是我所遇到最好的老師，精通詩學，盡心盡力教學生。有些同學害怕請他指導，「他太嚴了。」他們會說。但我很喜歡由他來帶。我不在乎有些同學叫我「小楊」；確實，我稱得上是他的入室弟子。

我踏進病房時，楊先生正在睡覺。他接受特別護理時身上佩帶的點滴注管現已被摘掉。病房是臨時的，只擺著一張床，顯得過於寬敞，但很昏暗，也挺陰濕。病房的方窗朝南，對著後園一大堆無煙煤。煤堆那邊，有兩個大煙囪，冒著白煙，幾株楊樹的樹冠懶洋洋地搖晃著。後園使人想起工廠——不如說像發電廠；就連這裡的空氣也是灰沉沉的。前園則相反，看上去就像一個花園或公園，長著冬青樹叢、低垂的柳樹、梧桐樹，還有各種花，包括玫瑰、杜鵑、天竺葵和有流蘇的鳶尾。那裡甚至有一個磚砌的橢圓形水池，養著幾條扇尾金魚。穿白大褂的醫生和護士漫步穿過花叢和樹叢，彷彿沒什麼急事要辦。

楊先生的病房儘管寒磣，但已經是一種少見的特權；沒幾個病人有資格獨占一間。我父親在東北一個林場當木匠，要是他中風，如能在一間住十來個人的病房裡得到一張床，就算幸運了。實際上，楊先生搬到這裡來之前，曾在那種病房裡躺了三天，不省人事。經彭書記四下活動，總算讓醫院官員相信楊先生是著名學者（儘管他還不是正教授），國家正打算把他當成國寶來保護，他們應該給他一個私人房間。

楊先生蠕動了一下，張開嘴巴。中風後，那嘴巴鬆弛了。他看上去比一個月前老了好幾歲，臉上浮現一團皺紋。灰髮蓬亂，有點油亮，露出白色的頭皮。他閉著眼睛，繼續舔著上唇，咕噥著一些我聽不大明白的話。

我坐在靠近房門的一張大藤椅上，準備從挎包裡拿出書來讀，這時楊先生睜開眼睛，茫然地左看右看。我順著他的目光，注意到牆紙原來的粉紅色已差不多褪盡。他眼睛混濁，布滿血絲，朝低矮的天花板中央移動，對著繫在破損的電線下的燈泡凝視一會兒，然後落在我腿上那疊日文詞彙卡上。

「扶我坐起來，萬堅。」他輕聲說。

我走過去，扶起他的雙肩，把兩個棉花枕頭塞在他背後，讓他坐得舒服些。「今天感覺好些了嗎？」我問。

「不好。」他低垂著頭，一撮灰髮豎在頭頂上，右腮一道肌肉抽搐了幾下。

我默默坐了約有一分鐘，不知道該不該多說話。吳大夫吩咐過，應盡量使病人保持平靜，多說話可能會令他太興奮。根據診斷，他患了腦血栓，但他這種中風有點不尋常，並沒有連帶患上失語症——他依然口齒清晰，有時還特別健談。

我正不知道該怎麼辦，他抬起頭來，打破沉默。「你近來在幹什麼？」他問。他的語氣表明，他大概以爲我們正在他的辦公室裡討論我的學業。

我答道：「我一直都在複習日語，準備考試和——」

「去他媽的日語！」他高聲說。我沒敢再吭聲。他又問：「你讀過聖經沒有？」一邊熱切地望著我。

「讀過，但不是全版的。」他的問題令我困惑，但我還是向他解釋，就像平時讀了一本書後向他匯報。「我去年讀了個英語縮寫本，叫做《聖經故事》，是外語教育出版社出版的。但我還是希望得到一本眞正的聖經。」事實上，不少英語研究生寫信給美國一些教會索取聖經，有些教會眞給他們寄來一箱箱的書，但是迄今爲止，全被海關沒收了。

楊先生說：「那麼，你知道〈創世記〉的故事吧？」

「讀過，但不是全部。」

「既然這樣，我把整個故事講給你聽吧。」

他略微停頓，便像平時授課那樣，滔滔不絕地講起他自編的〈創世記〉。不同的是，在講課時，他的笑容和姿態常把學生迷住，而在這裡，他卻抬不起手，倦怠的頭低垂著，眼睛大概沒看見什麼，除了蓋在他雙腿上的白被子。他鼻子噗啪噗啪地響，使他的聲音有點兒氣喘吁吁，有點兒顫抖。「上帝創造天地時，一切生物都是平等的。祂不打算把人跟動物分開。一切生物不僅享有同樣的生活，而且享有同樣的壽命。他們無論哪方面都是平等的。」

這是哪一路〈創世記〉？我問自己。他神志不清，胡編亂造。

他又開口了。「可是，爲什麼人比大多數動物活得長呢？爲什麼他的一生跟其他動物不一樣呢？據〈創世記〉說，是因爲人既貪心又聰明，侵吞了猴子和驢子多年壽命。」他呼了口氣，鼓起兩腮，瞇起雙眼，眼角一道魚尾紋伸展至太陽穴。他繼續說下去：「有一天上帝從天堂下來，視察祂創造的世界。猴子、驢子和人懷著感激出來迎接上帝，表示服從祂。上帝問他們是否滿意地球上的生活。他們全都回答說，很滿意。

「『誰還有什麼要求嗎？』上帝問道。

「猴子猶豫了一下，往前邁出一步，說：『主啊，地球是最適合我居住的地方。你讓這麼多樹長了果實，我什麼也不需要了。但祢爲什麼讓我活到四十歲？我三十歲就老了，不能爬樹摘果。這樣一來，年輕猴子給我什麼，我就得接受什麼，有時候我得吃他們扔在地上的果核和果皮。想到我必須吃他們剩下的東西，我就傷心。主啊，我不想活這麼長。給我減掉十年吧。我寧願短命些，但活得充實些。』他後退一步，嚇得直發抖。他知道，對上帝的恩賜不滿是一種罪孽。

「『我答應你的要求。』上帝宣布，沒有一絲兒惱怒的意思。接著他轉向驢子，驢子已有好幾次張開口，但不敢出聲。上帝問他，是不是也有話要說。

「怯懦的驢子向前邁出一步，說：『主啊，我也遇到同樣的問題。有了祢的恩典，大地才如此富饒，遍地青草，我想吃多嫩的都有。雖然人對我不平等，強迫我爲他勞動，但我沒有怨言，因爲祢給了他更好的頭腦，給了我更多的肌肉。可是，四十歲對我實在太長了。當我老了，雙腿不結實、不靈巧了，還要替人馱重物，受他鞭打。這對我實在太慘了。也給我減掉十年吧。我想短命些，不想老得不能動彈。』

「『我也答應你的要求。』上帝那天對他們慷慨大度，有求必應。接著他轉向人，人好像也有話要說。上帝問道：『你是不是也有苦要訴？把心裡話都說出來吧，亞當。』

「人很害怕，因爲他虐待過動物，可能會受懲罰。不過，他還是走向前，說道：『萬能的主啊，我享盡祢創造的一切。祢賜我一副好頭腦，使我比動物聰明，他們全都願意順從我，服侍我。跟猴子和驢子相反，四十歲對我來說太短。我想活得長些。我希望有更多時間陪妻子夏娃和孩子們。哪怕我老了，四肢僵硬，我還可以用頭腦操持一切。我可以下達命令、傳授經驗、發表演講、著書立說。請把他們那二十年讓給我。』人垂下頭來，因爲他想起了，自認高動物一等，是有罪的。

「使人大爲驚訝的是，上帝並不責怪他，反而答道：『我也答應你的要求。既然你這麼喜歡我創造的一切，我另外再給你添加十年。這樣，你總共會有七十歲。好好跟你的孫兒和曾孫兒們共享天倫之樂吧。善用你的頭腦。』」

楊先生停頓了一下，臉色蒼白，看樣子累壞了，鼻子出汗，脖子浮出一條青筋。接著他悲傷地說：「那天，猴子、驢子和人都很滿意。從此，人類可以活七十歲，而猴子和驢子只能活三十歲。」

他沒再說下去，但仍在喘粗氣。他所說的〈創世記〉，使我莫名其妙。他脫口說出，彷彿早已背熟。正當我在揣摩故事的意義，他打斷我的思路，說：「我這個創世記故事令你困惑是不是？」沒等我回答，他接著說：「那我就把其中的寓意告訴你吧。」

「好。」我囁嚅道。

「同志們，」他繼續演講：「人的生命跟猴子和驢子的生命混在一起，只會帶來異化。最初二十年，人過著猴子的生活。他活蹦活跳，爬樹越牆，愛幹什麼就幹什麼。接著是另二十年，人過著驢子的生活。他每天拼命工作，給一家人馱回來吃的穿的。長途跋涉之後，他經常累得像一頭驢子，但他必須挺住，因爲一家子的重擔都馱在他背上，他不能歇下來。過了這個時期，到了四十歲，屬於人的生活才開始。但他的身體已疲憊不堪，四肢無力，舉步維艱，他必須依賴他的頭腦，但頭腦也開始退化了，反應比他想像中緩慢和遲鈍。有時候他想哭，但頭腦阻止他：『別那樣！你得控制自己。你還要走很多年。』每天他給頭腦裡塞進更多的思想和感情，那頭腦裡已裝了很多東西，但它們全都出不來，不能給新東西空出位置。然而，每天都總要多擠點什麼進去，直到有一天他的頭腦爆滿了。這就像一個高壓鍋，滿得安全閥被塞住了，但火繼續在鍋底下燒著。最後，就只有爆炸。」

他不著邊際的解釋，令我驚詫——好像他一直都在講他自己的生活，講他是怎樣發瘋的。他把頭靠回去，整個脖子擱在枕頭上；他累了，但好像也輕鬆多了。房間裡一片沉默。

我再次想到他的聖經故事，搞不清它的出處。大概是他自己編造的，摻合了民間傳說和他自己的幻想。他這麼急著講給我聽，爲什麼？以前他從未向我表示他對《聖經》感興趣，看來，他一定是暗自研讀它好久了。

他開始輕輕打鼾，歪著頭。我走過去，把他背後的枕頭拿走，小心將他的身體移進床裡。他迷迷糊糊地呻吟了一聲。

很快他就又睡著了。我撿起日語詞彙卡片，開始溫習。我不喜歡日語，那呱呱聲聽起來像鴨叫。但是，報讀博士，需要考第二外語，我腦子裡不得不裝滿日語詞彙和語法規則。我日語很差，只學了一年。英語是我的第一外語，我熟練多了。

一個弓著背的老護士進來檢查楊先生。她是一個老鼠似的小女人，圓臉，雙手嶙峋，像巨大的雞腳。她自我介紹說，她叫姜紅。她見到我老師睡著了，便沒有替他量脈搏，也沒有量他的體溫和血壓。我問她，楊先生能不能很快康復，她說這要看腦中的血塊能不能消散。如果不能，就沒辦法完全治好。「但別擔心，」她一邊安慰我，一邊俯身拿起床柱邊的痰盂：「很多中風的人都恢復了。有些人中風後還活了二十多年。你老師應該會好的。」

「但願吧。」我嘆息道。

「眼下最重要的是讓他安靜。別打擾他。如果受到刺激，他腦裡可能會血管破裂，造成腦溢血。」她一手抓著白痰盂，另一隻手把用過的碟、碗和勺子都堆在床頭櫃上，然後在上面擱一對漆筷。我站起來，想幫她。

「不用麻煩，我行。」她說，無意中把痰盂朝我肚子上傾斜過來。我趕緊閃開，差點沾到一塊落向地板的黃色粘液。

「哎喲！對不起。」她咧嘴笑了笑，小心端著那摞碗碟。她彎著腰，輕手輕腳地轉身朝房門走去。她瘦得讓我想起一隻餓雞。我幫她打開房門。

「謝謝。你是個好小夥子。」她說，拖著腳朝走廊走去。我從門後拿出拖把，擦掉地板上的粘液。

她對楊先生的病情所作的解釋，使我稍感寬慰。我原以爲，腦血栓是由血管爆裂造成的。謝天謝地，他只是血管阻塞而已。

第二章

我又騎自行車去醫院接替方班平。太陽把瀝青街道烤得軟乎乎的；車輪在凸起的路面上留下印痕，熱氣像一縷一縷的青煙升起。我昨晚沒睡好，感到困倦，無精打采地騎著車子。要是能像平時那樣午睡一下就好了。

剛到醫院，就聽見有人在病房裡大聲說話。我在門前停下來聽。那是楊先生的聲音，但我聽不清他在說什麼。他的聲音突而粗糲、突而急促、突而尖利，好像在跟誰爭吵。我打開門，悄悄走進去。班平見到我，點了點頭，食指按在唇上，另一隻手托住老師的背。看樣子他剛扶他坐起來。

「宰了他們！宰了這些雜種！」楊教授叫道。

班平將嘴巴貼到他耳邊，輕聲說：「靜一靜！」

楊先生低著頭，下巴都快垂在胸上了。「你幹嘛打斷我？」他問，依然閉著眼睛。「聽我把話說完好嗎？等我說完了，大家再提問題。」聽他的口氣，好像他在講課。但他剛才在向誰叫喊？他要除掉的那些人又是誰？爲什麼他那麼恨他們？

班平有點尷尬地對著我搖頭微笑。我明白他的意思，大概是對我表示同情，因爲我與楊家有特殊關係。他示意我坐到那張藤椅上，然後掉過頭去，挪動楊先生的身體，讓他的背靠著床頭板。

我剛坐下，楊教授突然說：「他老想著怎樣了結一切，跟文書工作一刀兩斷，跟他年老又嚴厲的父母一刀兩斷，跟他喋喋不休的老婆和慣壞的孩子們一刀兩斷，跟他的情婦齊拉一刀兩斷，她已不再是腰身苗條的『小燕子』，而是整天想著怎樣減肥，縮小那個大屁股；跟日常生活無休無止的煩惱和痛苦一刀兩斷，跟這種大白天裡的噩夢一刀兩斷──總之，了結他自己，不再跟這個世界有任何關係。」

我被震住了。班平再次微笑。見我這麼吃驚，他似乎很開心。楊先生接著說：「但他活在一個沒門窗也沒家具的房間裡。關在這個小密室裡，面對一個無法克服的難題，就是怎樣了結自己。橡皮地板上鋪著一張厚床墊，旁邊放著一套不全的餐具。四壁也全貼著綠橡皮。他無法把頭在房間裡任何一處撞破。他繫著一條皮帶，有時候他解下來，想著怎樣用皮帶勒死自己。二十年前，有些他認識的人，受不了革命群眾的折磨，便用這辦法自殺。他們把皮帶套在脖子上，另一端掛在一個鉤上，或釘在窗台上，然後用力往地上一坐。可在這房間裡，連一個固定物體也沒有，他的皮帶也就不能成全他。有時候他把皮帶擱在雙腿上，茫然瞧著它。在綠光中，皮帶活像一條死蛇。更糟糕的是，他猜不出這房間是在哪裡，是在城市還是在鄉野，是在屋子裡還是在地下。他就在這種條件下苟活著。」

我搞不清他這段故事是哪裡來的。發生在何時何地？是小說裡的故事，還是他自己的幻想？那男人的情婦齊拉，名字有點西化，可以推斷故事可能發生在城裡。我只能猜這麼多。楊教授博覽群書，他的文學知識深不可測。也許這一切都是他編造的，否則他不可能如此滔滔不絕地說出來。

他打斷我的思路，繼續說道：「他一直都在想像如何停止這種沒有意義的存在。記下來：『一直。』他再也分不清時間了，因爲在這房間裡晝夜是一樣的。他注意到頭頂有光在閃爍，但找不到光源。他曾經相信，如果他可以找到光源，他大概就可以擺脫困境：只要把燈泡擰下，將手指戳進插座就行了。但是現在他放棄這個想法，因爲他知道，即使他找到光源，那也可能壓根兒不是電燈。他注定要這樣活下去，像一隻蟲困在破不了的繭裡。」楊先生停下來呼一口氣，接著說：「房間裡唯一的硬物，是塑料餐具——一個碗、一隻碟、一支湯匙和一把刀。沒有飯叉。他被剝奪了用飯叉刺穿自己的氣管的權利。他一次又一次拿起那把刀，刀沒齒，稍用力就會折斷。他把刀放在食指上磨了磨，咕噥一聲：『媽的，我甚至不能用它來割斷我的雞巴！』」

班平咯一聲笑出來，立即又止住，下唇露出齙牙。他直起身子，把筆記本和自來水筆插入胸前的口袋裡。

我一點也不覺得楊先生的故事有什麼好笑，反而感到傷心，喉嚨哽塞，所以盡量避開班平的視線。

他離開時，幾乎貼著我的耳朵低聲說：「今晚來吃飯，怎樣？我們包餃子，維亞也要來。」

我點頭表示同意。他和我是同班同學，也算是朋友，他的家只有一間房，在校園附近一幢宿舍裡，是我們經常聚會的地方。蘇維亞是另一位由楊教授指導的研究生。今年，我們老師只指導我們三個人的畢業論文，不過，他擔任我們系幾乎每個碩士論文委員會的委員。

楊先生繼續在胡言亂語。他今天特別激動，腦袋扭來扭去，邊呻吟邊咬牙。還有，他呼吸的節奏急速地改變——一會兒均勻地呼吸，一會兒氣喘吁吁，彷彿在賽跑。更有甚者，他好像被什麼東西或什麼人嚇著了，不時發出可憐的哀叫。他說了些難以理解的話，聽上去好像是抱怨或咒詛。他的右手老是撓大腿，床也輕輕搖晃起來。

這樣下去，可能會損害他的大腦，所以我決定讓他躺到床上，希望他可以好好睡覺。我走過去，把左臂插到他雙腿下，右臂繞著他的粗腰，慢慢往下移。他似乎渾然不覺，繼續說話和扭動。

我花了約五分鐘才讓他躺下。我坐回到椅子裡，右腿擱在扶手上，開始溫習日語詞彙。我怎麼努力，也無法把精神集中在卡片上。楊先生老是分散我的注意力，他這回好像是在跟什麼人吵架。他似乎很好鬥，不時咬牙切齒，我知道這表示他是在按捺住怒氣。

雖然我竭力想專心溫習，但還是忍不住要觀察他那大汗淋漓的臉。半小時後，他突然唱起歌來。他唱歌，眞把我搞糊塗了，因爲在我看來，他天生是個開班授課的人，誰會料到楊教授竟然也能唱這樣一首童謠？

戴要戴大紅花，
騎馬要騎千里馬，
唱歌要唱躍進歌，
聽話要聽黨的話。

我簡直不敢相信自己的耳朵，感到後腦勺毛髮豎了起來。我已經好久沒聽過它。儘管楊教授唱得興致勃勃，但他顯然不會唱，聽起來像公雞叫。

他剛唱完，立即又吊起嗓子，用一種京劇腔調，模仿敲鑼打鼓：「咚、咚－鏘，咚－咚－鏘，鏘－鏘－鏘，咚－咚－鏘……」接著他打了個響亮的嗝，舌頭咂了咂上頜，肚子轆轆叫。他似乎是在演出某齣京劇的片斷，跟剛才那首童謠沒有關係。

實際上，我有些困惑，但更不安，因爲我想起了二十多年前在幼兒園跟其他孩子一齊唱這首童謠的情景。當年我們狂熱地唱這種歌一點也不奇怪，但楊先生現在唱它，顯得既過時又離譜，簡直荒謬極了。幸好，只我一個人聽到。

接著，彷彿是要拿我的難堪開玩笑似的，他又開腔唱另一首歌。他兩眼發光，聲音宏亮：

工農兵心最紅，嘿！
革命路上打先鋒。
高舉紅旗去戰鬥，
掃除一切害人蟲。
文化革命挑重擔，

他著了魔似地，將整首歌吼出來。聲音激昂，好像是另一個人發出的。我難以想像，一位性情溫和的學者，竟會跟這樣一首愚蠢的歌扯上關係。他唱得使我頭皮發癢，不禁想起當年我們家鄉的紅衛兵唱這首歌的情景。那些青年男女這樣做，也算是對革命有點兒貢獻；但那是二十年前的事了，現在這首歌無非是一個令人尷尬的笑話。

楊先生怎麼也會唱這首歌呢？我聽說，文化大革命爆發時，他被打成牛鬼蛇神，是鬥爭的對象，沒資格和人民大眾一起唱進步歌曲。也許他是偷學的，或者是聽別人唱得太多了，便牢記心中。

他閉著眼睛，繼續低哼這首歌的曲調，不過歌詞已變得有一搭沒一搭，語無倫次。我感到噁心。我把詞彙卡片放到斜靠在椅腳的挎包上，不知該如何制止他。他使我渾身不自在。我看了看錶——兩點剛過。這將是一個漫長的下午。

戰鬥步伐永不停……

「我的心還是好的，純潔、火熱！」楊先生宣稱。緊接著他又唱起另一首歌。這一回他不但唱得歡天喜地，而且似乎手舞足蹈起來。他的身體輕輕扭動著，模仿女聲唱道：

北京有個金太陽，金太陽，
照到哪裡哪裡亮，哪裡亮。

啊，那不是金色的太陽，
那是偉大領袖毛主席發出的光芒！

他一邊唱，一邊搖動腳趾，略微凸起肚子，嘴唇一扭，露出稚氣的微笑，隨即快樂地叫起來：「看，我也可以唱得跟你們一樣好。我還會跳舞呢。我跳給你們看。」

我走近他，將手掌放在他多汗而灼熱的前額上。我碰了碰他的肩膀，但他把頭轉過去，如痴如醉地喊道：「別擋我！瞧，我會跳！」他踢了踢右腳，但抬不起來。

我要不要弄醒他？他樣子雖然滑稽，但似乎很快樂，傻乎乎地咧嘴而笑，舌尖伸到乾裂的嘴唇上，舔掉嘴角的泡沫。

我想還是讓他好好享受自己的幻覺吧，於是坐回藤椅上去。這時他已平靜了些，但仍繼續透過脹大的紫色鼻子，哼著那首歌。我想起大約二十年前，在東北老家，一些比我大五、六歲的紅小兵常常在餐廳、公共汽車站、旅館、百貨公司和火車站跟著這首歌跳「忠字舞」。他們唱著歌，又蹦又跳、側過身、雙手在頭頂上揮動；踢腳跟、擺腿、彎腰。我年紀太小，不能參加，只能羨慕地望著他們。現在回想起來，他們戴著紅袖章，活像一群瘋狂的青蛙；然而，當時有些青少年是非常眞誠的，如果要他們為毛主席獻出生命，他們會毫不猶豫。但楊先生那時是反革命知識分子，肯定被禁止與革命群衆一起參加任何慶祝和宣傳活動。他眞會跳忠字舞嗎？我懷疑。

「啊，誰知道我一直有顆忠心！」他邊說邊咂嘴。「不信，你們看我。」他又唱起那個調子，雙腿慢慢踢開，雙臂在弄皺的床單上猛扭。這一回不僅那張床，就連已出現多處凹痕的地板也嘎吱作響。他越來越有節奏地晃動，臉上綻開燦爛的微笑，看樣子正沉醉在歡樂中。

「對，我可以把兩條腿抬得更高，沒問題。」他笑咧咧地說。「我總是熱愛毛主席。為他老人家，我敢上刀山下火海。你們為什麼不相信我？為什麼？」他的腦袋左右擺動。

他向偉大領袖表忠，令我費解。平常在我面前，楊先生從來沒有表示過他對毛主席有什麼深情。他眞熱愛毛主席嗎？這是不是一種潛意識的感情，等他神志不清時才浮現出來？毛主席已逝世十二年了，楊先生怎麼還這樣著迷他？他內心深處眞的崇拜他嗎？

不管眞相如何，我想，還是弄醒他好些，老這樣陷在幻覺裡，會損害他的腦子。我喊道：「楊教授，醒醒。我們是在醫院。」

他沒有反應，繼續唱歌和「跳舞」。我走過去，抓抓他的腰，拍拍他的手，希望能弄醒他，但沒用。他停頓了一下，接著高呼：「共產黨萬歲！打倒軍閥！新中國萬歲！」我實在受不了，便放開他的手。他大概是把自己想像成一個被警察押去刑場的革命烈士，慷慨就義，就像電影裡的英雄那樣。他已經無可救藥地瘋掉了。

我匆匆出來，往樓下的護士室走去。我知道吳大夫經常給楊先生開鎭靜藥吃。

我以為姜紅會在辦公室裡，但那小女人不在。一個二十多歲的護士坐在寬大的窗台上，她的長袍沒扣鈕，露出海綠色的衣服。她的雙手正忙於勾織一塊白桌布上的蝴蝶。她右邊角落裡，靠著護壁板，放著一排鮮紅色熱水瓶，瓶口發出輕微的嘶嘶聲。她認出我，但依然一動不動，好像我是來打掃衛生的。她眼睛碩大，盯著手上的針線活，十指修長而紅潤。蝴蝶大如手掌，還有一個翅膀沒勾出來。我不理會她的輕慢，逕直走向她，問是不是她負責給楊先生吃藥。

「嗯。」她說，眼皮動都沒動一下。頭頂的日光燈管一閃一閃地，發出卜卜聲。

「我老師今天失常了，」我對她說：「他像個瘋子，老是唱歌和胡言亂語。你能不能給他鎮靜一下？」她愛理不理。我重複了一遍。她又織了幾針，才把桌布擱在窗台上。她打了個呵欠，隨即用小手捂住嘴巴。「我累壞了。」她說，無力地微笑。「你知道嗎？我們早上要給他吃鎮靜藥。我是說你同學方同志和我，我們要他吃，但你老師以爲我們想毒死他，拼命喊叫。我們不能逼他吃藥，你知道，那會使他更激動。」

「能不能現在再給他一片？」我問。

「我可沒權利給他任何東西。」

「但吳大夫不是經常給他開藥嗎？」

「是呀，但他不在。」

「請幫個忙，讓他安靜下來，求求你了。我怕他老這樣下去，會傷著腦子的。」

「那麼，也許我們可以在吃飯時在他粥裡放一片。」

她瞇起左眼，向我眨一眨，好像在問，這是個好主意吧？

「但他現在已經失控了，」我說：「還有三個鐘頭才到吃飯時間。你能不能給他打一針或什麼的？請幫幫他！」

「你真是個好學生。」她乾巴巴地說。她從窗台上下來，走向長桌。桌上放著幾個發光的鐵盒和一排琥珀色藥瓶，瓶口全都蓋著玻璃栓。她拿起電話筒，給大夫打電話。

見她匆匆寫下藥方，我算鬆了口氣。她掛上電話，選了兩管藥，包起一個注射盒。我們一起出來。上樓梯時，她告訴我她叫陳馬麗，剛從上海一所護士學校畢業。原來是大城市來的女孩，難怪看上去弱不禁風。

推開病房門，我吃驚地看見楊先生坐在床上，盤著一隻腳。一縷灰髮豎在前額上，臉顯得寬了。他怎麼會自己坐起來？是不是有人趁我不在時溜了進來？不可能。大概是他自己坐起來的。

楊先生還在哼著什麼，我最初沒聽懂。接著他提高嗓音，上氣不接下氣地唱道：「大吊車，眞厲害，成噸的鋼鐵——它輕輕地一抓就起來！」

我這才明白，他是在扮演革命樣板戲《海港》中的一個退休碼頭工，讚美新安裝的起重機的膂力，但他的聲音太滑太細，表達不出無產階級的氣概。我不知道他會唱京劇。他很少看戲，這段曲大概是從收音機裡學來的。

「瞧，藥片還在這兒。」陳護士對我說，指了指床頭櫃上的一隻小杯。杯裡有一大顆黃色藥片，很可能是巴比土酸鹽。

她準備針筒時，我將楊先生腿上的被子拿開，抓住他的褲帶，那是用一根長鞋帶做的。他突然停住。我還沒給他解褲帶，他已睜開雙眼——剛好見到針頭吐出一絲白色液體。他嚇壞了，趕緊別過臉去，陳護士勉強笑了笑，哄他說：「來，楊教授，現在該——」

「救命！救命！殺人啦！他們要毒死我！」他尖叫著，兩眼發光。他猛踹左腳，但兩臂舉不起來。他喘著氣，像魚一樣張開嘴。

陳護士好像很害怕，雙眉緊鎖。她轉身問我：「你覺得我們還有辦法給他打針嗎？」

我沒有回答。楊先生繼續嚎叫：「救救我！他們要謀殺我！」

「請不要這樣！」我低聲懇求他。

「救救我！」

「你這是在讓自己出醜。」

「別殺我！」

陳護士拿開針筒，將針頭扔進橢圓形的不鏽鋼盒裡，又將藥射進痰盂，然後把東西全都包起來。「我想咱們還是不要打擾他，」她搖搖頭說：「讓他自己安靜下來。每次我們想讓他睡覺，總是把他搞得更興奮。」

我沒說什麼。我滿腔怒火，眞想大聲喝斥他，但克制住了自己的衝動。

「看來我得走了。」她接著說。「別打擾他。還得過一陣子他才會恢復平靜。」她把注射盒夾在腋下，心不在焉地對我說：「再見啦。」她朝樓梯口走去，腳下發出一陣咚咚響。

楊教授開始嗚咽，淚水從緊閉的眼瞼裡流出來，淌下臉頰和短粗的下巴。他抽抽搭搭地訴說些什麼。我聽了一會兒，感覺他好像是在向一個什麼人求饒，那個人可能是他想像中的殺人者。他繼續搖頭晃腦，小豬一樣嘟囔著；他的話已變成胡言亂語。

絕不能再這樣下去。我決定讓他吃鎮靜藥，不管他怎樣抗拒。我將藥片放進瓷杯裡，用一根湯匙把它研碎，磨成粉。床頭櫃上放著一瓶開了蓋的橙汁。我往杯裡倒了點橙汁，攪了一分鐘，然後在他身邊坐下。「楊先生，喝喝這個。」我懇求著，把杯子舉到他唇邊。

他睜開眼睛，看見了橙汁。他說：「你想毒死我，我知道。我拒絕喝。」

「別怕，只是橙汁。看，我也喝點。」我把湯匙舉到口邊，發出咯咯聲，就像母親在做給孩子看似的。「呀，味道眞好。你試一下，就這麼一小杯。」

他說：「你偷偷放進老鼠藥，是不是？我知道你黑心肝。」

「不，你搞錯了。來點！」

「我不喝。」

我試圖用湯匙撬開他的嘴，但他緊咬著牙齒，鋼勺在牙齒上刮來刮去，發出嘎嘎聲。我怕會傷到他的牙床，就停下了，不知道該怎麼辦。他用胳膊肘捅了捅我手裡的杯子，橙汁濺到床單上，留下一塊黃斑。

他的嘴巴緊閉如蛤蜊。

我不死心，又把半湯匙橙汁舉到他唇邊，央求他：「請嘗一嘗。這對你有好處。我只是要餵你，不是要害你。」

「不，我不喝。你甭想再哄我。」

「來，就這麼一小口。」

「不，那會毒死我。」

我忍無可忍，大聲喊道：「看著我！你不認得我了？我像個殺人犯嗎？我是萬堅，你的未來女婿。」

我說到最後兩個字時，有點難以啓齒，但我把整個臉逼到他面前。他眼睛張開一條縫，然後睜大。

「哦，」他嘟噥道：「我不知道我有女婿。」

「我是萬堅，記得我嗎？」

「我不知道是你。你想要什麼？」

「我想餵你。這裡是一小杯橙汁，請你張開嘴。」

這一回他奇蹟般地聽話，像個乖孩子。我小心地將湯匙伸入他口中，然後把它反轉過來。他慢慢吞下果汁，喉結上下移動。

「味道辣辣的，好極了，我喜歡。」他說。

「是不錯的。」我附和道。

「你在裡邊加了什麼？」

「什麼也沒加。」

舀了不到十湯匙，杯子就空了。我說：「別害怕，我在這裡陪你，不會讓任何人傷害你。你該睡了。」

他看著我搬弄他半癱瘓的身體，有點難爲情，甚至主動想挪一挪屁股來配合我。不過，我還是要使盡全力。把他安置好在床上之後，我已經呼嚇呼嚇直喘氣。

幾分鐘後，他就睡著了。

第三章

我沒料到班平和他妻子安玲會做偏口魚餃子，我是第一回嘗到。男主人告訴我，這是某些沿海地區春季的佳餚。餡料多汁可口，味道像蝦肉。我想起東北松花江下游的肥鯰魚、長狗魚和大鯉魚，我父母就住在那裡。

我們一邊吃，班平一邊吹噓他的廚藝。餡是他弄的，佐以韭菜和芝麻。他甚至向我們講解如何去掉魚骨，如何剝魚皮，如何清理魚血以減少腥味，但安玲罵他「只會動嘴」。

「得了，別這麼小心眼兒，」班平對她說：「我忙了一下午。」

「有好東西你才幫忙。」

「我是廚師嘛。」

「那我就是廚娘了，只會在家裡切菜洗碗？」

「好啦好啦，」我插嘴道：「你們兩個都是一流廚師，行了吧？」

大家都笑了。

「你沒有別的音樂嗎？這個太吵啦。」維亞對班平說。她指的是錄音機正在播放的貝多芬。我也覺得不舒服，這首交響曲太猛了，好像在催我們狼吞虎嚥。班平崇拜貝多芬，又將羅曼·羅蘭的《約翰·克利斯朵夫》奉爲聖經。他受到這部傳記式小說的影響，老愛談生命的歡悅。在我看來，他未免太樂觀了。

他起身，換了一個流行音樂磁帶。氣氛立即輕鬆起來。

我注意到在鐵條焊的盥洗盆架下，擺著一個新電爐，至少有一千五百瓦，這在宿舍裡是嚴格禁用的。事實上，學校有個官員專門負責抓偷用電爐、電茶壺、電熱水器和電灶的師生，他就是黃副校長。他會親自到宿舍和其他樓房突擊檢查，尤其是在傍晚時分。

「老兄，你不是想登上光榮榜吧？」我問班平。我指的是那份「偷電賊」名單，它經常貼在校門口的布告板上。

「我已經告訴他要多加小心。」安玲責備道。

「只要他們不罰款，我才不在乎。」班平說，吐出一股煙。

「我同屋剛在上星期五被抓到了。」維亞插嘴道。

「罰錢了沒有？」我問。

「沒有，她是初犯。」

實際上，班平是很害怕被抓的。有一次他的右腳背上濺到滾熱的肉湯，留下一個柑橘片似的疤。那是去年秋天某個下午，他正在電爐上燉雞肉芋頭，突然有人用力敲門。「開門！」傳來黃副校長粗啞的聲音。班平趕快把電爐藏到床底，推開窗，然後才去應門。黃副校長進屋，嗅了嗅帶肉味的空氣。他看到了地上的電線和插座，就彎身把床底下的東西全拉出來。鍋被打翻了，肉湯濺到班平一隻腳上，班平大叫一聲「哎喲！」單腿跳開。大塊大塊的雞肉和芋頭撒在水泥地上，屋裡一下子充滿蒸氣。黃副校長不管這「偷電賊」痛不欲生，狠狠訓了他一頓，沒收了他的電爐。後來彭書記到黃副校長辦公室替班平求情，說他腳被燙傷，已是個不可磨滅的教訓。要不然，按規定他得交五十元罰款。

維亞隔著方桌，坐在我對面，若有所思。整頓飯期間，她難得一笑；她嘴巴緊閉著，見不到她高興時會露出的虎牙；一頭濃髮用兩個橙色髮夾束著，有點兒蓬亂。她的瓜子臉失去了平時的紅潤，儘管她身上穿的櫻桃色襯衣原應把她的臉色襯托得更有光彩。我從未見過她這麼慵懶的眼神。她有一個高鼻子，一雙杏仁眼，眼神平時熠熠生輝，但今天黯淡無光，隱含憂傷。就連她的聲音也有點陰鬱，聽起來像低語。我們老師中風，必定深深地影響了她。雖然她已經三十一歲了，但看上去只有二十多歲；中文系有些人經常說她是老姑娘；我也經常鬧不懂她爲什麼沒有男朋友，而且她看上去好像一點也不焦急。憑她的樣貌和才智，找個合適的男人應該不難。

雖然我們都很不好受，但還是感到挺幸運的，因爲我們就快畢業了；要不然，楊先生住了院，我們就得轉投其他教授，變成「被領養的孩子」。我們又談了楊先生的病情。班平說，患腦血栓的病人，通常要整整一年才能好，而且大多數中風病人都不能完全康復，有些病人從此要靠拐杖才能走動。

我們吃完餃子，清理了餐桌後，班平泡了一壺茉莉花茶。我們開始談論楊先生中風的可能原因。我們相信，除了疾病本身，應該還有什麼事情導致他崩潰。我們紛紛猜測。維亞提到一件我以前未想過的事情。她對我們說，楊先生從加拿大回來後，彭書記就不斷找他麻煩。「聽說學校要求他退錢。」她有點神秘地說。

「什麼錢？」我問。

「他去年冬天去加拿大花的那筆錢。」

我吃了一驚。我是他未來的女婿，爲什麼竟一無所知？我還未開口，安玲就插嘴道：「他花了多少？」

「大約一千八百美金。」維亞說。

「天啊，誰還得起這麼大筆錢！」安玲轉向我，一邊把一張包糖紙摺成一隻鶴，一邊問：「他一個月賺多少？」說到這裡，她雙手終於停下來。

「一百九十塊。」我答道。

「換成美金是多少？」

「大約三十塊。」維亞告訴她。

班平一隻手托著下巴說：「但我聽說，彭書記曾勸學校不要逼他還錢。她說她已經幫楊先生擺平這件事了。」

「我才不信呢。」維亞搶著說。

「我也不信。」我附和道。

五個月前，楊先生去加拿大參加一次比較文學會議。他抵達溫哥華時，已經太遲了，沒趕上發言，卻趁機在回程時去了一趟舊金山。這種「觀光旅行」確實是不合適，但若要他自己掏錢付旅費，他肯定會傾家蕩產。我們大學好幾位領導都去過北美、日本、香港、非洲和歐洲訪問，沒有完成任何任務，也完全不必擔心什麼費用。他們倒是經常提醒我們，國家花多少錢在我們身上，說至少要用七個工人或二十四個農民的勞動，才夠培養一個大學生。

班平嘆氣道：「不管怎麼說，如今書生的日子眞是太難過了——任務總是多多，卻衣食不保。」他端起杯子，呷了一口滾燙的茶。「最糟糕的是，當個窮書生，就永遠掌握不了自己的命運。我不想留在這兒，還不是因爲這個。」他直視我，又嘆了一口氣。

我很理解他的目光。我不像他，我要留在學院。如果我不能去北大讀博士，很快就會開始在這裡教書。說句實話，我不在乎他說什麼。他決定要做官，這番話無非是替自己的選擇作辯解罷了；還有，我們老師中了風，也使他感到悲憤。

班平已決定畢業後到省商業廳當職員。這個位置可能很有油水，但我覺得他錯了，因爲他不夠圓滑，有點笨，要在官場生存，恐怕十分困難，也許永遠不能坐上高位。我們研究生班錄取他，主要是因爲他死記硬背了一些古典文學作品，又在不太需要用腦筋的政治考試中得了高分。有些人拿他當大傻瓜。他眞應該留在大學裡，這樣至少可以有安穩的工作。我半開玩笑地問他：「安玲同意你進政府部門嗎？」

「那還用說。如果我不去商業廳，她肯定跟我離婚。」

他老婆和他都笑了。「滾開。」她說，舉起小拳頭撞他肩膀。她笑咪咪地露出不整齊的牙齒，幾乎快看不見眼睛了。

「你爲什麼要去商業廳呢？」我問班平。「你想在那裡生存，腦後得長一雙眼。」

「我有我的理由。」

「什麼理由？」我問。

「對，告訴我們。」維亞催他。

「好罷，第一，商業廳有住房。他們已答應給我一套三室單元，還有一個大陽台，全部加起來有一百平方米，我們這裡的青年教師作夢也得不到。第二，那個部門控制了本省生產的大部分商品，就像一個廟，各公司和工廠都得來進香——我會衣食無憂。這兩個理由還不夠嗎？」

「夠啦。」我點頭稱是，心裡想，他也太實際了。他真不該唸文學，寫關於古代歌謠的論文。

「陽台有多大？」我問他。

「大概有這間屋這麼大。」

「嘩，可以作小菜園。」

「一點沒錯。」

「我們正打算這麼做。」安玲補充道。

「對，我們會弄些陶罐來。」班平說。

「再弄上幾袋化肥。」我應和道。

維亞吃吃笑起來，問他：「爲什麼你不去政策研究室？它不是也想從我們學校要一個研究生嗎？」

「那裡好處一定更多。」我說。

「政策研究室是座大廟。」他解釋道。「事實上，它對省政府所有部門都有一定控制權。研究室每個秘書都大權在握，因爲他們都直接爲省領導做事，領導們都懶，要依靠這些秘書替他們思考。」他向我豎起大拇指，好像我就要成爲一個這樣的職員。「你替他們寫講稿，想點子，甚至代他們辦一些小事。因此，你每天都有機會接近那些大人物。如果他們有哪個滿意你的工作，或只是喜歡你，那麼你不出三兩年就會成爲一個地位不小的官兒。再說，你還有機會熟悉政府的各個環節，逐漸摸清怎樣管理這個省。」

「是嗎？」我彈了一下手指說：「老兄，如果我是你，一定抓住這個機會，成爲省政府裡的棟材。」

他沒有覺察我話中有刺，答道：「不過，我可不想去那裡工作。我只說到光明的一面。再說說黑暗面。如果某個領導剛好不喜歡你，或者有同事向你上司打你的小報告，還有，你難免會捲入其中某個派系，這一來你就完蛋了：遲早他們會把你踢走，將你下放到某個偏僻地區。他們甚至會給你安上一個罪名，把你送進監獄。政策研究室那種地方，可不是好待的。」

「你怎麼會知道得這麼清楚？」我問，有點意想不到。

「一個同鄉告訴我的。他在省政府工作。」

維亞插嘴道：「如果政策研究室要一個女的，我一定去。」

她認眞的口氣令我吃了一驚。她一本正經地瞧著我。我猜不透她到底是在表達眞誠的願望，還是只想活躍一下談話的氣氛。

「那地方可不適合我，」班平繼續說：「我既沒有什麼野心，也沒有什麼個性魅力，我腦瓜太慢。我在政策研究室生存不了。我目標不高——只要生活安穩、舒適就滿足了，而商業廳正好適合我。」

他這種自知之明使我詫異。顯然，他並非我想像中的傻瓜。我以前也感到，他有某種農民式的狡猾，但沒料到他如此清楚自己的位置、需要、目標和局限。我打趣說：「別謙虛啦，你當然有魅力，要不安玲怎麼會選擇你做新郎倌兒呢？」

「他騙了我！」安玲宣稱。「你不知道，他是個大騙子。他許了一大堆願，答應結婚後每個月都帶我去金象公園，但他整整一年才帶我去過一趟。」

「她也不太聰明。」她丈夫直截了當地說。

我們全都大笑，包括安玲。她擰了一下他粗糙的手背。

告辭了班平和安玲之後，我送維亞回她宿舍。我們一路上話不多，兩人都陷入沉思。西邊的交通依然繁忙，汽車不時響喇叭。寬大的梧桐樹葉幾乎遮蔽了人行道。斑駁的月光穿過枝椏，點綴在柏油路面上。外皮長滿瘡痂的楊樹樹幹在潮濕的空氣中閃亮，昆蟲唧唧叫個不停。當我們來到校園東邊，我們的影子投在地上，時不時撞到一塊，我的影子幾乎比她的大一倍。

我瞥了她一眼。她在月光中顯得有點蒼白，但臉上煥發一種柔光。她腳步富於彈性和活力。不知怎的，我突然充滿渴望，想觸摸她，我右手有點發抖，幾乎貼著她的腰身。我把它伸進褲袋裡，集中精神看我們的影子在地面上交纏。也許是因爲下午在醫院裡經歷的瘋狂和煩悶，使我更親近她。跟她走在一起，我感到寬慰些，不再那麼孤單。在我眼中，她是很有吸引力的；但我喜歡她，還因爲她可靠、博學、有主見。而且，她會畫畫，幾乎達到專業畫家的水平，尤其擅長畫肖像。我很高興她要留在系裡當古典小說助教。

在距她宿舍樓約五十米的冬青樹叢旁，我們分手。我掉頭往回走，沒有像大多數男人送女性朋友那樣等她消失在幽暗的入口。校內很安全。

第四章

早就過了午夜，同房們都已熟睡。外面，毛毛雨在樹葉間沙沙作響。陰冷的房間發出霉味。一隻老鼠匆匆跑過天花板；屋頂裡少說也有一打老鼠。滿韜在睡夢中嘟囔了些什麼，還說了一句粗話。他老是磨牙，照民間醫學的說法，這表示他肚子裡有蛔蟲。他眞能睡，令我羨慕——無論白天黑夜，他腦袋一碰枕頭，就開始鼾聲大作。有時胡然會叫醒他，求他側著身睡，這樣就會暫停打鼾。今晚我睡不著，想念我的未婚妻，還苦苦思索我老師中風的可能原因。

據班平說，是中文系系主任宋教授搞垮我們老師。確實，楊先生和宋教授經常鬧不和。他們之間的敵意在一年前因爭論李白出生地而達到高潮。宋教授在他關於唐詩的論文中採用了新近一種說法，認爲詩人生於巴爾喀什湖以南的哈薩克。事實上，這一「傳記材料的發現」，可能是爲了證明一種愛國主義觀點，認爲中國在唐代的版圖要比今天遼闊得多，從而駁斥俄羅斯關於長城曾經是中國邊界的論斷。楊先生認爲這是僞學術，堅持要宋教授把詩人出生地改爲四川，否則就不把論文收入他主編的刊物《古典文學研究》。宋教授拒絕這個要求，宣稱沒人眞正清楚這個問題。兩位學者各自查證大量書籍，這些書籍給出了至少七個李白出生地，包括山東和南京。如此衆說紛紜，可能是李白一生雲遊四海的緣故。「一個逗點也不改。」宋教授向別人宣稱。楊先生就拒絕發表他的論文。系主任大怒，但他對大家說，是自己主動撤回這篇論文。幾天後，兩人又在宋教授辦公室裡吵起來。這一回，他們都大動肝火，互相叫罵，用拳頭猛敲松木辦公桌。他們指著彼此的臉，好像要把自己的想法戳入對方的腦袋裡。要不是同事們上來把他們分開，他倆可能會大打出手。

宋教授一心想報復，他阻止楊先生晉升正教授，甚至威脅要把刊物交到「可靠的人手上」。最近幾個月來，他抓住一切機會批評楊先生。因此，班平相信是宋教授方面的壓力，搞垮了我們老師。

我覺得這不是主要原因。兩位教授固然互相敵對，但他們結怨是源自他們的共同興趣──文學研究。他們和解的主要障礙可能是宋教授是系主任，如果楊教授先道歉，會有屈於權勢之嫌。即使他們不能消釋嫌隙，宋教授也搞不垮我老師。在文革期間，楊教授被打成牛鬼蛇神，每周一次在校園內示衆，歷時半年多；這種迫害他都能挺過來，跟同事發生若干小衝突，又怎會導致他精神錯亂。

但維亞在飯桌上所談的那件事，卻有可能造成惡果。一年前楊先生就已接到邀請，要他在溫哥華一次學術會議上發言。很長時間他都拿不到旅費。加拿大方面以爲他不能成行，便讓另一個人取代了他。與此同時，楊先生給我們學校領導寫信，甚至給省政府官員寫信，央求他們撥款。說句公道話，學校很重視這次邀請，因爲這是校裡文科教員首次獲邀到外國演講。對楊先生來說，這肯定是一生才有一次的機會；他從未出過國，當然渴望去加拿大。然而，直到會議召開之前一個月，他才從我們學校獲得足夠的資金。儘管拖延了，他還是照樣出發，很可能他已經知道自己被剔出發言者名單了。他在溫哥華沒有發言，但見到幾位外國漢學家。

回程途中，他在舊金山逗留了兩天，探訪一位在加州大學柏克萊分校任哲學教授的朋友。他返校時心情不好，人也胖了些，但他帶回來一個雙門電冰箱，羨慕死中文系的教職員們了。不久，大家開始竊竊私語，說他去北美只是為了觀光，以便把外幣裝進腰包（他每天獲得三十四美金補貼，他省下來買那個中國製造的電冰箱）。他洗脫不了這樣的嫌疑。如果學校現在要求他退回那一千八百美金，楊先生絕不可能償還這麼一大筆債。

我可以接受維亞的解釋，但也不能排除是工作太勞累導致他中風。這一年來，他在為研究生編選一本唐詩教材。這是一個評注本，他必須就那些詩提供相關評論和注解。每夜他都伏在小書桌上寫作，書本攤開在床上和地板上，工作至凌晨三四點。白天他還得授課、見學生、開會。如果天天如此，只睡三四個小時，他怎能堅持太久？就是一隻駱駝，也會累垮的。上海那家出版社已催他好幾次，楊先生答應五月底交稿。我經常對他說：「你什麼時候可以慢下來？」他總是笑著回答：「我是上了套的馬，只要腳還站在地上，就得拉車。」他拍拍肚子，表示夠強壯。

除了工作和寫作，他還得照顧自己，因為妻子和女兒都不在身邊。他午餐在學校飯堂吃，晚餐則在家裡自己煮，吃得很簡單，總是玉米麵粥或麵疙瘩菜湯。他自己洗衣服。我幫他打掃過兩次寓所。三周前，我跟他一齊在他的小院子裡栽了十來株向日葵苗。

他中風可能還有另一個原因，也許比上面那些更能壞事，但我不願向同學們披露。這就是，他的婚姻可能已岌岌可危。我無法確切指出問題所在，但我敢肯定，楊太太去西藏不僅僅是因爲工作關係。去年五月，也就是她離開前三個月，我曾碰巧目睹一個場面。我去他家還一本《詩經》，楊先生用潦草的筆跡在這本書的空白處寫滿眉批。我是第一個獲准拜讀這些眉批的學生。我一來到他家門口，就聽見楊太太在裡面叫嚷：「滾！出去！」

楊先生反駁說：「這是我的家。爲什麼你不走？」

「好，你不走我走。」

正當我拿不定主意，不知道要不要掉頭回去時，房門慢慢打開了，楊太太走出來。她是個瘦小的女人，眼窩深陷。見到我，她停下來，臉扭曲著，淚光閃閃。她低下頭，匆匆經過，一句話也沒說，身後留下一股從她黏濕的頭髮散發出來的酸味。她的黑綢裙幾乎完全蓋住了纖細的腿肚，足踝瘦到骨頭，狹小的腳穿著一雙紅色塑料拖鞋。

楊先生看見我，揮手示意我進去。水泥地板上散落著一個銅筆罐和幾十本書，書多半攤開，有幾本脊背已鬆開，露出縫合處。他做了一個怪相，嘆口氣，搖搖頭。

我默默把書遞給他。雖然我不知道他們爲什麼吵架，但是當我稍後回想這個場面，還是感到不自在。每次我跟楊家夫婦在一起，總覺得他們之間感情有距離。我敢肯定他們已經互相疏遠了。有時候我也懷疑梅梅是不是也承襲了她母親暴躁的性格，或許她父母的吵鬧會對她造成情感上的困擾。但是我很快就打消顧慮，因爲我深信梅梅天生是個歡快的女孩，甚至比我還更明白事理。

火車在南邊鳴響汽笛，像一頭哞哞叫的母牛。夜更深更靜了。想罷楊教授生活中的這些事情，我覺得沒有一件能單獨引發他的崩潰。也許是它們合力把他推倒。

第五章

陳護士把一瓶熱水擱在楊先生房間的床頭櫃上，然後問我：「你們教授留過洋嗎？」她看上去要比兩天前活潑多了。

「沒有，他是地道的國貨，跟你我一樣土生土長。」

「我昨晚聽到他講外國話。」

「真的，講哪種語言？」

「我猜不透，但肯定不是英語或日語。聽起來怪怪的。」

「是不是像這樣，“Wer, wenn ich schriee, hörte mich denn aus der Engel Ordnungen”？」

她驚訝得直搖頭，然後咯咯笑起來。「這是什麼語言？聽起來像個軍官在大聲下命令。」

「是德語。」

「說了些什麼呢？」

「那是楊先生經常引用的一本詩集的開頭，詩集叫《杜伊諾哀歌》，那句詩大意是：『如果我叫喊，誰將在天使的序列中聽到我？』」

「喔唷，好深刻呀，讓我開眼了。照我看，他可能是說德語。」

她的稱讚令我有點尷尬，因爲這首長詩，我就記得這一行。我們老愛背一段或背幾行，不僅因爲我們喜歡，還因爲可以給別人留下深刻印象。這是學術遊戲的一個花招。

在我值班期間，楊先生沒有講過任何外國話。他能看德文，也略懂法文。他喜歡里爾克，得知我學過一年德文後，有一次便讓我讀一個雙語版的《杜伊諾哀歌》。但我不太喜歡那些詩，也許是因爲沒下功夫細讀。

陳馬麗抬起手來看看錶。「我該走了，大夫肯定已經來了。再見。」她一邊向房門走去，一邊朝我輕輕晃了晃手指。她身後留下一陣杏仁似的香氣。

我知道她是來找班平，他十五分鐘前離開了。班平外表愚笨，但善於跟別人打交道，尤其是跟女人。我們幾天前才開始照顧老師，可他已經跟護士們混熟了，好像跟她們認識了好幾個月似的。我懷疑這可能跟他的鄉巴佬外表和舉止有關，他那樣子會使大多數女人感到自在——她們會放下戒備，不必擔心跟他有任何感情上的糾葛。相比之下，她們一定會覺得我是個怪人，典型的書呆子，神經兮兮，有點孤僻。

楊先生安靜躺著，一動不動。我拿出課本《當代日語》，開始溫習一些用鉛筆標出的段落。離考試只有一個月了，我準備得還非常不夠。日語是我的剋星，要是我早幾年學就好了。

我正動腦筋分析一個複雜句的語法，突然聽到楊先生在竊笑。我抬頭看見他雙唇微動，在囁嚅些什麼。我收回視線，努力要把精神集中在課本上，但他的話馬上變得清晰起來。他吃吃笑道：「像桃子，不是嗎？」他咂了咂嘴，臉色明亮。

我的好奇心被激發起來。他把什麼比做桃子？我放下書，留心聽。他臉露喜色。「我真幸運。嘻嘻，你知道嗎，你奶頭的味道像咖啡糖。姆……喔，讓我再嘗嘗。」他焦渴地張開嘴。

我聽傻了。他在跟一個女人說話！難怪他看上去那麼快活。他吃吃地笑，但說話又口齒不清了。

那女人是誰？他妻子？不大可能。這幾年來，他們倆都互不理睬；另外，她也不可能有那種乳房。在我印象中，楊太太胸脯扁平如洗衣板。她瘦得像一隻螳螂，因此那對桃子似的乳房肯定屬於另一個女人。外文系有個四十來歲的女人，叫王凱玲，她最近和他合譯了布萊希特的《四川好女人》。她胸部豐滿，皮膚細嫩，且愛交際。楊先生和她關係頗密切，還經常嘻嘻哈哈。好幾回我碰上他們在他寓所一起作翻譯。他們有說有笑，看來挺投契。有一次我見到他們邊品嘗一瓶洋李酒邊聊天；另一次我發現她在他寓所裡煎香腸給他吃。除了她之外，中文系也有幾個女教員跟他來往較多，儘管他們都不敢公開表露彼此的友誼，唯恐引起宋教授注意。

話說回來，那對桃子似的乳房也有可能屬於她妻子，因爲楊先生或許是在重溫早年某段親密的時光。她年輕時可能身材豐滿。也許，這個情慾場面只發生在他夢裡，現實中根本沒這回事。

「對不起，這裡沒有夜壺，」楊先生說：「嘻嘻，你最好是尿到床底那個臉盆裡……」他興匆匆地模仿小便的聲音：「——對，對，用臉盆。」

我突然想到，他大概是在某宿舍或招待所，因爲每個家庭都有夜壺或廁所。

「我看見你了。」他尖聲說道，然後咧嘴而笑，露出有菸垢的牙齒。

跟她說話的女人是誰？應該不是他妻子，因爲楊家有廁所，她夜裡可以用。這件事發生在什麼時候？很久以前？

接著我開始修正我的推論，因爲他和妻子不一定非得在家裡，他們在另一個地方過一夜是完全有可能的，用臉盆代替夜壺也就不足爲奇了。

「天哪，」楊先生越來越有興味地說：「你的屁股眞迷人。漂亮極了，像兩個剛蒸好的大饅頭。」他頓了頓，吃吃笑起來，接著說：「對，我無恥，沒救了，無恥又瘋狂。來，給我一個嘴巴。」

我全神貫注地聽，但他的聲音逐漸變小，儘管他還在神秘地笑著。我又聽了一分鐘，但什麼也沒聽清楚，只好繼續溫習課本。

可是沒一會兒，他又呻吟起來，聲音就像羊在咩叫，聽得我渾身不自在。我不禁暗地裡責怪他：好啦，別再吞吞吐吐。有什麼話就直說。我有事做。如果我考試考砸了，就不能去北京當梅梅的奶頭了。

讓我驚訝的是，他突然大叫，眼睛依然閉著：「甭想！我知道你就想毀掉我。」

我屏住呼吸，不明白他在說什麼。他繼續怒氣沖沖地說：「我沒有存款。你就是殺了我，我也拿不出那些錢。」他頓了頓，接著說：「沒想到你這麼卑鄙。爲什麼你當初要敦促我出國？你設計陷害我，是不是？走開。見到你我就受不了。」

毫無疑問，他是在說花掉那一千八百塊美金的事。維亞說得對——學校一定是眞要他退回那筆錢。但他在跟誰說話呢？某個學校官員？這似乎不大可能，因爲聽他的口氣，他跟那個人挺熟。照維亞說，是彭書記逼他還錢。那個身分不明的人有可能就是她，但她如何設計陷害他呢？她這個人蠢昧無知，又幾乎目不識丁，不可能了解加拿大的學術會議如何運作，也不可能知道楊先生已經被除名，去北美純粹是爲了觀光。

「告訴你，我絕不會向你屈服。」他冷笑道。他憤怒得滿臉通紅，兩唇發青，臉頰出汗。我從未見過他這麼憤怒。他是在跟彭書記爭吵嗎？我不能肯定。他對她總是很有禮貌，至少表面上如此，儘管我知道他心底裡瞧不起她。他剛才那一席話，聽上去更有可能是衝著宋教授吐出的。那個陰謀家會不會是宋教授？

楊先生打斷我的思路，粗聲粗氣地宣稱：「誰也不能毀滅我的靈魂！」

我被搞糊塗了。這似乎跟剛才的場面毫不相干。他此刻在哪裡？是跟同一個人在一起嗎？接著他的臉開始扭曲，大鼻子發紅、翹起。他好像很痛苦，呻吟著：「啊，請別傷害我的孩子們！別拆開他們！我求你別碰他們。」他開始抽噎，淚水湧出眼角；鬆垂的下巴不斷顫抖，好像被什麼東西螫著。然而我說不清他是眞傷心還是在作戲。

簡直是瘋狂，不可理喻。他只有一個孩子，怎麼他提到孩子們，還央求那個折磨他的人不要拆開他們？顯然，他混淆了不同事件。細想一下，我懷疑他是不是還有一個我不知道的女兒或兒子，就是說，還有一個私生子或私生女。這不大可能。就我所知，梅梅一直是她父母唯一的孩子。

此時楊先生嚎哭起來，淚水浸濕他的臉頰。我走過去，在他模糊的眼睛上面晃晃手，他沒有反應。他似乎換到另一個地方，在對付另一個人。他大叫：「我不想要正教授職稱了！你愛給誰就給誰。我也不需要更大的房子了，我完全滿意現有的一切。啊，請別這麼狠！發發慈悲吧！我有一家人要養。別拆開我的孩子們。看在老天份上，別禍害我好不好？」他不得不停下來喘氣。我用一塊暖毛巾給他擦臉，他的臉還在顫抖。

雖然他聽起來固執又悲傷，但看上去卻在阿諛逢承，好像拼命想露出討好的微笑。他下巴的肌肉收緊、哆嗦。他繼續說話，但聲音越來越微弱，再次難以聽懂。我全神貫注，還是猜不出他說什麼。與此同時，他的表情越來越像要巴結什麼人。他一會兒微笑，一會兒嗚咽。這麼怪異的臉，我還是第一次見到，我的兩臂在起雞皮疙瘩。

我煩透了。當我接替班平的時候，我原期待能像昨天一樣，過一個比較平靜的下午，溫習幾篇課文，但是楊先生搞砸了我的計畫。我學習的念頭全跑光了。我攤坐在藤椅上，閉起眼睛，不著邊際地猜測他的秘密生活。

第六章

晚飯後，我仍然悶悶不樂。既無心學習，也不想按原計畫去楊先生的辦公室，於是就回到宿舍。幸好，床上有一封梅梅的來信。我掃掉床單上一隻有翅膀的螞蟻，躺下來拆信。我已寫信給她，講了她爸爸的情況，但她顯然還沒收到。她說：

親愛的堅，

一切還好嗎？你戒菸了沒有？我國每年有四百萬人死於與吸菸有關的疾病。聽我的話，把菸戒了。你知道我受不了菸味。

北京開始熱了，有時候多風多塵。我們學校眼下有點亂，因為每天都有成千上萬的學生上街示威，反對貪官。他們尤其對高層領導人的子女利用父母的職權和關係發財感到憤怒。很多學生都在談著要遊行去天安門。聽說北京幾所高校的學生聯合起來，他們要求迅速實行政治改革，要求政府採取果斷措施打擊貪污並控制通脹。我不相信他們的示威能改變什麼，所以到目前為止我都避免參加。現在離我考試只剩不到五個星期。眼下，沒有什麼比準備考試更重要。

你準備得怎樣？要是有麻煩，就找我爸幫忙。多下功夫準備外語和政治，很多人都是在這些方面翻船的。你當然知道這點，我對你比對自己更有信心。所有科目你都一定能拿高分。就像我爸經常說的，你是一個最有希望的「新學者」。

我猜你還搞不清楚到底我最喜歡你什麼。我現在不告訴你，也許將來會。吻你，摟你。保重。

你的
梅梅
一九八九年四月十五日

我也聽說過北京學生示威的事，但沒想到聲勢如此浩大。近來我很少收聽「美國之音」或英國廣播公司電台。同屋滿韜一直收聽新聞，經常跟我提起示威的事。但近來每天吃罷晚飯，我都要在楊先生的辦公室裡，花幾個小時溫習課本；回到宿舍，同屋們都已睡著了，因此我們難得有機會說話。我必須全力以赴，準備考博士。博士學位最終會使我躋身於中國最重要的文學研究者之列。目前，全國只有幾千名博士生，其中搞文科的人不足百分之十。

梅梅迴避政治活動是對的。我父母總是告誡我遠離政治。我父親以前在天津當過報紙編輯，負責一個有關婦女問題的欄目。他因公開批評報社黨委書記而被打成右派，下放到黑龍江省邊境的富錦縣，在一個林場工作了三十多年。梅梅聰明伶俐，又頭腦冷靜，絕不會讓自己捲入政治。她打算拿了學士學位後就專攻兒科，並已在北京申請考一個醫學院的研究生。她不會考慮去別的地方，因爲她喜歡首都。事實上，只有成了研究生之後，她才能獲准正式留在北京。研究生不需要分配工作，她也就不會像本科生那樣被分配到別的地方去。

我從床上起來，把菸蒂扔在水泥地板上，踩熄它。我戒了兩個月菸，但楊先生中風後，我又抽上了，近來差不多一天抽半包。

我感到渾身髒兮兮的，就拿了臉盆去浴室。走廊又長又暗，瀰漫一股霉味和尿臭味，尿臭味是走廊東邊盡頭的廁所散發的。蚊子和蠓蟲發瘋似地飛舞。我只穿寬鬆的短褲。除了三四位研究生的妻子外，這些宿舍只住男生，因此我們大多數都赤膊上浴室，甚至去外面的自行車棚。

用毛巾和冷水擦洗了一陣子，我精神振作起來。我坐在我們房裡唯一的寫字檯前，開始給梅梅回信。同屋們都還未回來，所以我不必擔心受打擾。我寫道：

親愛的梅梅：

我今天心情不好，但你的來信像一陣新鮮空氣，使今晚變得不一樣。你不參加學校的政治活動，是很明智的做法。政治是險惡之地，毒如酸雨，你我這種小人物不宜涉足。

這幾天我都在為應付考試而臨時抱佛腳。我對日語一籌莫展，無論怎樣努力，都學不進去。這裡發生太多事情，使我無法專心。但我會更刻苦地鑽研，攻下日語。我知道，這也許是我去北京跟你會合的唯一機會，所以我一定要珍惜。

我想此刻你大概已收到我上封信了。你爸爸情況很差，但病情已穩定。別擔心。你不必趕回來，這裡有我照顧。祝你複習順利。想念你。

你未來的老頭子

堅

一九八九年四月二十五日

我封了信，便扭開收音機，聽「美國之音」。想不到，收音機裡傳來人們唱歌和喊口號的聲音。女記者用緩慢、簡單的英語宣布，一群人民大學的學生正在前往天安門的途中，跟已在那裡的大學生們會合。透過劈劈啪啪的靜電噪音，我能聽到千把個聲音一齊高喊「不獲全勝誓不回校！」「打倒腐敗！」「國家興亡匹夫有責！」「給我們自由和民主！」

第七章

沒想到梅梅第二天下午就回來了，但她只能待一天，因爲她不想影響學習。整晚她都在醫院陪父親。有她在身邊，他安靜多了，不再亂說話，臉上的鬱悶和傻笑也一下子消失了。她餵他吃飯時，他不再吵鬧，而是乖乖張開嘴巴，還津津有味地咀嚼蒸熟的蘋果。我想，要是由她來照顧他，他的病情一定會迅速好轉。

梅梅儘管活潑，卻難掩疲態，眼神黯淡，頭髮有點凌亂。她昨晚乘十一點的火車回山寧，整夜沒睡。晚飯後，我催她回家好好睡一覺，但她不想離開。

沒多久楊先生開始煩躁起來，顯然是背部有什麼東西令他不舒服。梅梅將一隻手伸進他襯衣下，替他抓了抓，但他依然不停地扭動。她解開他的襯衣鈕扣，發現他左肩胛下有一顆赤豆般大小的瘡，已經化膿。這個發現使她很不高興，她說我至少也應該每隔一天就用乾淨的毛巾替他擦擦身。的確，我沒有在個人衛生方面多幫他，不是我疏懶，而是實在不知道該做什麼。我一向心不在焉，老是忽略小事情。這也許就是大家把我叫做「詩人」的原因，儘管我從未寫過一首詩。我每天都有用暖毛巾替楊先生擦臉，也幫他洗過一次他那雙靜脈曲張的腳，但別的就沒做了。我相信班平甚至不會想到要給我們老師抹臉。他通常是坐在房間裡看書，或站在走廊裡跟某個護士或病人聊天。此刻，想到自己沒有盡職照顧老師，我感到無地自容。

梅梅從她褲腰上取下一枚別針，往她父親那顆瘡的尖頭一挑，把膿汁放掉。接著，她用一塊浸了酒精的棉團，細心地拭抹那膿腫的部位。之後，她又替他擠掉背部幾粒丘疹。我按照她的吩咐，打來兩瓶熱水。我們一齊將楊先生的睡衣褲脫掉，用熱毛巾替他擦身。他臉朝下臥著，粉紅色的皮膚冒出蒸氣，他喉嚨裡發出快樂的呻吟。

擦完背部，我們把他翻轉過來，擦他的前身。他瞇起眼睛，臉上綻開滿足的微笑。

我們替他換上乾淨衣服後，梅梅開始幫他刷牙。他張開口，露出有病的牙床。他的牙床有些地方已經潰爛，小量出血。他的舌苔很厚。「天呀，」梅梅對我說：「你這些天都幹什麼了？至少該使他保持乾淨。」

「對不起，我實在不清楚。」

「這是常識。」

「對不起，要是我早知道就好了。」

「每隔三四個小時就該把他翻過來，讓他俯臥一會兒，否則他會長褥瘡。」

「明白了。」

「那些護士都該開除。」

「是呀，她們都不怎麼幫他。」

「她們在這裡的時候幹什麼？」

「乾坐著，織毛線或翻雜誌。」

她幫他刷了兩次牙，說他的牙齦炎很嚴重，最好是想辦法治一治他的牙床病。城裡的牙醫大多只會拔牙或補牙，沒幾個會治牙周病。梅梅忙於替父親護理的時候，我打來更多的水。我們讓楊先生將頭伸到臉盆上，一齊幫他洗頭。我用兩手抓住他的後頸，感覺暄糊糊的；梅梅則給他的灰髮塗肥皀。他口裡呼出一股腐味，我趕快屏息，轉過臉。梅梅窩起兩個手掌來舀水，讓它流在他頭上，沖掉皀沫。轉眼間，數百根頭髮浮在藍色的皀水上，白臉盆內側積了一圈油膩膩的污垢。要是我在梅梅回來之前幫他洗頭就好了。

洗完後，我幫他刮臉，並用一把剪刀替他修鬍子和剪鼻毛。現在他像個正常人，臉色紅潤。

十點後，我帶梅梅回家。街上擠滿剛從夜校放學的人。她側身坐在我的自行車後，她的臉貼著我的背部，一隻手臂摟住我的腰。我感到她身體的溫暖，興奮得猛按車鈴，甚至闖了一次紅燈。

我怕她發現我又抽菸了，於是在晚飯後用她父親那把磨平了毛的牙刷刷牙和擦舌，因爲我沒把牙刷帶在身邊。然而，當我倆在她家裡擁抱時，她還是聞到了我呼吸裡的菸味。「你有臭味。」她一躍而起說。她走開，坐在一張扶手椅裡，把我留在沙發上。我尷尬地望著她，感到滿臉在發燒。

她開始訓斥我，我聽著，沒有頂嘴。她說：「一聞到你呼出的氣我就噁心。我叫你戒菸，跟你說了多少次了？爲什麼你總是把我的話當成耳邊風？你瞧你，連手指都薰黃了。爲什麼你說話不算數？你知道抽菸肺會變黑，還會患上氣管炎，但你就是要抽，炫耀你多麼有氣派。」

「對不起，我也不想。」我囁嚅道。

「如果你繼續抽菸，我們將來怎能一起生活？再說，這完全是浪費錢……。」

我感到羞愧，無言以對，任她發火。等她說完了，我答應她，這回我一定戒菸，不再以她父親生病作藉口。我原打算跟她上床，但眼看她怒氣未消，親熱是不可能的了。再說，她已累垮，眼睛都睜不開。所以，我勸她睡覺。她擦了臉，洗了腳，然後快步走進臥室，關上房門。我睡在沙發上，整夜都不敢打擾她。

第二天早晨，我們又去了趟醫院。班平見我們一早就來接替他，高興極了。我們幫楊先生梳頭刷牙之後，梅梅坐在我膝上，因爲房間裡沒有別的椅子。昨夜睡了一覺，她已完全恢復過來，又再神采奕奕，偶爾還顯露出幾分佻皮。她的格子連衣裙相當樸素，洗得乾乾淨淨，鬆鬆地垂掛在她身上，所以我也就不必擔心會弄皺它。她心情愉快，眼裡放出柔光，厚嘴唇微微翹起。我忍不住撫弄她的頭髮，吸入那榛子似的香味。我不斷吻她的頸部，或輕捻她柔滑的小耳朵，儘管心裡害怕會被她父親看見。

我們聊到北京的學生示威，楊先生則安靜地聽著。漸漸地，我們的話題轉到應付考試上。那所醫學院的兒科學只有六個研究生名額，爲了得到其中一個名額，梅梅得跟一百多個報考者競爭。

「我們成立了一個小組，學習政治經濟學和黨史。」她對我說。

「管用嗎？」

「當然了。我們互相提出一些可能會在考試中出現的問題。這個辦法能使我們把答案記得更牢，也在互相提問的過程中增添一些樂趣。應付政治考試，除了死背硬記，沒有別的途徑。」她笑得下巴突出來。

「沒錯，」我表示同意：「但這是浪費時間。每年都有些答案跟前一年不一樣，尤其是中共黨史。全看現在誰當權——勝利者總是修改歷史，把失敗者變得像一幫犯罪分子。」

「別這麼玩世不恭，」她說：「我們除了寫下預定的答案，別無選擇。」

「我不能花太多時間在政治上。其他科目對我更有意義。」

「你必須認眞對待政治考試。去年我們學校有個學生除了政治，全都拿高分，但政治考試一敗塗地，只得了四十六分。這使他吃盡苦頭，儘管他非常聰明，英語和俄語都流利。」

「他最後讀上研究生了嗎？」

「讀上了，但費了不少周折。上海軍醫大學決定要他，就派了一個三人小組到我們學校。他們開會，向其他學生了解他的政治態度和活動。大家都幫他說了些好話，兩個月後，經教育部批准，他才被破格錄取。」

「算他走運。」

「是呀，因爲他確實出類拔萃。我們也許永遠沒那種運氣，所以要刻苦學習黨史和辯證唯物主義。」不知怎的，她竟沒有提及政治經濟學和時事，它們也各占政治考試的四分之一。

「我會的，別擔心。」我說。「說實話，我最怕日語。在政治考試中，即使你對一個問題沒有確切答案，你也可以發揮想像力，尤其寫那些短文的時候——無非是多造些句。但是考外語，每個答案都是固定的，沒有蒙混過關的餘地。」

「你英語比大多數考生都好，即便你日語考試差些，你還是勝過別人。別灰心。」

突然間，楊先生插嘴道：「她說得對。還有，別忘了我會大力推薦你。北大那些教授會認眞聽取我的意見。所以別浪費時間在這裡照顧我。專心學習。我要見到你們倆結婚，在北京安家落戶。這樣我就滿足了。」

他說得如此有條理，令我驚訝。梅梅伸了伸舌頭，它又紅、又薄、又窄。她的神情越來越頑皮，有點男孩子氣。她是這麼迷人，雖然我們在她父親面前不敢太親熱，但我還是情不自禁地碰觸她的前臂，撫摸她的雙腿。她有少許腿毛，近於褐色，在陽光下會變得透亮。要是我們能待在戶外就好了。

她必須趕十二點半的火車回北京。她不讓我給她買午飯，說她可在餐車裡吃，那也是在火車上消磨時間的好辦法。離開前，她請我原諒她昨夜對我發脾氣。我告訴她，我一點也不在意。我向她保證會更盡心照顧她父親——我會替他擦身、刷牙，用棉團浸酒精或雙氧水幫他洗瘡。我會天天做這些事情。還有，我會經常替他洗腳和剪指甲，確保他不會長褥瘡。

我不能去火車站送她，她是獨自走的。

一九八七年春，我遇見梅梅之前三個月，香港一家貿易公司來山寧大學招聘員工。他們只招聘精通中英文的研究生，並對應徵者進行中英文書面測驗。有幾十人應徵，那些職位的工資要比大陸一般大學畢業生的工資高出十多倍。我參加測驗，竟然考了個第二名，可能是我英文比別人好。因此，那家公司極想聘用我。招聘小組的負責人找我談了兩次，答應給我住房津貼，甚至資助我將來子女的教育。他還說，我每年年底都可以得到一筆可觀的獎金。大多數人都垂涎這個機會。班平得知我的考試結果，便恭喜我。他說，可惜自己沒有用心學英文。他連去參加考試都不敢。然而我拿不準該不該去香港。我請教維亞，她也不能肯定。她也認爲這是一個難得的機會，但她覺得我這個人不適合做生意。衆多教師私下都跟我說，機不可失，不該遲疑。其中一個悄聲告訴我：「別那麼死板，萬堅。無論做什麼，當老師或寫作，還不是爲了求個溫飽。那份工作報酬實在太好了，你有一天會變成百萬富翁。」

然而，聽別人說得越多，我自己越是拿不定主意。我不敢請教楊先生，唯恐他會罵我。我知道他不喜歡我經商。

有一天傍晚，我離開教學樓的時候，楊先生看見我，把我叫住。我停在側門。

楊先生趕上來說：「回宿舍嗎？」

「是的。」我說。然後我們一塊繼續往前走。我們默默朝校外的街道走去。在多塵的運動場上，有些本科生正在追逐一個足球，兩個胖姑娘在推鉛球。一群穿運動服的學生正在畫界線，準備舉行體育比賽；他們拿著水壺，在球場外圍的地面上倒石灰水。

楊先生對我說：「聽說你要去香港發財了。」他語氣帶著嘲弄。

我猝不及防，回答說：「他們對我感興趣，但我還沒決定。」

「你認爲自己擅長進出口生意嗎？」他語調變得嚴肅。

「我不知道。」

「你能丟掉詩歌研究嗎？也許你能，是我看錯你了。」

「我也一直在想這個問題。老實說，我不喜歡做生意。我愛詩歌，你知道，但現在大家都想賺大錢。」

「嗯，但你不是大家。」他放慢腳步，指了指一個拉著地板車的男人，那男人三十多歲，車裡裝滿煤渣和垃圾。「瞧那傢伙。」他說。那男人赤著上身，汗流浹背。「無論他賺多少錢，我打賭他今晚要睡在街上。哪怕有一天他賺幾萬塊，他也不會變成一個眞正的有錢人。他不會想到要去住旅館或坐飛機去上海。他生來就是窮人，並將永遠做窮人。」

「你這話怎麼說？」我囁嚅道，對他如此鄙視垃圾工感到不安。

「如果你決心要研究文學，你在精神上就必須是個貴族。我們很多人一生都受窮，但我們心靈豐富，滿足於做一個唐吉訶德。」

我無言以對，繼續默默走著。

他把一隻手搭在我肩膀上，補充說：「好好考慮這個問題，萬堅。我不想叫你做違心事，但你也該選擇自己的生活方式了。」

我反省了幾天，才打定主意。當我告訴楊先生我決定放棄那個賺錢的機會時，他兩眼發亮說：「萬堅，我知道你明白事理，不會亂來。如果你是別人，我就不會跟你談這個。從現在起，我要你更刻苦地學習。」

「這正是我盼望的。」

我自己也被這個抉擇感動，覺得這是一種犧牲。另一方面，一旦下定了決心，我反而感到平靜，就連飯菜的味道也好了許多。漸漸地，我能看出楊教授對待我的態度，跟對待其他研究生不同。他經常私下指定一些書籍和論文讓我讀。

半年後，我和他女兒訂婚了。

第八章

路上交通堵塞，我遲到了，向班平道歉。

「沒關係。」他說。

「他今早還好嗎？」我問起楊先生的情況。

「糟透了。」

「什麼事？」

「他唱了很多歌。」

「唱些什麼？」

「什麼都有，有革命歌曲，有京劇片段。」班平搖搖頭，訕訕地笑。

他的笑容給我一種奇怪的感覺，既悲哀又厭惡。我腦裡突然有一個聲音在說我們老師，要是他失去語言能力就好了。

而此時楊先生睡得正香，鼾聲如雷。

班平帶著一把破黑傘和一本厚厚的《偵探小說集萃》走了出去。他一直在寫一部偵探小說，我懷疑他永遠也寫不成。我注意到他的羽毛書籤每天大約往書後移一百頁。他照顧我們老師時，仍能讀不少東西，似乎楊先生的胡言亂語一點也不妨礙他。今天我只帶來一本袖珍英語字典。我坐下，開始溫習我已畫了著重線的條目。

約半小時後，楊先生挪動身體，咕噥了些什麼。我盡量不去理會他，但又忍不住偶爾瞥一瞥他。他鬆垂的臉今天不那麼浮腫，卻青如鴨蛋；他的頭髮看上去邋邋遢遢，儘管我昨天下午已替他洗梳過。他的兩唇不知怎的老顫抖。我一時無法理解他怪異的面部表情——嘴角急抽，呼吸加重。

他是在哭嗎？不太像。大概是在跟誰笑。我知道每當他精神好，他的舌尖就會舔上排牙齒。他在課堂上經常這樣笑。我移開目光。只要他這樣安安靜靜躺著，我就可以繼續細讀我的字典。

但沒多久他又開始大聲講話。我不禁伸長脖子傾聽。他似乎是在朗誦什麼。看得出他興奮極了，氣喘吁吁的，臉上泛起粉紅色斑塊。突然，他放聲吟誦起來：

啊，璀燦的群星，啊洋溢著

神聖力量的光，是你們賦予我

所有的天才，無論它有何價值。

那塵世生命之父與你們一同誕生

並隱藏在你們中間，當我

初次呼吸托斯卡納的空氣。
而當我有幸進入你們在其中轉動的
飛旋的高天，我被指定要去的
正是你們那遙遠的領域。
此刻我的靈魂虔誠地朝著你們吐納，
以便獲得足夠的力量
踏上那通往終點的艱難旅程。

他停頓下來，綻開笑容，但嘴角抽動，讓我想起一隻剛咬了辣椒的兔子。「你圈不住我的靈魂，誰也不能！」他尖聲叫道。

這是什麼詩？我納悶著。它那歡欣、清亮的音調和流暢的節奏表明它是一首外國詩。中國詩歌絕對沒有這種天堂景象。這時我想起，那肯定是《神曲》的片斷。

他又朗誦：

「你已經如此靠近那終極的幸福，」
俾德麗采開始說：「你必須淨化激情，

雙眼保持清澈和敏銳。
在你更深入地走進去之前，
請向下俯望，看我已把
多大的世界鋪展在你腳下，
好讓你那顆充滿喜悅的心
顯示給得意的眾仙們看，
他們正歡欣地穿越天空而來。」

他停下來，彷彿在思考俾德麗采的話。我正是從俾德麗采這個名字，知道楊先生是在朗誦《神曲》裡哪一部。那是〈天堂篇〉的片斷，因爲俾德麗采是在〈天堂篇〉中才見到但丁的。

他繼續朗誦，臉神也越來越放鬆，但有時語無倫次，聽不清楚。我沒有用心去聽他。即使我明白他背出來的每個句子，也不可能領會但丁的天堂景象。我是在地上，在這個地獄般的病房裡，而他則由俾德麗采引領，穿過仙境，沐浴在聖潔的愛情和天國的光輝裡。也許只有精神錯亂的人才會享受這種崇高的幻覺。

但是，一想到《神曲》對楊先生的意義，我趕緊收起那些不敬的念頭。這首長詩曾救了他一命。

兩年前，一個初夏早晨，我去他的辦公室，見他正伏案讀一本翻爛的書。我走近他，想瞄一眼書名。

他知道我的用意，就拿起書，讓我看它的封面，封面上有一幅圖，畫著無數拳頭，大小不一，全都刺向天空。那是〈地獄篇〉。「你讀過但丁嗎？」他用帶鼻音的聲音問我。他正因感冒而鼻塞。

「沒有。」我說，有點尷尬。

「你應該讀讀《神曲》。讀了它，你會用完全不同的觀點看世界。」

我去圖書館，把三卷本的《神曲》全借來，花了兩星期把它看完，但我並不喜歡它，而且覺得這個世界依然如故。另一方面，〈地獄篇〉裡那些被罰入地獄的人所處的骯髒環境和所受的折磨，令我感到恐怖。當我告訴楊先生，我已讀完《神曲》，他便要我談談看法。我沒有準備，一時語塞，只能籠統地談了地獄裡幾個駭人場面。我茫無頭緒，甚至扯到那些陰森的木刻插圖。

我簡直愚不可及，因為他對那些場面瞭如指掌。他桌上就擺著一本〈煉獄篇〉。他一定是天天讀《神曲》。

「我們現在在哪裡？」他問我。

「你的意思是？」

「但丁描述了三個世界，我們現在在哪一個？我們肯定不是在天堂，對嗎？」

我不知怎的，竟想起一首流行歌曲，於是一本正經地隨口說出來：「我們的生活比蜜甜。」

他縱聲大笑。「萬堅，你有幽默感。很好。幽默使人保持鎮定。我希望我也有。」接著，他的臉又嚴肅起來。「我們既不是在天堂也不是在地獄。我們夾在地獄與煉獄之間，你說是嗎？」他詭秘地微笑，嚼了嚼嘴巴。

「也許是吧，我會好好想想。」我含糊地說，無法明白他的奇談怪論。我不想多談。唐詩已經夠我忙的了，我不需要再讓這首大部頭的基督教長詩擾亂我的心。我轉過頭。牆上掛著維亞畫給他的一幅油畫，畫中一個笑呵呵的胖和尚一邊吃著葫蘆裡的無花果，一邊搧著裸露的大肚子，大肚子上還黏著幾塊碎果皮。

楊先生繼續說：「這是我最喜愛的詩。它救過我。」

「眞的？」我又來了興趣。

「文革爆發時，我被打成牛鬼蛇神，罪狀是我譯過幾首外國詩，另有一次我堅持說歌德是一位偉大的詩人。學校裡那些造反派有時給我戴上一頂高帽，寫上我的姓；有時在我脖子上吊一桶水，使我低頭彎腰；有時逼我跪在洗衣板上，即使我膝蓋流血，也不讓我站起來。但在受盡折磨期間，我常常背誦《神曲》中的詩行。他們可以傷害我的身體，但他們壓服不了我的靈魂。我一閉上眼睛，就看見〈地獄篇〉裡的場面。如果他們強迫我睜開眼睛，我就會把我下面和周圍那些瘋狂的人想像成被拋入地獄裡的壞蛋和妖魔鬼怪。他們殘暴又凶狠，因爲他們沒有希望。當我默誦《神曲》，我感到我遭受的痛苦是要幫助我進入煉獄。我有希望。痛苦可以淨化靈魂。過了煉獄就是天堂。」

「你是基督徒嗎？」我脫口問道，眞不明白他爲什麼要費勁背熟這麼一部長詩。

「不是，我從來沒有眞正信過教。但那時我受盡折磨，經常希望自己是個基督徒，這樣我就可以誠心誠意向上帝祈禱。馬克思告訴我們，宗教是精神鴉片。說得一點沒錯，但人類偶爾也需要用精神麻醉品來減輕痛苦。肉體本身還不足以支撐我們。不管怎樣，這首詩幫助我、安慰我、鼓舞我，我好幾次想自殺，都是靠它度過難關。」他舉起手，扼住自己的喉嚨，伸出舌頭，扮了一個怪相。接著，他拿起桌上的〈煉獄篇〉，向我晃了晃，彷彿要讓我相信，這本殘舊的平裝書擁有無邊的力量。

如今他身在醫院，臥床不起，精神卻漫遊太空，似乎只要異教徒在生活中保持謙卑和賢良，基督教的神聖天國也會接納他們。我默不作聲，免得干擾他的幻覺之旅，讓他在極樂世界多享受一會兒。

見到他蠕動嘴巴，臉上綻開微笑，我便翻過一頁字典，繼續細讀，並時不時望一望他。

外面響起警報聲。大概是附近什麼地方發生火災。我分不清汽笛聲來自哪個方位，因爲窗外堆積如山的無煙煤使我難辨東西南北。警報聲越叫越淒厲，楊先生挪動身體，低聲說道：「火，火，神聖的烈火。燒死他們，燒死那些魔鬼！」

我留心聽著。他嘆息道：「是呀，火與玫瑰本爲一體。」他睜開眼睛，四下張望。他看到我，目不轉睛地注視我一會兒。接著，他費力地轉過身，臉朝窗口，但無法移動左肩。我起身走過去。

「幫我一下。」他說。

我扶他坐起來，用右臂托住他的背部，另一隻手抓起枕頭讓他靠著。他似乎很想說話，我坐回到椅子上，準備洗耳恭聽。

但他還沒開腔，便有人敲門。我去應門。出乎我的意料，黃副校長的白頭出現在眼前。自楊先生住院以來，沒有校領導來探望過他。副校長個子高大，他邁近一步，手裡提著一網兜黃蘋果，有些蘋果帶有褐斑。他穿一件雙排鈕和尖翻領的西裝上衣，上衣太寬，使他的三角臉更顯瘦小。「你好嗎，萬堅同志？」他問道，灰白的眼睛直視我。

我萬萬想不到他知道我的姓名。「好，謝謝您來。」我說，並靠邊一站，讓他進來。

他走向楊先生。他六十多歲了，但看上去保養得很好，腰身壯而不胖，雙腿瘦得不見臀部。他熱誠地對我老師說：「你怎麼樣，老楊？感覺好些了嗎？」他輕拍楊先生的手。

我老師沒回答。副校長又說：「我來看你。瞧，我給你帶來一些鮮果。你還好嗎？」他把蘋果提起來，擱在床頭櫃上。

「我好，一兩個小時內死不了。」楊先生哼了哼。我對他的惱怒感到不解，鬧不懂他爲什麼對副校長沒一點敬意。

黃副校長轉向我，露出笑容：「我想跟你老師談談。」我明白他是要我避一避，便走出屋，輕輕把門關上。

我在走廊裡遛達了幾分鐘，然後坐在一張直靠背的長椅上。我有點頭暈，太陽穴隱隱作痛。我昨晚猛啃一本辯證唯物主義教科書，直到凌晨三點才上床。現在趁著這個空檔，我閉上眼睛，合抱雙臂，很快便迷迷糊糊地睡過去了。

我做了個怪夢，夢中我和梅梅待在一家海灘旅館裡。我胃痛，病倒在床上，渾身發抖。梅梅戴著一頂白帽，穿一件及膝的裙子，正在我們隨身帶來的小酒精爐上熬鯽魚湯給我喝。六條燈芯有五條在燃燒，火舌舔著不鏽鋼鍋底，發出噝噝聲。梅梅精神煥發地拿著一把鍋鏟翻轉那條肥魚，口裡哼著一首民歌。外面，在鼓漲的大海上，兩三張灰帆幾乎不動地滑翔著，岸上某個地方有人正在嘟嘟地吹海螺。

湯熬好了，呈乳白色，聞起來像蒸熟的貽貝。我病得太重，不能自己吃。梅梅試著用一支湯匙餵我，但湯匙太寬了，進不了我的嘴。她在我耳旁尖聲說：「張大，張大，我的小新郎。」但我的嘴太小了，塞不進湯匙，幾滴魚湯溢到我襯衣前襟上。她竊笑道：「你這小嘴，像小姑娘的。」

無論我怎麼努力，都無法將嘴張大些，好像兩個嘴角被縫住了似的。我舌頭失去感覺，像一根木棍。我生自己的氣，心跳加快。我叫她把碗放下，上床來。她脫下襯衣、府綢裙和短襪。現在她只穿紅色短襯褲和白色棉胸罩，右乳下有一顆桑葚大小的胎痣；她肚子幾乎是平坦的，雙臀優美，兩側凹陷，像兩個大酒窩。她躺下來，依偎在我身邊。當她觸摸我的前額，我打了個顫——她的手冷冰冰的。

「你發燒。」她說。她的兩膝暖和些，她就用它們摩擦我的大腿。

「沒事兒。」我咕噥說，仍在發抖。

「叔叔，行行好。」一個聲音闖進來。

我們都呆住了，屏息聆聽。

「叔叔，可憐可憐吧。」同一個像是孩子的聲音說。

我張開眼睛，看見一個瘦骨嶙峋的小女孩，只有四、五歲，站在我的皮鞋之間，用一隻皸裂的手碰觸我的膝蓋——我這才發現自己是在醫院走廊裡。

「你要什麼？」我問。

「錢。」她張開蒼白的手掌，掌邊積著一層污垢。可能是飢餓或恐懼的緣故，一對黑眼睛顯得又大又凶。

我從褲袋裡掏出幾個硬幣給她。她一聲不響地晃著彎腿跑開，腳下穿著一雙破爛的旅遊鞋。走到走廊盡頭時，她向一個女人揮了揮拳頭，把錢給她。那女人瞥了我幾眼，顯然是小女孩的母親。我狠狠地瞪了瞪那個嘴巴凹陷的女人，低聲罵道：「狗養的。」我感到受騙，原以爲那孩子是自己一個人。

不知道剛才打了多久的瞌睡，我站起來，感到右腿不聽使喚。我有點急，納悶探病的人走了沒有，就一瘸一拐地走到病房門口，耳朵貼著鑰匙孔聽動靜。黃副校長還在裡面。他正熱切地對我老師說：「讓她自己決定，行嗎？」

「不行。」楊先生回答。

一陣沉默。

約半分鐘後，黃副校長又說：「好啦，老楊，想開點。這件事等你好了我們再談。」

我老師沒有反應。

我聽到腳步聲朝著房門走來，便跳到一邊。副校長走出來，向我點點頭，示意我可以進去了。「好好照顧楊教授，沒問題吧？」他對我說。

「當然沒問題。」

「再見。」他沒再多瞧我一眼，就走了。他似乎心事重重，滿肚子不高興。

我躡著腳走進房裡。楊先生坐在床上，盤起兩個腳跟，垂著腦袋，閉著眼睛。我坐下，留心觀察他。他看上去像一尊佛，呆滯如植物，但兩手窩在膝蓋上，而不是向上攤開手掌。過了一會兒，他兩眼眯開一條縫。他的臉神表明他保持警覺，但他剛才爲什麼要假裝在打盹呢？

「他走了。」我告訴他。

「誰？」

「黃副校長。」

「他是誰？我不認識他。」

我被弄糊塗了，不知道該怎樣應付他。我胸中湧起一陣憤怒。他當然認識黃副校長，要不剛才是誰在跟他說話呢？但我沒出聲，回想我剛才的夢。爲什麼我不能吃魚湯？那可是我最喜歡吃的。我嘴一點也不小，至少比一般人要大。我不斷嗅鼻子，好像能聞到那鮮美的湯味。

事實上，梅梅不會做飯，連饅頭也不會做，不懂怎樣用麵引子或蘇打，更別說熬鯽魚湯了。但我不介意這個。我曾答應她，結婚後主要由我做飯。她說她可以洗碗。

「報仇！」楊先生聲嘶力竭地大叫，彷彿在扮演某齣舊戲曲裡的官家劊子手或小流氓。「我要揮起九節鞭抽打你的胖屁股，啪、啪、啪——我要喝你的血吃你的肉。啊，我決心已定，要將你們整幫人像野草一樣全除掉！殺人就得來償命！」他的聲音越來越尖，越來越響。

我完全摸不著頭腦，不知道他是在作戲，還是眞以爲自己在舞台上。我屛住呼吸，看著他扭動，好像他在努力掙脫看不見的鎖鏈似的。他樣子痛苦，大概是在想像跟某個敵人對罵和打鬥。

他氣勢洶洶地唱道：「我要消滅你們這幫害人蟲，不到紅雲蓋大地，決不收兵……」

我啞口無言地聽著。他扮演了約半個小時的鬥士。我搞不清爲什麼黃副校長的來訪會如此擾亂他。黃副校長絕不會在這個時候來逼他還那一千八百美金。既然如此，楊先生這樣發瘋到底是爲什麼呢？

第九章

兩天後，外語系女講師王凱玲來看楊先生。她帶來一束紅綢玫瑰和一本剛由上海明天出版社出版的《四川好女人》。她說這本書頗受好評，並說《外國戲劇》雜誌將發表一篇書評，讚揚這個活潑、扎實的譯本。當她試圖跟我老師說話時，我不知道該如何處置那束花，只好幫她拿著。

她中等身材，穿一件紫褐色連衣裙，看上去不顯胖，豐滿的胸部也較順眼。她的外表讓我想起楊先生關於桃子似的乳房那番話，但我盡量抑制這種不著邊際的想法。其實我非常尊敬凱玲。她丈夫是軍隊某團部的參謀，十年前在中越邊境戰爭中犧牲了。此後，她獨力撫養兒子。今天，她顯然沒料到會目睹我老師落得如此悲慘境地。她激動地對我說：「他上星期不是這樣子的。爲什麼他們在電話中告訴我說他正在好轉？這樣子太糟糕了！」她不斷地搓手，淚水模糊了眼睛。

今天下午楊先生實在太神志昏亂了，不能跟任何人說話。他雙唇老是擠成一團傻笑，像一個唐氏症患者。他們合譯的那本書，似乎沒給他留下特別印象，凱玲在他眼裡好像是陌生人。無論她說什麼，他都不回答。我甚至不能肯定他是否認得她。他發出含糊的哼哼聲和呻吟聲，好像患了偏頭痛似的，上身老抖顫。

凱玲拿起楊先生無力的手，撫摸他的手指，淚水奪眶而出。她不斷地用一塊白手絹擦拭兩頰，臉立即顯得老多了，有點兒灰黃，彷彿肌肉已失去彈性。她鼻塞，鼻尖兒圓鼓鼓的。她抽泣時，豐滿的下巴不停地顫動。見她這模樣，我真希望能說些安慰話。接著她俯身細察他的眼睛，他眼神還是那麼呆滯和迷糊，沒有任何認出她的跡象。在他浮腫的臉上，那對眼睛就像一條線，兩唇分開。我有一股衝動，想抓住他的雙肩，把他從麻木的狀態中搖醒。

凱玲在他面前站了二十多分鐘。她時不時凝視他的眼睛，急著想知道他是否還認得她，但他活像一個沒有感覺的弱智者。我告訴她，今天剛好是個壞日子，他平時反應要靈敏得多，神志也清醒些。她點點頭，一言不發。

她終於放開他的手。她把書擱在他膝蓋邊，說道：「楊教授，你一定要好起來。我需要你。你答應過要跟我合譯布萊希特的詩。」他沒有反應。

「我譯了他一些詩，草稿已經完成，我自己很喜歡。」她補充說。

他依然沉默無語。她望著我，眼裡充滿失望，不斷用右拇指按太陽穴。

離開時，她告訴我，如果楊先生需要什麼，一定讓她知道。她悄聲說：「等他清醒了，就把這本書拿給他看。他會很高興。」

「好的。」我答應她，並把玫瑰放在床上，送她出去。

「我這樣動感情，眞對不起。我傷心極了。」她勉強微笑。

「我明白。」

「眞希望可以帶些鮮花來，但我去了幾家商店，都找不到。」

「別在意，人工花不會死。」

她苦笑了一下，低頭垂肩出了房間，我跟在她背後走了幾步，便停下來目送她拖著腳步離去，消失在樓梯拐角。

她這次探訪使我又難過又感動，無論她在楊教授的生命中扮演什麼角色。她是一位寡婦，有關她的流言蜚語著實不少，但今天，在我面前，她不在乎爲他掉淚，爲一個她深深關心的人哭泣。衆所周知，有些女人學了幾年外語之後，會變得熱情、浪漫甚至富有同情心。這大概就是外語系女生通常比其他系的女生更迷人的原因之一。但是，這仍不能解釋凱玲帶給我的感觸。我被她這次探訪打動，是因爲她給這陰森的病房帶來一點人間溫暖，這溫暖在她離開後繼續感染著我。

爲什麼《四川好女人》最近如此受歡迎？我再次想起這個問題。我無法得出明確的答案。我讀了幾篇有關這齣戲的文章，但全都無關痛癢，以作者生平介紹爲主。那些批評家倒不如稱爲愛好者，他們一味把它譽爲傑作，卻說不出所以然。也許是因爲在西方嚴肅文學中，以中國做背景的作品難得一見，於是乎，當布萊希特的作品在文革後終於被譯成中文，他們便忙不迭地寫文章湊熱鬧。然而，在我看來，這齣戲似乎不如《蠻子大媽和她的孩子們》，不應該像他們宣稱的那樣，被視爲布萊布特最出色的戲劇。

楊先生蠕動了一下，張開眼睛。他眼裡似乎充滿疑懼，移來移去。我感到迷惑，如果他這麼清醒，爲什麼剛才沒認出凱玲。

「幫我一下。」他焦急地低語道。

「什麼事？」我不解地問。

「我——我尿床了。」他轉過臉。

我摸了一下他大腿底下的床單。老天，他已弄髒了睡衣褲、被子、床單和褥子，草蓆也一定濕了。

「坐著別動，我馬上就回來。」我對他說，然後急忙出去找護士。

碰巧是老女人姜紅值班。她立即跟我上樓。我們合拉著一張格格作響的輪床，上面裝滿乾淨的床褥和衣服。就我所知，這是楊先生第一次小便失禁。姜護士說，在中風病人中，這種情況很普遍。

我老師見到我們，便囁嚅道：「對不起，眞對不起。」

「沒事，別不好意思。」護士告訴他。

我扶他爬上輪床，好讓姜紅更換床褥。我們沒法更換那塊厚草蓆，稻草中間有一攤醒目的污漬，大如蓮葉。護士把一個塑料袋鋪在濕處上，然後張羅著鋪床——她鋪開床墊，蓋上床單，展開被褥。她做得有條不紊。

與此同時，我幫他脫下睡衣褲和印花短褲。我把它們捲成一團，擦他肥嘟嘟的大腿和後側。他臉紅耳赤，一直閉著眼睛。他非常合作，因此我不必多費勁就替他換上從櫃裡拿出來的新短褲——他的內衣褲和襪子都放在櫃子裡。接著，我幫他穿上乾淨的睡衣褲，然後替他換襯衫，因爲襯衫下襬也弄濕了。

當姜護士推走載滿髒床褥和衣物的輪床，我已氣喘如牛。楊先生悄悄地嗚咽起來。他側身躺著，臉朝向窗口。我繞過床去對他說：「這很正常。別不好意思。」

「我永遠想不到自己會變成這樣一個累贅，」他說：「哦，我死了更好。」

「別這樣，沒人責怪你。」

「你要答應我，永遠別把這件事告訴任何人。」

「當然，我會守口如瓶。」

「謝謝。」他長長地透了一口氣，再次閉上眼睛。

我屁股斜靠著窗台，看他頷骨扭動，喉結上下急顫。隔一會兒他就伸出舌頭，舔他灰白的鬍子。

第十章

那天晚上我沒睡好，第二天早晨身體不適，太陽穴緊得像被老虎鉗咬住。楊先生的胡言亂語明顯地困擾我——同房們抱怨說，我近來脾氣暴躁。有一次滿韜說：「萬堅，你一定是裝滿火藥。一點兒火星就會引起爆炸。」確實，我動不動就發怒。除了替我老師擔心外，我自己沒有全面複習，考試能否過關也頗成問題。

那是一個涼快、陽光燦爛的早晨。昨夜下過一場大雨，雨點還在校園裡的榆樹和柳樹上閃耀著。運動場上，一個穿體操服的高大男人吹著銅哨子，伸展四肢，一群中年男女跟著他做健身操。幾個本科生手裡拿著書，漫步在丁香和柏樹叢中，溫習功課和背誦外語課文。空氣中書聲朗朗，被一隻杜鵑清亮的啼聲襯托得更熱鬧。那隻杜鵑叫兩下停一下，每一停頓剛好使葉子有足夠時間平息啼聲帶來的震顫。杜鵑藏身在遠處一片楊樹林裡，楊樹林霧靄繚繞，像被包圍在水中。

我在前往飯堂的途中遇見宋教授。他摘出咬在牙齒間的菸斗，揚一揚，示意我停下，另一隻手提著一個黑色帆布袋，袋上繡著一對飛翔的海鷗。他顯然剛慢跑到學校，瘦削的臉上浮現粉紅色斑塊，前額浸出一層薄汗。楊先生中風後，系裡老教員們都更注意健康了，很多人開始認真做運動。有的下午去游泳，有的經常在教學樓的大廳打乒乓球。他們常常互相提醒，健康是寶，只要活得夠長，最終總有機會晉升教授，用不著拼命。

宋先生穿一雙藍色運動鞋和一件灰色上衣，上衣沒有肩部，看上去像一個桶——這是當時大學中年男教師的標準服式。他跑步時還作這種打扮，我覺得好笑。

「楊先生還好嗎？」他問我。

「不太好。」

「真讓人難過。」他頓了一頓，接著說：「你能不能告訴他一下，我有時間就會去看他？」

他似乎把我當成楊家的人，向我試探他來訪是不是受歡迎。我告訴他，他任何時候都可以去看楊先生。

接著他換了個話題。「你考試準備得怎麼樣了，萬堅？」

「最近複習得不大夠，得花許多時間在醫院。」

「也許系裡應該請個人來替你。你知道楊先生在城裡有什麼親戚嗎？」

「好像沒有。」

「鄉下呢？」

「我不清楚。」

「別擔心，我會安排。我們系今年還剩了點兒錢。我會跟彭書記談談。同時，你要專心應付考試，萬堅。如果北大要你，那是我們系的光榮，楊先生也會很高興。還有，你在那裡，進步也會更快。」他清了清喉嚨，向路邊一個水坑吐了一口痰。

「我會盡力。」我說，瞥了瞥那團浮在鏽紅色積水上的痰。

「好。需要什麼幫助，就告訴我一聲。」

「我會的。」

他走開時，身邊發出一陣低沉的叮噹聲。他皮帶上總是掛著一大串鑰匙。他身後留下一股強烈的酒氣，一種甜中帶酸的味道。據說他每天起床就是先喝一杯酒。他嗜酒如命，大家都開玩笑說，如果你有事找他，就得帶上一瓶酒。據傳，某畢業班學生分配到一個好工作，是因爲他送給宋主任一瓶看上去很昂貴的法國白蘭地，而其實那是一瓶廉價香檳（也有人說是白水）。不過，我不相信有哪個學生膽敢這樣耍他。

我難以肯定，宋教授對楊先生和我的關心是不是眞的。因爲一年多來，只要有機會，他就折騰我。由於他不能老找楊先生的碴子，所以他就將怒氣和怨氣發洩在我身上。有一兩回，他批評我收聽太多外國英語廣播。去年夏天他派我去一個教師小組幫忙，爲入學考試評分，這樣我就得在放暑假後多留校兩個星期。由於他的反對，系裡幾乎拒絕一旦我考不上北大博士生就聘我當助教。系裡最後同意留我，主要是因爲我剛在《詩探索》發表了一篇引起爭論的長文，還因爲有幾位資深教員認爲我在該領域有前途。然而，儘管我對宋教授的誠意有所懷疑，但今天我對他感覺相當不錯。也許他終於想跟楊先生和解了。

我繼續向飯堂走去。飯堂擠滿吃早餐的人，但一張凳子也沒有，他們圍著十來張桌子站著吃，桌面上滿是油脂、灰塵和死蒼蠅。大多數學生和教員都去校園南端一間較大的飯堂，那裡要乾淨些，而且有幾百張凳子。但這間小飯堂離我宿舍較近，我貪方便，就在這裡吃。我買了一碗小米粥、一個花捲和兩個鹹蛋。我拿著早餐，走到一個角落裡，開始吃起來。

小貓頭鷹又在門邊發表演講。我這樣叫他，是因為他個子小、臉圓、眼黃、頭髮雜亂，又有一個鷹鉤鼻子，老讓我想起貓頭鷹。他以瘋瘋癲癲聞名，三十年前是化學系講師。五十年代末，他被打成右派，遭到逮捕，送去東北一個勞改營。當他看到囚犯每天被毒打，以及聽說有些囚犯因受不了折磨和苦役而自殺之後，便開始佯裝瘋癲。他喊口號、唱歌、學動物叫、胡說八道，還往自己身上塗抹泥巴和人糞，以避免毒打、審訊和繁重的苦工。他裝傻裝了二十多年，別人死了，他卻活下來。但不知怎的，這種裝瘋弄傻逐漸變成他天性的一部分——當他最後獲釋，他已不能控制自己，必須繼續每天語無倫次和破口大罵，患上了有些人所說的「精神失禁」。他經常又哭又笑，動不動就口出狂言；你越是注意他，他就越亢奮。飯堂是他最愛去發表演說的地方。

「同志們，喬治．布希是頭號現行反革命分子。」他宣布，仍然用那套過時的語言。「布希心肝最黑。我們一定要把他打翻在地，再踩上一腳，叫他永世不得翻身！」他的大呼小叫一點也引不起大家的興趣。他每天都是這套，大家早就聽煩了。

小貓頭鷹見到今天聽衆沒反應，便添了些花樣。他突然唱起來：

東風吹，
戰鼓擂，
現在世界究竟誰怕誰？
不是人民怕美帝，
而是美帝怕人民……

他唱得歇斯底里，用兩隻小拳頭打拍子，露出一個砸癟的手指節。沒人聽他唱，這種歌早就過時了。但是今天他瘋狂的聲音使我受不了，於是我喊了一嗓子：「閉嘴！」

所有目光都轉向我，好像我也是個瘋子。小貓頭鷹喜不自禁地叫嚷起來：「看啊，同志們，他站在美帝那邊！」

幾個女孩被逗得咯咯笑，朝我這邊望過來。其中一位前額有一點胭脂紅，像個印度女人。我拿起碗，朝門口走去。想不到小貓頭鷹跟在我背後，揮舞拳頭向我叫喊：「打倒這條帝國主義走狗！打倒他！打倒這條美帝走狗！」好像我是被人抓來示衆。我除了不理睬他，沒別的辦法。

我來到一棵大榆樹下，把碗擱在地上，蹲下來繼續吃。我剝開一個蛋，但還沒來得及咬一口，就有一隻手搶到我面前。是小貓頭鷹那隻骯髒、長瘡痂的手。他想吃我的早餐。

「滾！」

他大聲宣布：「毛主席教導我們：『我們都是來自五湖四海，爲了一個共同的革命目標，走到一起來了。我們的幹部要關心每一個戰士，一切革命隊伍的人都要互相關心、互相愛護、互相幫助。』現在，你必須分一點給我吃，我是你的戰士。你現在是大人物，但也不能把我當垃圾扔掉。」

「算啦！」我厲聲說。這時，已有二十多個人在圍觀。

他不放過我，繼續引用毛主席語錄，好像偉大領袖還活著。老這樣聽他訓話，實在尷尬，我只好把那個未打破的鹹蛋塞到他手裡。他拿著鹹蛋就走，蹦蹦跳跳朝熱水房奔去，把鹹蛋舉到頭頂，大喊：「毛主席萬歲！共產黨萬歲！」這是以前人們表達快樂的口號，但現在聽起來很滑稽。

小貓頭鷹儘管處境可憐，但他吃得比我們大部分人要好。大家都對他很慷慨，食堂也任他吃個飽。我的同屋滿韜常常挖苦說，中國是白痴的天堂，大家待他們都很好，因爲他們不會引起嫉妒，不會對任何人構成威脅，也不會給當局製造麻煩——他們是不折不扣的模範公民。實際上，大多數弱智者和瘋子都由國家照顧。滿韜甚至宣稱，這種「假慈悲」（這是他的原話）已造成中華民族智力退化。

吃完早餐，我煩不勝煩，原打算到楊先生的辦公室溫習有關古詩格律的筆記，索性就不去了，轉念去了圖書館，花了兩個小時翻閱報刊雜誌。之後，我決定利用早上剩餘的時間休息休息，爲下午做好準備。坐在病房裡陪楊先生，令人喪氣，我最好是先放鬆放鬆自己。

城裡有一個展覽，參展者是來自南方沿海地區的一些藝術家，主要是福建和廣東畫家。我曾在白鶴賓館的邊牆看到這次展覽的廣告。參觀一下也許會使我心情舒暢些，所以我決定去一趟。陳列館離我們學校不遠，騎自行車十五分鐘就到了。說眞的，我倒是希望它更遠些，因爲今天早上清風拂面，我想多騎一會兒車。

在路上，我注意到今天城裡警察多了。警察的綠色麵包車和附有邊輪的摩托車停泊在街頭巷口。一個男人拿著無線對講機，但他們好像都沒帶武器。有消息說，山寧師範學院的學生準備在市中心示威，因此警察加強保安。

展覽跟我期待的完全不同。大廳不適合用作陳列館，沒有足夠空間容納全部畫作。大廳中間豎立了數十個屛風，用來展覽一些較小的畫作，這些小畫作掛在綠色或天藍綢布上，給人怪異甚至凌亂的感覺——背景的顏色干擾了畫作的顏色。雖然這群參展者當中有三位藝術家以善畫動物聞名，但館裡的工作人員比觀衆還多。

入口正面是一張三十多尺長的橫幅，叫做〈千雞圖〉，畫的是一個家禽農場的景象。數百隻長著黃色絨毛的小雞列隊迎接參觀者。我不喜歡這幅畫，因爲所有雞看上去都差不多，好像是同一個模子印出來似的。我朝著逆時針方向移動，瀏覽一些描寫鄉村生活的畫作：農民、動物、植物、拖拉機、拉犁的水牛、稻田、水車、鴨塘、魚船，甚至有孔雀。接著是風景和海景，有些塗了一層厚厚的靛藍和棕色顏料，看上去像泥漿。

我對人更感興趣，而不是風景和動物，所以我在人物畫像前多待一段時間。我在一位維吾爾族姑娘的畫像前駐足良久，這一定是畫家去西北寫生時畫的。畫中，姑娘穿緊身背心，狂野地跳著舞，無數朵辮子在空中飛揚。她轉動細腰，優美的動作與輕盈的四肢合爲一體，細腰下金黃色長裙旋開，化爲一個篷蓋，腳跟向後踢得高過膝蓋，迷人的腿肚呈淡淡的粉紅色，閃耀柔光。我最喜歡她長長的睫毛，它們幾乎遮蔽了她那雙淘氣的眼睛。這姑娘身上煥發一種熾熱的迷人風采，令我想起自己的未婚妻。梅梅平時看上去無拘無束，這種無憂無慮賦予她一股特殊魅力；然而在她漫不經心的外表下，掩藏著不達目的誓不罷休的激情。而且，她無論對錯，總是隨心所欲，但我不介意這點。自從我們訂婚以來，每當我看見漂亮的女人，總忍不住要拿她跟未婚妻比較。這是個怪習慣，但已根深柢固，難以自拔。

我在維吾爾族姑娘畫像前流連了足足十分鐘，然後走近她，鼻尖幾乎碰到她的膝蓋，輕聲說：「我愛你。」

「別碰！」一個尖利的女聲叫道。我掉過頭來，見一個五十來歲的女人，肥大的臀部倚著一張有金屬腿的桌子，用食指指著我的臉。有幾個人停下來望著我。

我緊抓襯衫前襟，倒抽了一口氣：「啊呀，你嚇死我了！」

「你想交罰款嗎？」

「不想，不想，我什麼也沒碰，只是想仔細瞧瞧。」我臉上發燒，向她舉起兩個手掌，往後退開。

我恍恍惚惚地穿過另外三部分展品。接著，在兩個屏風之間的角落，我碰見一幅叫做〈詩人〉的畫，副題是「不，不要獻醜」。這幅畫把我給唬住了。從十尺外看，畫中的人物酷似一隻紅公雞。要不是有題目，我根本猜不出這是什麼。這幅畫是縱長的，描繪一個高瘦的男子，他穿著一件隨風飄揚的破斗篷；遠處是一條蜿蜒的溪流，幾個人在溪邊漫步、釣魚、打太極或吹簫，兩個婦人在平坦的石頭上洗衣服。詩人伸長脖子，好像想吟唱點什麼，卻欲言又止。一個大耳環懸在他耳垂下，在他喉嚨上投下一個拉長的陰影，使我聯想起索套。一個半透明的面罩幾乎遮蔽了他的鼻子和嘴。他眼睛骨骨碌碌，雙頰深陷，更多地令人想起惡鬼，而不是人。我猜，一定是當局有所疏忽，才讓這樣一幅畫參展。我匆匆走開。

當我來到展覽廳的終點，就要朝門口走去時，偶然看見一幅題為〈百驢圖〉的寬畫，顯然是一幅壓軸作品。畫中有很多驢，大小不一，站在草原上。牠們姿態各異，或吃草，或互相碰脖子和鼻子，還有幾頭馱著藤簍。幾頭母驢一動不動站著，給小驢哺乳，乳頭皺癟，幾乎看不見。那些成年驢全都低著頭，就連不在吃草的也是這樣。牠們很多都眼皮下垂，眼神因羞怯和溫柔而顯得黯淡。牠們的腿看上去有力又易折。畫面右上角有兩行題詩。我站到一邊，讀通了它的意思：

不畏路途難險，
總是忍辱負重。

開始，這兩行字有些打動了我，它們似乎為這幅畫提供了寓意。詩中強調忍耐和默默奉獻的美德，這種美德被視為中國人性格的可貴之處。在數千年間，驢和牛一向被當作沉默順從、易養易活、吃苦耐勞的象徵而加以頌揚。

不知怎的，我竟想起楊先生那個「創世記」的故事。這些驢跟那頭懇求上帝縮短牠的壽命以減輕痛苦的驢是何等不同！我又想起我七歲時，在父母工作的林場，某個夏夜一頭餓壞了的驢闖進豆腐坊。一名巡邏的民兵聽到磨坊裡有響聲，便喊道：「誰在那裡？口令！」那頭不會說話的牲口嚇了一跳，奪門而出，逃走了。那個民兵以爲有賊，又見對方不聽命令，於是舉起步槍就開火，一枚子彈把驢打倒。一個小時後，牠流血而死。第二天早晨我父親幫廚房剝驢皮，廚房師傅們便給了他一大塊熟肉，讓他晚上帶回家。那是我第一次嘗到驢肉，味道很好。母親把它切成小塊兒，再佐以蒜泥、醬油、醋和麻油。

站在這幅畫前，細想題詩，我明白了人們是怎樣把動物人性化，又怎樣把人動物化。這些生命是一個不正常的物種，純粹爲了人的需要而被創造出來。如果人們不把他們的意志強加在動物身上，或不對牠們濫用暴力和智力，那麼，驢就不會把頭垂向地面，更不會像畫中這些驢那樣具有溫順的表情。如果沒有人的壓制，驢就會吃葡萄、黃瓜、甜瓜、土豆，背上也不用馱任何東西；牠們才不在乎什麼路途艱不艱險。如果沒有蹄鐵，牠們會有軟蹄，根本就懶得去遠行。簡言之，牠們就是原原本本的驢。

我越來越懷疑和憤怒，覺得這幅畫要不是在作假，就是在諷刺。我多少有點被自己這種反應攪得心緒不寧。這種藝術作品以前很容易就會打動我，但現在我用一對懷疑的眼睛看事物，它們便也失去了感染力。

我離開展覽廳時，已經過了十二點。天空灰濛濛的，空氣中瀰漫著汽車廢氣和炸油味。離我值班剩不到一個小時，我必須盡快找地方吃午飯，否則又會遲到。

第十一章

我打開病房的門，見楊先生坐在床上，鼻上架著一副雙光眼鏡，正讀著《人民日報》，右臉仍印著枕套的壓痕。他穿一件羊絨開襟衣，顯得隨意又平靜，彷彿剛擱下工作，在稍事休息。我瞪了班平一眼，對他說：「出來一下，我有話跟你說。」我們一齊轉身朝門外走去。

「什麼事？」我們剛來到走廊，他就迫不及待地問。

「你爲什麼給他報紙和眼鏡？」

「他想讀東西。」

「但那可能會損害他的腦子。你爲什麼這麼粗心？」

「別急，萬堅。你今天怎麼啦，這麼大脾氣？」

「吳大夫吩咐我們別讓他讀任何東西，你知道的。」

「但是我不給他報紙，他便哭得像個孩子，還罵我。他想坐起來研究點什麼。我還能怎麼樣？報紙至少能使他保持安靜。他說一定要知道國家大事。」

「像個政治家，是嗎？」我忍不住挖苦一句，然後嘆了口氣。

他齜牙笑道：「現在他就像個小孩兒，我們得遷就遷就他。」

我們走回屋裡。班平最近一直在讀《約翰．克利斯朵夫》；他從藤椅扶手上拿起那本小說，插進上衣的邊袋裡。他好像不大高興，一言不發就走了。

我感到內疚，自知不應該向他發脾氣。待在這間令人心灰意冷的病房裡陪老師，他也不見得會舒服。不久楊先生便開始大聲誦讀一篇社論。他越唸越來勁。那是一份過期的舊報紙。文章寫的是長江沿岸各省的水災。數百人溺斃，六千房子被淹；軍隊奉命去協助災民；張副總理坐飛機穿梭各地，表達政府對災民的同情和關懷，以及巡視救災工作。楊先生熱情地唸著這篇文章，彷彿自己是個官員，正在對數以百計的聽衆發表演說。他吐沫橫飛，有些飛沫落在報紙上，有些落在蓋著他雙腿的綠毛毯上。他激動得有點顫抖，眼睛在鏡片背後閃閃爍爍。

我走過去，想拿走報紙，但他緊抓不放，我只好作罷。

幾分鐘後，他把報紙擱在腿上，開始正式講話。「同志們，」他閉著眼睛喊道：「國家現在有困難，我們怎麼辦？在共產黨的英明領導下，我們決不畏懼自然災難。只要我們團結在黨中央周圍，只要我們互相幫助，就一定能戰勝長江，征服洪水。我們中華兒女都是頂天立地的英雄。自然災害嚇不倒我們，因爲我們現在生活在新社會。在舊社會，如此巨大的災變會造成橫屍遍野，鬧得天翻地覆。但現在它壓不倒我們。爲什麼？爲什麼大家還活在這裡，豐衣足食？爲什麼你們很多人臉上依然掛著笑容？爲什麼你們依然健康和滿懷希望？理由很簡單——因爲我們有最偉大的舵手毛主席和共產黨的英明領導。同志們，毛主席無限關心我們的安危。他徹夜不眠，研究地圖，召開緊急會議，制定對策。雖然他又累又睏，但是爲了打消睏意，他吃酸橙、抽人參牌香菸。爲了拯救我們，讓我們不受洪水威脅，他心力交瘁。他一定會拯救我們，我們每個人！同志們，我們必須緊跟黨中央，照顧老幼，十倍地苦幹。記住，團結就是力量。」他頓了頓，喘了喘氣，接著說：「最重要的是，我們一定不要失去希望。如果你們失去房子，國家會給你們建新房；如果你們失去莊稼，國家會給你們分配種籽和口糧；如果你們有牛羊被淹死，國家會給你們提供資金和小牛羊。一句話，我們將奪回一切，我們將戰勝自然。大家千萬不要灰心。」

他半抬起右手，威嚴地環顧一下，然後雙手再次拿起報紙。「同志們，」他繼續說：「在這種時候，我們一定要繃緊階級鬥爭的弦。我們遇到困難，但敵人是不會睡大覺的。我敢肯定，他們會從洞子裡爬出來，抓住一切機會破壞我們的工作。他們會散布謠言，煽風點火，挑撥離間。同志們，你們要睜大眼睛，注意那些狼心狗肺的壞人，要加倍地提防——」

「閉嘴！」我叫道，渾身發抖。他眞可悲，忘了自己曾被打成階級敵人，遭到粗暴對待。他被壓制了幾十年，現在竟然夢想統治別人。他已經不知道自己是誰了。我衝過去，搶過報紙，把它扔在地板上，用力猛踩。

他楞住了，一時說不出話，拇指和食指仍然抓著兩塊撕碎的報紙。接著他惋惜地說：「他們應該派我當抗洪救災總指揮才對。我要比那些官僚強多了，他們只是些飯桶和窩囊廢。」

「你忘了自己是誰了。」我一板一眼地說。

「我天生是做官的。」

「不，你現在只是個瘋狂的書呆子。」

「我命中注定要管人。」

「你連自己都管不了。」

他頓了幾秒，然後咆哮起來：「啊，你竟敢這樣對我說話！如果你不是我兒子，我早就把你拉出去斬啦。天呀，我怎麼會養了這麼一個不孝的東西？」他開始嚎啕，淚水淌下他胖嘟嘟的臉頰。

我嚇壞了。無論我多麼憤怒，都不應該這樣刺激他。我坐到床上，手搭著他的肩膀說：「我不是要傷害你的感情，楊先生。我只是不想看你作賤自己。別這麼傷心。瞧，我是來照顧你的。」

「我還是官嗎？」

「當然，你是五級高幹，跟省長一樣。」

「我有司機和廚師嗎？」

「有，有十來個服務人員。」

「有私人醫生嗎？」

「當然，有一套人馬。」

「包括四名武裝警衛員？」

「沒錯，你有一個警衛班。」

「還有紅旗轎車？」

「對。」

「不，我更喜歡賓士。」

「沒問題，可以給你。」

他安靜下來，但仍在抽噎。我又把一片安眠藥放到杯裡，用湯匙慢慢研碎，再加入橙汁，餵他喝。他像一個哭累了的小孩一樣服從。之後，我幫他躺回床裡。

他沉沉入睡後，我拾起地上的報紙，瀏覽了一下。我對舊新聞不感興趣，但內頁裡有一幀照片引起我的注意，使我汗毛直豎。照片裡一個年輕女子閉著眼睛在哭泣，她嘴巴張得大大的，好像在笑。她從一艘走私的舢板上跳下，向香港游去，但一條鯊魚襲擊了她，咬掉了她大腿上一大塊肉。她的股骨都露出來了，白如一根剝了皮的樹枝，不斷淌血。一艘警艇救起她，把她送到附近一家醫院。後來她被遣返湖北老家，連同一副拐杖。顯然，這幅照片是要阻嚇想偷渡去香港的人。同一頁報紙上還有另一些照片。其中一張照片是一個恐龍蛋化石，據說是一隊美國古生物學家在蒙古平原上發現的。

我把報紙扔在紅地板上，回想楊先生剛才的演說。在此之前，我從未想到過他會渴望當官。他經常跟我說，他痛恨官僚。如果他說的是心裡話，他怎麼會嚮往當官呢？大既是他以前抑制了這種渴望，但現在病得太重，再也壓不住了。或許，這種慾求一直潛藏在他心底，就連他自己也沒有意識到，而現在他精神失常了，便原形畢露。

另一方面，我對楊先生實在不應太苛刻。我知道，在知識分子中間，官迷十分普遍。我們大學的教務長白聖嘆就是一個實例。他是著名數學家，患了癌症，日子不多了。四個月前，他聽說上面有意讓他當教務長，便立即行動起來，每隔一天就騎自行車在校園裡兜一圈，表明他健康沒問題，而事實上他已患了直腸癌。他體格碩大，起碼重一百九十斤。據說，每次騎完自行車回到家裡，他便要躺在床上疼得呻吟好幾個小時。他終於升了職，停止教學和研究。很不幸，他不能多享受這個高級官職，因爲癌細胞已經擴散。他只在新辦公室的皮轉椅上坐了幾次，上任兩星期後便得待在家中。現在他連官方宴會也出席不了，因爲他不能坐。

說句公道話，楊先生一向心態正常，從來沒有讓人覺得他貪求一官半職。他諄諄教導我做人要剛直不阿，認爲這才是做學問的正途。他總是說：「我只跟素心人談詩。」不知多少次，他在我面前對某些假知識分子表示不屑，他們一心只想進入官場，替黨報寫社論，代上司擬講稿，以及攻擊當局不喜歡的人。用楊先生自己的話說：「學者不應成爲文書，更不應充當他人的喉舌。」

去年冬天他從加拿大回來後興奮地告訴我，西方學者們活得更像知識分子。當時我們坐在他家的客廳兼飯廳裡，一塊喝龍井茶。他解釋道：「我那位在加州大學柏克萊分校的朋友說，他們系裡沒人想當系主任，因爲他們都想多爭取時間做研究。跟咱們這鬼地方恰恰相反」——他一邊說一邊用指節敲擊餐桌，彷彿那是他的辦公桌。「咱們這裡當上系主任是教授生涯的頂點。但外國的學者獨立多了，不必直接介入政治，因此他們可以從事更有價值也更有意義的長遠研究。啊，你眞該看看柏克萊的圖書館，絕對是宏偉壯觀。你可以直接取下書架上的書，甚至可以借出一些珍本。坦白說，如果我可以一輩子在那種地方當圖書管理員，我會死而無憾。」

雖然他可能把西方學術界浪漫化了，但他是眞的受感動。後來他還建議我考慮到美國去讀研究生，說：「只要你在美國大學取得博士學位，你就可以過上眞正的知識分子生活。」

他的建議令我感到意外，因爲我從未想過去外國生活。研究生出國留學已成爲時尚，但我自己從未考慮過這個問題。楊先生談起離開祖國，就像從一個省遷到另一個省似的，哪有這麼容易呢？他提這件事，會不會也是在替他女兒打算？換句話說，也許他估計到讓梅梅拿醫科獎學金出國是不可能的，而我則有可能在人文學科得到資助，因此只有通過我，她才有可能去美國。但我很快打消疑慮，並相信他主要是替我著想。雖然我對自己的英語缺乏信心，但我還是決定跟美國一些學校聯繫。我分別向耶魯、哥倫比亞、麥迪遜的威斯康辛大學和加州大學柏克萊分校提出申請。楊先生爲我寫了毫無保留的推薦語，盛讚我是中國大陸詩學研究的一顆新星。他的溢美之詞使我有點尷尬，儘管他說的是心裡話。他甚至表示願意替我出二十九塊美金去考「托福」，因爲我自己沒法子弄到外匯。

一個月後我便去參加考試了，考得不好。由於我對英語詞彙、習語、詞組和句法的掌握還比較扎實，因此書面部分挺順利，但是聽力部分把我的分數拉低了。我跟不上氣象學家的廣播和一個郵差與一個女顧客的對話，很多問題都沒回答。結果我的總分數只有五百七十分，低於大多數人文學科博士課程要求的六百分標準。令我驚訝的是，威斯康辛大學竟錄取了我，只是不向我提供資助。我身無分文，當然去不了美國。說句實話，我一點也不失望，因爲我根本看不出在外國研究中國詩歌有什麼意義。而且，我對自己能否在美國生存下去也沒有把握。我們系以前有一個研究生，還是一位出色的書法家，他去了紐約讀新聞學碩士學位，但他抵達後，就一直在曼哈頓一家廣東餐館當洗碗碟的雜工。他母親擔心得要命，唯恐他發瘋，因爲他常在信中埋怨自己變成了高學歷的苦力，爲了交學費，每周要工作超過五十個小時，而且可能永遠畢不了業——他太累了，沒精力學習。

去年冬天我開始認眞複習，準備考博士生。有一次楊先生說，等我進了北大，就比較容易獲得美國學院的獎學金。他解釋說：「你將占據最有利的位置。」意即北大是有國際聲望的學校，外國大學會比較願意接受北大學生。他仍然堅持要我出國。我對出國不是太熱心，英語使我生畏，我可以讀，但不會寫也不會說。如果我沒有能力用英語寫東西，我在美國研究詩學怎麼會有大成就？此外，我也無法完全相信，在外國研究中國詩歌竟會比在中國更有利。楊先生如此急切，表明他可能眞的是替他女兒著想。我又懷疑起來了。

此刻我坐在這間病房裡，再次考慮要不要申請到美國讀研究生的問題。楊先生打了個哈欠說：「我一定要拯救我的靈魂。」他咂咂嘴巴，好像在咀嚼什麼津津有味的東西。

我不明白他這句話是什麼意思，我嘗試想像他此刻在哪裡，在跟誰說話。接著他宣稱：「我只怕對不起我的苦難。」

我仔細聽，但他的聲音漸漸變弱。

第十二章

第二天晚上，彭書記召集所有中文系研究生開會。她是個有男子氣概的女人，在這種場合總是板著那張蒙古人型的面孔。雖然她不算老，才四十五六歲，但她瞧不起穿裙子的女人。哪怕是在炎夏，她也要穿燈籠褲和長袖衫，有時候穿一件已褪色的軍裝。雖然她只讀過六年書，但她熟悉官樣文章，又愛在聽眾面前說題外話。若是不借助講稿，她會一直說下去，口若懸河。因此，在大多數會議上，她都會讀一篇由別人代筆的講稿或報告。系裡有幾個教師充當她的「筆桿子」，其中譚魚滿最圓熟，他三十九歲，是語文學講師。

大家坐好後，譚魚滿提來一個竹殼熱水瓶，往彭書記的玻璃茶杯倒入熱騰騰的開水。茶杯實際上是一個果醬罐，杯中熱水繼續把茶葉滾了好一會兒。他剛坐下，一張兔臉便開始左顧右盼，似乎是在檢查我們都到齊了沒有。好一個勢利眼。他沒有官位，誰要他履行這種責任？大概是彭書記要他幫她點數人頭。他今天看上去很高興，老是笑嘻嘻的。

彭英穿一件有兩個鬆垂胸兜的黃色府綢衫，坐在一張大桌的上首，大桌是用六張書桌拼成的。她那雙半睜半閉的眼睛使她看上去半睡半醒。奇怪，雖然這次會議給人一種大禍臨頭的感覺，但她手裡卻沒有講稿。她揮手示意我們安靜，然後開腔說話，嗓音粗糲。

「同志們，你們都已聽說有些學生在北京鬧事。我們剛接到市政府的命令，山寧市絕不能容忍遊行。兩個星期前，《人民日報》發表一篇重要社論，將北京的騷亂定性為『一場有計畫的陰謀——一場暴動』。你們都明白這幾個字的分量。不用說，有些人正在搞陰謀，妄圖推翻共產黨的領導，破壞安定團結，擾亂社會主義制度。我知道校園裡有些本科生動起來了，打算上街遊行，但你們是研究生，年紀較大，也較成熟，你們一定要保持頭腦冷靜，一定要阻止本科生製造麻煩。讓我提醒你們，三十多年前很多知識分子被送去坐牢和勞改，就是因為他們說了幾句對他們單位領導人不滿的話。他們有些還只是奶味未乾的大學生，卻在荒山野嶺浪費青春。這一切都是因為他們說了幾句衝動的話。同志們，請記住歷史教訓，別重犯錯誤。要管住自己，夾著尾巴做人。記住，我們共產黨從來是不忘事的。只要我們黨掌權一天，幹壞事的人就一個也跑不掉。所以，別上街，別參加任何反革命活動。我有話在先，這回要是你們惹麻煩，我決不會幫你們。你們跪下來叫我老奶奶我也不會，請我吃十六道的菜我也不會，送我十八吋彩電我也不會，給我開個銀行戶頭我也不會！」

一陣哄笑。她看上去很逗，儘管依然板著臉。她繼續說：「同志們，假如你們被抓了，打成反革命，你們全家人都要受苦，兄弟姐妹就上不了大學，無論他們多麼聰明。還有，誰也不願意跟你們結婚，你們一輩子都要做王老五或老姑娘。想想吧，你們要度過多少受苦的日子。請認眞想想吧。要是有誰實在憋不住了，想拉拉尿尿，那就到我辦公室或宋主任辦公室來，在我們系裡發洩個夠。這要比在街上亂來好多了，在街上警察保管會打你們屁股。」

有幾個人望著桌腳竊笑。彭書記轉向班平，要他宣讀那份剛收到的簡短文件。班平雙肘擱在染了藍墨水污漬的桌面上，開始用笨拙的腔調認真地唸起來：「本市各校黨委必須向教職員工和學生宣傳這份文件。從現在起，各校必須加強紀律管制，必須教導學生遵守法律。每個黨員都必須帶頭維持團結和穩定，必須與任何煽動騷亂和破壞黨的領導的活動作堅決鬥爭……」

蘇維亞就坐在我對面。從一星期前在班平家吃飯到現在，我只遇見她一次。今天她好像身體不舒服，兩眼發紅，有點水汪汪的，臉色蒼白。她的衣著富於青春氣息，一條飾有腰褶的蘋果綠長裙，配一件印有瓢蟲、開著披巾式衣領的白色襯衫，但它們卻沒有給她增添什麼活力。我注意到她不時瞟了瞟我。彭英彎身打噴嚏時，維亞趁機把一個小紙團拋給我——它落在桌面上。我趕快用手掌蓋住它，但被譚魚滿撞見了，他瞪著圓圓的小眼睛怒視我。我不理會他，在桌底下拆開紙團，上面寫著：「散會後我們談談行嗎？」我向她點點頭。

在會議的剩餘時間裡，她顯得專心多了。我們十八個研究生被要求向黨支部保證與任何反政府活動畫清界線。我們逐個表態決不參加遊行示威。輪到維亞發言時，她心不在焉地說了幾句。

會議只開了五十五分鐘，難得這麼短。散會後，我和維亞來到教室樓後面，那裡有一條小徑沿著後牆伸向游泳池，越過尖板條的柵欄，可以望見池水微微發光。兩名女本科生正沿著小徑來回踱步，低聲閒聊，隔一會兒就咯咯笑。所以我和維亞只得站在一盞街燈下，上面的燈泡已燒壞了。在北面約二百尺外，是學校招待所的院子，一條狗在裡邊汪汪叫。招待所是平房，屋頂有一部分被幾棵新梧桐樹和一片竹林遮擋住了，幾排仍殘留著雨水的瓷磚在月光下閃爍。

「什麼事？」我問維亞。

「你覺得譚魚滿這個人怎樣？」她的聲音略帶遲疑。

「你是說作爲一個同事？」

「不是，作爲一個男人。」

我皺了皺眉。在我看來，那個衣冠楚楚的傢伙只是個馬屁精罷了。「怎麼講呢，」我說：「我想他並非性無能，儘管他沒使他前妻懷孕。」

「別這樣，我是認眞的。」

「爲什麼你對他這麼感興趣？」

「彭書記已把我介紹給他。」

「她要你跟他約會？」

我語氣間流露出來的憤怒一定讓她吃驚不小，她抬起臉，眼神閃忽不定。她答道：「還不止呢，她要我做他的未婚妻。」

「什麼？你喜歡他嗎？」

「老實說，我不討厭他。」

「你能想像自己愛她嗎？」

「這是個不相干的問題。我能不能愛他並不重要。大多數婚姻也都沒有愛情基礎。只要兩人合得來，婚姻就可能維持。」

我覺得好狼狽，怎麼也想不到她會這麼實際。

「老實說，」她微微嘆了口氣，「我已經過了談情說愛的年齡。十多歲時，我相信自己生來就是爲了愛，命都可以不要。夠浪漫吧？幾年後，在橡膠農場，我愛上一個教我在告示板上畫宣傳海報的男人。但他上大學後，便沒有再給我寫信。他是個聰明人，太聰明了，不想認眞對待一個女孩的感情。他以爲我永遠走不出那個窮鄉僻壤。」

「先不說這個，你以爲你跟譚魚滿能合得來嗎？」我說。她以前已跟我講過她在西雙版納一個橡膠種植園的生活，她在那裡勞動了幾年，因此我沒必要聽她重提這段往事。

「說眞的，」她說：「我對他了解不多，還沒有把握。他好像有兩副面孔。但他有才能，文筆好。」

「別的男人也有文筆好的呀。」

「他是個滿不錯的散文家，你不覺得嗎？」

「就算是吧。但我們說的是這個人，而不是他那枝筆。我不明白你爲什麼對他這麼感興趣。相信我，維亞，他不值得你考慮。」我想說：在我看來他只是一隻讓人難以忍受的蒼蠅，不咬人但煩人。你千萬不要這樣作賤自己。但我把話吞了下去。

她淒然一笑。「我已經三十一歲了，做老姑娘做累了。要是我不快點結婚，就會變成一輩子沒有孩子的女人。」

「你是想要個家？」

「是。聽我這樣說，你覺得可笑吧？」

「不，我不是這個意思。」我胸中湧起一陣憐憫，因爲我發覺她像我一樣，也是個孤獨的人，儘管她外表充滿信心。她也一定急著要找個伴侶，渴望依偎在安穩的懷抱裡。然而，我還是苦苦相勸：「別這樣虧待自己，維亞。我敢說你會找到更好的男人。」

「你不明白。」

「明白什麼？」

「彭書記會治我。要是我不服從她，會有災難性的後果。」

「她用什麼辦法治你呢？」聽她這樣說，我感到蹊蹺；我從沒見過她如此驚恐。

「讓我這樣說吧：她隨便就可以把我踢出這個系。」

「那又怎樣？」我不能接受她的說法。爲什麼她要拿自己來換取一個教職？這會毀掉她一生。

「我不像你，」她說：「如果我是男人，我就不會怕她，畢業後去哪裡我都無所謂。我甚至不會考慮結婚。」

她到底是什麼意思？我眞茫無頭緒。她是受過良好教育的女人，不僅獨立，而且有主見。爲什麼她會變得如此膽怯？她接著說：「告訴我，魚滿在你眼裡只是個無賴，對嗎？」

「豈止是無賴。如果你嫁給她，你可能生不了孩子。」

「你是說他身體有問題？」

我點頭，不知道該如何解釋，但我知道他前妻從未懷過孕。

「嗯，」她說：「我倒是可以肯定，他身體沒問題。」

「你給他檢查過了？」

她不理會我的譏誚，答道：「他是一九七七年恢復高試後進的大學，這說明他必須通過徹底的體檢才會被錄取。讓我告訴你一個秘密：大多數女人都想嫁給大學生，其中一個理由就是他們都身體健康，不可能出大問題。對我們來說，這是值得下的賭注。」

她回答得這麼機智，著實令我詫異。但我還是告訴她：「不管譚魚滿身體好不好，你都應該找個更好的。」

「你不能這樣說。誰不想有好婚姻、好家庭、好職業，但不是每個人都有這樣的福氣。我以前老是夢想有一大群孩子，有一座像我爺爺奶奶以前住過的那種小洋房，但只是幻想罷了。再說，我哪裡去找一個更好的男人呢？」

「只要你用心找，就一定會有的。」

「告訴我哪裡去找這樣一個男人。」她調皮地笑了笑，接著說：「老實告訴你，最近我開始相信女權主義者的一個說法：大部分中國男人都退化了。」

我未作多想就拍著自己的胸膛，近於輕浮地說：「那麼，你考沒考慮過像我這樣的人？當然啦，我沒能力給你一座洋房。」雖然我語氣顯得若無其事，但我心裡開始怦怦亂跳。我的自告奮勇把我震呆了。沒錯，我對她有好感，但從沒想到會說出這種話。

她吃驚地仔細打量我，然後轉身大笑，笑得有點歇斯底里。「你瘋啦，」她說：「這不是小說或電視，我也不是女主角，需要白馬王子來救她。你已經訂婚，你剛才說的話不可能是眞的。你提到自己，大概是出於憐憫，但在這件事情上我不需要你同情。哪怕你眞想幫我，你以爲我會對梅梅做這種傷天害理的事嗎？還有，你比我小五歲。」

我感到臊得慌，勉強應對道：「那又怎樣，馬克思也小他妻子燕妮四歲，可他們婚姻很美滿。」

她又大笑，這一回是朗聲大笑。「你眞逗。我們是在中國，是普通人。」

我知道自己丟盡臉面，但我仍然不甘示弱：「如果是這樣，那你爲什麼要問我有關譚魚滿的事？」

「要是楊先生沒生病，我會問他。在這裡，除了他，你是我唯一能夠信任的人。我把你當作弟弟。」

我啞口無言。「信任」這兩個字使我有些惱火，我已經聽過不知多少次了。我在吉林大學讀本科時，已有幾個女孩子跟我說過同樣的話：她們都覺得我誠實可靠、值得信任。但她們沒有一個想過我也值得愛一愛。這就是爲什麼她們總喜歡跟我說話，甚至說心裡話。我感到自己像個廢紙簍，她們若有什麼東西沒地方扔，就丟進我這裡。這使我體會到，一個無惡意的男人比一個無魅力的女人更不幸。

過了一會兒，她問：「楊先生還好嗎？」她的語氣充滿關切。

「還是瘋瘋癲癲的。」

「現在有多嚴重？」

「他已經變成另一個人了。有時喋喋不休像個低能兒，有時慷慨激昂像個聖人。我懷疑他是不是患上某種精神錯亂。」

「你覺得他會很快恢復嗎？」

「我也不曉得。」

「我會去看看他。」

我想說：去不去都一樣，但我沒吭聲。

我們朝她宿舍走去。她的宿舍就在往東約三百米處，近旁有一個長滿蓮花的淺池塘。從陰暗的水裡傳來一隻青蛙時高時低的呱呱叫聲。一路上我們靜默不語。我生著悶氣，因爲我始終覺得她不應該考慮譚魚滿。那傢伙去年夏天跟他老婆才離婚；確切地說，是她離開了他。她曾經是省歌舞團歌手，總是塗唇膏、眼線膏和睫毛膏。她去了伊利諾州，跟美國人艾倫·約翰遜會合。約翰遜來自芝加哥，是一位留著絡腮鬍子的鰥夫，曾在我們學校外語系教語言學。經一位共同的朋友介紹，他們在城裡一家茶館認識，此後兩人便勾搭上了，經常上餐館和看電影。他們大部分時間是在校外相會，因爲外國專家住在外教樓，除非有官方許可，前門的老守衛不准任何中國訪客入內。去年春天某夜，他們倆在金象公園一張長椅上親熱時，被警察巡邏隊逮住了。這是我們學校首宗涉外桃色事件，不少官員因疏忽職責而遭訓斥，尤其是學校外事辦的官員和歌舞團的頭頭們。後來省教育廳解除了與約翰遜的兩年合約，他別無選擇，只好在第一年結束時返回美國。

妻子走後那一星期裡，譚魚滿夜夜痛哭流涕。接著，他申請離婚，五天內即獲批准，因此可以合法地物色新老婆。不久他的衣著開始光鮮起來——三件一套的西裝、格子花領帶、漆皮靴。他甚至戴金鏈懷錶。他買了一部黃河牌摩托車，我們大學只有兩三個教師騎這種車，因爲太貴了。他每天騎它去上課，跑起來嘟嘟響，所以有人管他叫「小屁蟲」。據傳，他前妻留給他一筆相當可觀的錢，作爲離婚費，他也就突然闊了起來。

說句公道話，對很多女人而言，他是個不錯的擇偶對象。給他介紹的女人有幾十個。其中一位才十九歲，是煤氣廠的技術員，健康、正常、沒有家庭負擔。譚魚滿誇口說，他試過一個晚上見了三個女人，不過，我們背後議論說，他可能是幾分鐘見一個，並且一定是有女方父母或朋友在場當「特別監護」。跟大多數想結婚的男人不同，他有一套兩室住房，使他身價倍增。很多新婚夫婦沒有自己的房子，只能住在各自的宿舍或寄居父母家。最近，爲了防止年輕教員轉往其他住房條件較好的學校，校黨委採取一項緊急措施，答應給每對已婚夫婦分配至少一間房。我不能斷定維亞是否也考慮過譚魚滿的房子。她也許考慮過，因爲她熱中繪畫，必定渴望擁有一個可作工作室的房間，而這是她不曾擁有的。此外，她想有個家，而沒有住房的男人不可能滿足她這個心願。有些對譚魚滿感興趣的女人，也許是看上他的講師職位和寫作能力，因爲通常而言，一個男人的學識相當於一種優勢，既可得到受人尊敬的地位，又可帶來更多的收入。譚魚滿除了研究語文學外，還經常在著名刊物上發表雜文，有點名氣。

然而我覺得維亞不應該作賤自己，成爲他的意中人。一定是狐狸精彭書記在搞鬼。維亞那麼聰明，應該會識破她的詭計，但她爲什麼要自投羅網呢？

快到女生宿舍樓時，我打破沉默。「維亞，彭英只是想毀掉你。別讓她占你的便宜。」

「沒那麼簡單。」她若有所思地說。

「你千萬別中她的計。」

她鎮定地望著我，說：「你是個好心人，萬堅。有時候你太感情用事了點，也許是因爲你生活經驗還不夠。梅梅有福氣，遇到你這樣一個保持純眞的男人。我的情況太複雜，說不清楚。你別捲進去，否則你會受到傷害。我剛才那些關於愛情的話，你就忘了吧。請你相信，無論我生活中做過什麼事，我在心底裡都永遠是個處女，而且我將永遠珍惜我們的友誼。晚安。」她轉過身，大步走了。

她剛才所表達的情緒，跟她對魚滿的追求所採取的務實態度大相逕庭，未免使我有點困惑。爲什麼她會覺得我太嫩？這整件事跟她的處女之心究竟有什麼關係？爲什麼她不太願意把一切告訴我？

說老實話，我應該慶幸才對。我毛遂自薦要做她的擇偶對象，實在是愚不可及，雖然她拒絕，但並沒有把我當蠢人。我眞是糊塗透頂！萬一她接受了，我豈不是要陷入左右爲難的窘境——要在她與梅梅之間作出選擇，而我怎麼可以想像置梅梅於不顧。魯莽把我害苦了，我老是被衝動牽著鼻子走。

起風了，樹和電線搖曳不已。看來就快下雨了，西北邊響起一陣雷聲，一道道閃電劃破夜空。我得趕緊回宿舍。

第十三章

我在溫習政治經濟學筆記，楊先生坐在床上。他突然精神抖擻地用假聲高唱起來：

雄赳赳，氣昂昂，
跨過鴨綠江，
保和平，衛祖國
就是保家鄉。
中朝好兒女，
齊心團結緊，
打敗美帝野心狼！
打敗美帝野心狼！

他把整首歌一股腦兒吼出來，好像他正擠在人山人海的火車站，送志願軍去朝鮮打美軍。我對這首歌一點興趣也沒有，它早就過時了。也許他只是想引起我的注意，但我不理睬他，繼續讀我的筆記。

我原想戴個耳塞機值班，但還是決定不用，唯恐他眞正需要我時疏忽了他。另外，我隔一會兒也想聽聽他說些什麼，搜索他內心世界的秘密。

「你在幹什麼，萬堅？」他平靜地問道。

「讀書。」

「好。你帶來我的書了嗎？」

「什麼書？」我被搞糊塗了，他並沒有吩咐我幫他帶什麼。

「架上所有的書。」

「哪個架？」

「我辦公桌旁邊那個。」

「我這裡沒有那些書。」他瘋啦！他辦公室那個架上少說也有一百本書。

「爲什麼？」他生氣地問。「你讀書，可我幹什麼呢？像顆大頭菜閒坐在這裡？幫幫忙，去把它們拿來。」

我一時不知道該如何應付這種瘋狂。白頭髮、胖臉蛋的吳大夫曾指示我和班平：「絕對不能讓你們老師讀任何東西。」哪怕他允許楊先生讀書，我在這裡值班，怎麼回去拿書給他？

「聽到了嗎？」他問。

「聽到了。」

「行行好，馬上去！」

我沒回答，繼而靈機一動，對他說：「你太累了，楊先生。讓我唸給你聽，好嗎？」我心想可以唸幾段筆記哄哄他。

「不，我要自己研究我的書。好學者不可偷懶，讓別人唸給他聽，就像你不能讓別人替你吃飯。你明——白——嗎？」他拖長最後幾個字。

「我明白，但我這裡一本你的書也沒有。」我衝口而出。

「什麼！」他喊道，大驚失色。「你是說你把它們丟了？天啊，沒有書我怎麼辦？」他放聲大哭，眞情地悲痛。

「楊教授，你聽我說——」

「啊，沒有書我怎麼活呀！我徹底地一無所有了。爲什麼，爲什麼你這樣對我？」他開始抽噎。

我如何才能安撫他？即使我找一本書給他，他也會糊里糊塗，讀不出個所以然。我手頭只有一本螺旋芯活頁簿。不如就拿這本子來騙騙他，我想。不行，他會識破。

這時我看見窗台上那本布萊希特的《四川好女人》。我走過去撿起它，放在他手掌上。「這是你的書。你瞧，一本也沒有丟。你用不著大發脾氣。」

他雙手抓住書，手指又紅又腫，生了一層被眞菌感染的表皮。他笨拙地打開軟封面，眯起眼睛，細看卷首插圖，那是一幅北京某劇團上演這齣戲的劇照。他慢慢地揭了兩頁，翻到他自己寫的序言。「對，這是我的新書，」他說：「墨味這麼新鮮，一定是剛從印刷廠出來的。我喜歡這本書特有的香味。」他頓了頓，再次端詳書頁，好像在尋找某段文字。

我靜靜坐著，唯恐他會要求再給他一本書，再耍脾氣。料不到他竟抬起頭，開始擺出教授的架子講話：「同志們，今天我們繼續討論盛唐詩。我先讀王勃一首代表作給你們聽。」他迅速翻開一頁，吟誦起來：

城闕輔三秦，
風煙望五津。
與君離別意，
同是宦遊人。
海內存知己，
天涯若比鄰。
無為在歧路，
兒女共沾巾。

「好一首悲傷的詩，不是嗎？」他問道，嘆了嘆氣。我沒有回答，納悶他爲什麼要挑這首詩來開篇授課。事實上，王勃屬於初唐時期，楊先生把年代搞錯了。而且在我看來，這首詩並不眞的悲傷。

「這首詩的主題是友誼。」他宣布。「兩位士大夫被派去不同省份任職，在古城長安郊外相互道別。這次分手，只是空間上的離別，反而會使他們心心相連。大家看到，古人感情更眞摯，人情味要比我們現在濃多了。他們珍惜友誼、手足之情和忠誠，不像我們今天這樣，動不動就拳頭相向或互相傾軋。」

廉價的懷舊，我心裡想。昨天永遠比今天好，頭腦正常的人誰還相信這套濫調？如果楊先生神志清醒，他會用條理更清晰的語言來評論這首詩。顯然，他的心智再也不能透徹地理解文句，他的評說能力已局部癱瘓。

「另一方面，」他繼續說：「這首詩一點也不傷感。詩句簡單而有力，感情高尙而克制。請注意，語言在流暢和穩重之間達致恰如其分的平衡。這首詩跟盛唐時期大多數離別詩有明顯區別……。」

我懷疑他爲什麼對這首詩感興趣。他大概是被傳統理想所吸引——仕途與文人生活的統一。換句話說，他也許仍在緬懷士大夫的角色。這時我才突然想到，大約二十五年前，毛主席在給阿爾巴尼亞共產黨總書記霍查的一封信中，就曾引用過這首詩中的兩行：「海內存知己，天涯若比鄰。」那時，阿爾巴尼亞是唯一支持中國共產黨反對赫魯雪夫鞭撻史達林的社會主義國家。它是中國在社會主義陣營裡的唯一盟友。毛主席引用古詩來稱讚兩個共產黨國家之間的友誼。經他引用，這首詩在革命群衆中流傳至廣，歷時超過十載，甚至被譜成歌曲。

「同志們，你們都知道毛主席喜歡這首詩，」楊先生宣布：「它的確是精品。毛主席愛它，我們也一定要愛它。我們一定要研究它、讚揚它、背誦它，把它當成我們的道德指南，因爲毛主席的話是檢驗眞理的標準，一句頂一萬句。」

他眞是太討人厭了，突然變得像個政治應聲蟲！他已喪失判斷詩歌的準則，再次暴露他阿諛奉承的本質。很多人都想獲得統治別人的權力，楊先生也不例外。他是個學者，這反而使他更渴望做大官，如此一來就可以利用他的學識，參與決策，將他的主張付諸實踐，實現他的抱負和理想；否則，他的所有才智將毫無意義，只會在他頭腦裡腐爛。他一定還殘留著某種封建心態。

「下一首。」他宣布，接著突然中斷，一臉茫然。他結結巴巴地說：「下一首是什麼？」他亂翻了幾頁，閉上眼睛，彷彿在努力回想演講的腹稿。「啊，對啦，這是我們今天要討論的下一首詩。」他對著一頁空白頁唸道：

1

你從天堂來，撫慰
一切悲傷和痛苦，
誰受到雙重打擊，
就給誰雙重安慰。

唉，我已厭倦追求！
痛苦和歡樂又有何用？
來吧，甜美的平靜，
哦，進入我胸中！

2

山巔上
一片沉寂。
所有的樹梢上幾乎
感覺不到一絲微風。
群鳥在林中緘默。
等等，稍候
你也將安靜。

詩人對平靜死亡的渴望觸動了我。楊先生聲音悲愴而低沉，能傳達出一個受盡磨難的人內心深處的感情。當他背誦完畢，整個房間似乎仍在鳴響，餘音從天花板繚繞而下。但他一句平淡無奇的評語立即把濃厚的詩意給驅散了。「這首詩很美，是吧？」他乜斜著眼看我，得意地笑笑。

「呃——是的。」我支支吾吾答道，猜不透這是什麼詩。聽起來像外國詩，不像中國人寫的。

「你知道作者是誰嗎？」他問我。

「不知道。」

「歌德，唐代大詩人約翰・歌德。你知道這首詩的中譯者是誰嗎？」他又搞混了——既然是從德文翻譯過來的，又怎麼會是唐詩呢？

「我說不上來。」我答道。

「我，是我自己翻譯的，花了整整一個星期。」他兩眼發亮，眉毛淘氣地豎起來。「你知道詩中的說話者是誰嗎？」

「當然是詩人歌德。」

「錯，不是歌德在說話。說話者可以是任何人。」他抬起臉，開始用他一慣的方式講課。「同志們，當我們分析一首西方詩，我們應當牢記，說話者和詩人往往不是同一個人。中國詩歌與西方詩歌的根本區別，在於對第一人稱敘述的使用。在中國詩歌傳統中，詩人和詩中說話者都是分不開的，除了在某些次要體裁，例如閨怨詩或民謠。中國古代詩人在詩中幾乎都是以他們自己的身分說話，而詩中眞誠而可信的聲音是他們詩歌的基本品德。中國詩人不需要用非本人的第一人稱敘述來使他們自身與他們在詩中表達的情感保持距離。相反，在西方文學中，詩人往往採用非本人第一人稱敘述，使他們的詩歌減少自傳色彩。他們更相信技巧而不是眞誠。因此，我們讀西方詩，千萬不要以爲說話者就是詩人。總的來說，說話者是虛構的，並非作者本人。」

這番評論似乎有點道理，我挺喜歡。至少，這席話恢復了他原來的面貌——一位滔滔不絕的教授。然而，我不能肯定他的觀點是否正確。我還沒來得及深思，他就接著說：「爲什麼對第一人稱敘述存在著如此截然相反的態度呢？三年前，梁北冥教授在《詩探索》發表一篇論文，指出這種區別應歸因於西方詩歌傳統一開始就與戲劇傳統平行發展，而中國戲劇達至成熟則要比詩歌晚得多——換言之，中國詩歌與戲劇之間沒有這樣一種平行關係。由於非本人第一人稱敘述本質上是一種戲劇手法，西方詩歌偏愛這種第一人稱敘述一定是源自詩歌傳統與戲劇傳統之間的最初聯繫。我原則上同意梁教授的觀點。然而，我相信我們還可以進一步探討他的理論。依我看，兩種詩歌傳統與各自的戲劇傳統之間關係所存在的這種區別，也許並不是對第一人稱敘述採取截然相反的態度的根本原因。我認爲應從兩個文明的不同社會秩序和文化結構著手，更深入地探討。

「西方文化的本質是自我，而中國文化的本質是社會。但在兩種文化中，詩歌的功能卻是相似的，也即表達和維護自我，儘管各自以不同的方式達到這個目標。在中國文化裡，詩歌解放並激勵自我，儘管自我不斷受到社會的巨大壓力。因此中國詩人往往以自己的身分說話，他們情眞意摯，犯不著用性格化的聲音來掩藏自己——他們太需要借助詩歌來作眞實的自我表達了。換句話說，自我在詩歌語言中得到解放，對中國詩人起到重要的宣洩、淨化作用。相反，在西方文化裡，詩歌往往是用來保護和豐富自我，因爲自我一方面受到其他人的威脅，另一方面又必須與其他人溝通。所以，如果西方詩人既希望與他人溝通和對他人表示同情，又不想一覽無遺地暴露自己，那麼非本人的第一人稱敘述就成爲他們不可缺少的手段。由此看來，第一人稱敘述這一詩歌手法，其功能是增強自我。」

他靜了下來，彷彿有意空出一點時間，讓學生充分領會他的意思和做筆記。我對他這番論述很感興趣，覺得相當獨特。但他的看法還是太籠統，略嫌粗糙：要得到別人認同，還須作一番論證和細究。另外，他的論據尚有不少漏洞。他應當把西方浪漫主義詩人例如拜倫和濟慈，納入考慮，他們的抒情詩都極少使用非本人的第一人稱敘述。就連但丁在《神曲》中也經常以自己的身分說話。再者，認爲對自我的關注是西方文化與中國文化區別之所在，未免過於武斷和有點簡化。例如，基督教——西方文明的核心——更重視上帝而非個人。也許楊先生應將焦點集中於用某一種西方語言寫的詩歌，而不是整體的西方詩歌，因爲西方詩歌太龐大了，不是他能夠窮盡的。

「你知道我也寫詩嗎？我靈魂深處一直是個詩人。」他沒有提到我的名字，但他親切的語氣表明他是在對我說話。

「不知道。你從來沒告訴過我。」我說。

「你想不想聽一首我的詩？」

我還沒來得及回答，他已合上書本，開始鄭重地吟誦起來：

八月秋高風怒號，
捲我屋上三重茅。
茅飛渡江灑江郊，
高者掛罥長林梢，
下者飄轉沉塘坳。
南村群童欺我老無力，
忍能對面為盜賊。
公然抱茅入竹去，
唇焦口燥呼不得，
歸來倚杖自嘆息！

他頓了頓，抬起頭，目光爍爍。「你覺得怎樣？」他驕傲地問我。「開頭雄渾有力，是吧？」

「是的。」我強迫自己同意。誰都知道這是杜甫〈茅屋爲秋風所破歌〉的開頭。楊先生怎麼會認定這是他自己寫的呢？然而，他臉上認眞的表情說明他一點也不懷疑自己是作者。我沒吭聲。他幻想自己是誰，對我來講都不是問題，只要他別大發脾氣。

「看這幾行詩多麼簡樸。簡樸才能觸動靈魂。同志們，請記住，傳統詩論認爲，思想與感情之間存在一種逆反關係。如果詩中的思想太複雜和太高深，詩就會失去感情力量。反之，如果太動感情，則詩中的知性就會減弱。好詩人憑直覺就知道如何在思想與感情之間維持平衡。當我第一次讀這首詩，我暗自驚嘆：『老天，他怎麼能寫出這樣的詩句？它們像綠樹枝，結實又柔韌。』

看來又不大相信自己是作者了。他思緒紛亂，似乎不能在一個念頭上維持太久。我不禁想，是不是有什麼辦法，可以使他的頭腦更集中，思維更連貫些。也許應該由精神科醫生來治療他；針灸或壓穴也可能有幫助。

「請注意聽。」他要求道，好像看出我心不在焉——我正想著他的頭腦而非他的觀點。他繼續沙啞地朗誦：

俄頃風定雲墨色，
秋天漠漠向昏黑。
布衾多年冷似鐵，
嬌兒惡臥踏裡裂。
床頭屋漏無乾處，
雨腳如麻未斷絕。
自經喪亂少睡眠，

他頓了頓，吸了口氣，然後評論道：「這些詩句，是我在農村接受『再教育』時寫的。白天裡我下田像牛馬一樣拉犁，或鋤大豆，或插秧，或打掃公廁和豬欄，或往地裡運肥料。雖然工作繁重，但不像晚上那般神經緊張，因爲艱苦勞動可使我思想麻木、頭腦空白。我身體忙著幹活時，便什麼也不能想。我一幹起活，便像一部機器停不下來。再說，當工作沉重、任務緊迫時，我們常常可以吃得好些，不像平時那樣吃地瓜乾和糠團——這兩種食物都難以消化，我又是燒心又是肚子痛。當我們收割莊稼，或把曬乾的磚坯裝進窯裡，或把燒好的磚搬出來，我們便可以吃上窩窩頭，任我們吃個飽，有時候菜裡還帶了點豬肉片。我們還有綠豆湯喝，也是任我們喝個夠。但夜裡就不同了，我患上失眠。腦子裡想太多事情，停不了。有一回我連續十三天沒睡覺。我央求農場醫生開點安眠藥給我，但領導們不讓他給我開，還說：『我們應當把安眠藥省下來給革命群眾。你睡不著是因爲你幹活不賣力。』白天我下地幹活，頭重腳輕，像在騰雲駕霧。我眼睛發疼，腦袋因嚴重偏頭痛而脹得厲害。我怕自己會精神錯亂，但越是怕，晚上就越睡不著。我恨死了周圍所有的人，恨他們夜裡睡得那麼香，第二天早上醒來又是一條好漢。我常常羨慕我們屋後豬欄裡那些豬，因爲牠們吃飽就睡，直到有一天被拉出去宰了。」

他吞了一口氣，接著說：「我們房間的屋頂滿是漏洞，我夜夜透過這些漏洞聽風聲呼嘯，看月亮和雲團慢慢移動。我雖然醒著，卻不敢弄出聲響。在床上一翻身，隨時都會驚醒某個人，他就會把我痛罵一頓，這就會吵醒其他人。然後整屋人都會罵我。一方面，我希望天快點亮，我就可以停止胡思亂想；另一方面，我但願長夜漫漫永無盡頭，我就可以賴在床上，讓身體多休息。我便是在那種心境下寫出這幾行詩的。」他拍了拍胸前的布萊希特劇本，繼續說：「眞正的詩歌源自作者的親身經驗，是從靈魂裡流溢出來的。」

我跟他抬槓：「但你曾在班上說，大多數詩來自其他詩。」

他瞟了我一眼，接著承認說：「是的，大多數詩都是大土豆生出的小土豆，眞正的詩來自獨特、眞實的人類經驗。先是有人種那些大土豆，那些眞正的詩。後來有人種那些大土豆的兒子們，再後來有人種孫子們。那些大土豆的曾孫子們、曾曾孫子們、曾曾曾孫子們一年長得比一年小，最後就什麼也不是了。接著，大家又得找別的大土豆來種。」

簡直瘋了。他的類比近於狂想，不過也挺新鮮。我語帶譏諷問道：「那麼你是說這是一首大土豆詩？」

「那當然。這是一首眞實重於技巧的詩。如果不是遭受所有那些痛苦、謾罵和不眠之夜，我就不可能寫出這麼眞誠的詩句。聽我說，這裡沒有哪怕一點點虛假的聲音。」他接著又背誦：

安得廣廈千萬間，
大庇天下寒士俱歡顏，

風雨不動安如山！
嗚呼何時眼前突兀見此屋，
吾廬獨破受凍死亦足！

「啊，什麼時候我能看到那些廣廈？」他喊道，突然嗚咽起來。淚水掉在胸前那本書的杏黃色封面上。「那些廣廈在哪裡？」他叫道。「讓我看見它們，我就死而無憾。它們在哪裡，在哪裡？」他開始嚎啕起來，抽動嘴巴。

我憋住氣，百感交集——憐憫、痛苦和厭惡全湧上心頭。他一輩子半行詩也沒寫過，甚至要靠這首古詩來表達他的願望。這種情操固然高尚，但已變成陳腔濫調。

他又抽泣道：「我只有一個一房套間。給我一座廣廈。它們在哪裡？我應當是一級教授，絕對有資格住這樣的房子。」

眞是個瘋子！他使我既想笑又想哭，淚眼模糊。

「老天啊，難道這不是一首眞正的詩嗎？」他又喊道。「難道詩中沒有眞理嗎？眞理遲早會變成眞實，像陽光撥開雲霧。但要等到何時？爲什麼我不能在死前看見它變成眞實？爲什麼我不能進入那些高樓大廈，去見窮學者們的快樂面孔？如果眞理不能變成眞實，那麼它對我們有什麼好處？像這樣的詩又有什麼用？」他將右手挪到肚子上，手背沾著淚水。他誇張地吟唱起來：

壯志未酬身先死，
長使英雄淚滿襟。

他努力要把左手按到胸膛上，但抬不到那麼高。他突然用左手把書掃到地板上，叫嚷道：「我再也不要這玩意了！不要什麼詩了，它沒有一個字是眞實的，滿紙謊言。我一輩子都被它愚弄了。」

「楊教授，請不要這樣！」我走過去，輕輕搖他的肩膀。

他邊喘氣邊說：「他媽的，詩裡明明說有廣廈千萬間，但它們在哪裡？我寫它，一輩子研究它，但我連一套體面的房子都沒有。詩歌有什麼好？它只是讓你懷藏奢望。」他渾身哆嗦，但仍然嚷個不停。「毫不在乎詩歌的人，都活得好好的，沉醉在幸福和安逸之中。我以前有個同班同學，是個笨蛋，只會拍上司的馬屁，可他兩年前當上了國務院一個部長。他權力多大呀，叫人專門爲他修建一個游泳池，就像叫一碟小菜。但我們這些可憐的學者和怯懦的書呆子，只會趴在文字堆裡，吃紙喝墨，相信詩歌，夢想奇蹟。我們都是傻瓜！我們——我們——」他氣喘吁吁，話都說不出來了。

我替他捶了一會兒背，讓他透透氣，接著慢慢扶他躺下來。他臉上的肌肉不斷地抽搐，好像有什麼東西在嘴裡咬他。

我心裡也煩透了。

第十四章

我跟梅梅訂婚時，我父母來了一趟山寧，拜訪楊家。他們帶來家鄉的特產，例如榛子、乾木耳和黃花菜。他們送梅梅一件毛衣，給她父母各送一個貂皮帽。貂皮帽使我有點尷尬，因爲這裡的氣候不會冷到要戴這種東西。禮物中還有一小袋乾猴頭菇，這種美味如今在森林裡已不容易找到。楊家對猴頭菇很感興趣，因爲他們聽說過但從未見過。雖然我母親詳細向楊太太解釋怎樣做──先用溫水浸一天，再撕成一條條，然後和豬肉或雞肉一起燉──但是楊太太直搖頭，這道菜太別致，她自己做不了，怕會糟塌了那些蘑菇。所以我母親幫著做了一些，在訂婚宴上吃。楊家嘖嘖稱奇，猴頭菇的味道，與一齊燉的豬腿肉幾乎完全一樣。

飯後，我母親拿出一個折疊的信封，對我的未婚妻說：「梅梅，這是五百塊錢，我和老伴希望你收下，算是我們給兒媳婦的見面禮。」

楊家和我都感到意外。我沒想到她會按照家鄉的習俗來做。在我們家鄉，公公婆婆必須給未來的兒媳婦一筆錢，未來的兒媳婦則必須在大家面前叫他們爸爸媽媽。

我母親沒再說話，寬闊的臉上露出期待的笑容。梅梅似乎感到爲難，詫異地望著我。我對楊家說：

「按照東北的風俗，梅梅接了錢就得叫我父母爸爸媽媽。」

「我又不是在賣自己。」梅梅輕聲嘟囔說，但大家都聽得見。

整張桌一時鴉雀無聲。我手足無措，不知道該不該代未婚妻把錢收下。五百塊是個大數目，相當於一個普通工人七八個月的工資。我母親得用兩三年時間才能省下這麼一筆錢。我父親插嘴說：「這樣吧，梅梅，如果你不喜歡這老風俗，我們也理解。總有一天你會叫我們爸、媽吧，我們可以等。把錢先收下，好嗎？讓我老伴高興高興。」

「我不能這樣做。」梅梅說。

我母親看上去不大高興，噘起嘴巴。幸好沒有別的客人，否則她會感到臉面盡失。我父親對她說：「梅梅是大學生，我們不該把她當成家鄉的一般新娘看待。我們事先應該想到這點才對。」

這時我靈機一動。「媽媽，錢你就暫時代梅梅保管著，怎麼樣？她口琴很棒，我們就請她吹一曲，代替叫你媽媽，行嗎？」

令我如釋重負的是，我母親同意了。「行，我沒問題。我也不想強她所難。」

我轉向梅梅說：「那你就吹一曲吧。」

楊先生也附和道：「這是最起碼的，助助興嘛，他們是你未來的公婆。」

梅梅噘噘嘴，走進睡房，拿出她的大口琴。她沒問我們想聽什麼，就吹起《紅色娘子軍》的主題曲〈向前進，向前進〉的音樂。充滿戰鬥精神的旋律刺耳又激昂，聽起來就像一群貓在齊聲號叫，且偶爾有一兩處吹走了調。音樂刺痛我的太陽穴。不知怎的，我母親竟聽得忘乎所以，還跟著曲調哼起來。我看得出，梅梅眼睛裡有怒氣，兩頰漲得紅紅的。她吹完後，我不敢置評，但我父母都鼓起掌來。

楊太太咕噥道：「她完全被慣壞了。」

「你應該吹一首好聽點的。」她父親補充說。

梅梅坐下，一言不發，有點喘不過氣來。我母親拿起信封，放進上衣裡邊的口袋裡。她說：「梅梅，這筆錢我代你保管著。你什麼時候要，就是你的。」

梅梅的表現讓我不高興。既然她接受我父母的毛衣，為什麼不把錢也收下？她幹嘛這樣彆扭呢？但我沒吭聲，不想再挑起這個話題。

楊家只有一間睡房，所以我父母跟我住在宿舍。胡然和滿韜放寒假回家了，宿舍裡有足夠的床位，只是我父母必須分開睡。這他們倒不介意，可是宿舍很冷，沒有暖氣。他們說要能燒個爐子就好了。

我父母回去之前那天，梅梅、楊太太和我母親上市中心買東西。我父母想帶些時髦的衣服回去送給朋友和鄰居，還想給孩子們帶些當地雜貨店見不到的新奇糖果。儘管梅梅脾氣時好時壞，但母親還是喜歡她，說我們家中有個醫生是好福氣。聽到這些話，梅梅會得意地笑起來，宣稱她對付我就像醫生對待病人。她甚至警告說，我將會娶到一個悍婦。

我父親和楊先生待在家裡，一邊抽菸斗、喝紅茶，一邊閒聊。他們一見如故。我父親是大學畢業生，讀了不少書，因此他們談得頗投機。我坐在睡房裡，透過半掩的門聽他們說話。

「老萬，這些年來你一定過得很辛苦。」楊先生說。

「是不容易。」我父親承認。「瞧我這雙手，比農民的還粗。我以前常給天津一家報紙寫文章。我們那個領導驕橫跋扈，我只不過批評了他幾句，他們就把我送到北大荒去改造。」

「你在勞改營裡是不是常挨餓？」

「我實際上不是去勞改營。事情是這樣的，解放前，我父親是地主，一個小地主，只有二十五畝地。但他在抗日戰爭中幫助過共產黨，經常給他們提供吃住，所以土改時，共產黨將他歸入跟一般地主不同的類別。他被列爲『開明地主』。」

「這是不是說，你出身革命家庭？」楊先生認眞地問。

「不是，我們被當成輕一點的反革命。我碰上麻煩的時候，有些共產黨裡的人還記得我父親，因此他們替我出面交涉。這樣我才沒被送去勞改營。否則，眞不知道我這把骨頭會丟到哪裡去了。」

「原來如此，」楊先生嘆息道：「我們生活中實在有太多不必要的苦難了。」

我窺探他們。我父親的臉多了幾道皺紋，小鼻子在抽動。「我一家人受我連累，吃了不少苦。」他接著說。「堅兒和他弟弟在街上常捱打。有一天晚上，造反派放我回家，我發現兩個兒子臉上青一塊腫一塊，頭上也受了傷。堅兒眼眉上還留著一道疤。」

確有此事。我在小學門口遭一幫學生拳打腳踢，其中一人用石頭打中我的右眼，如今在陽光中我還感到視線模糊。那次捱打後，我的右眼整整一個星期沒法分辨擺在我眼前的手指是三隻還是兩隻。後來母親每天給我吃魚肝油，我的視力才逐漸恢復。

楊先生說：「難怪萬堅經常鬱鬱寡歡，看上去比實際年齡老。」

「很多年裡，除了弟弟，他一個朋友也沒有。我非常替他擔心，怕他會有心理創傷。他比我另一個兒子內向。我曾懷疑他是不是已經不會笑了，但他上大學後，好像變得開朗了。」

「他在這裡人緣不錯，是個大好人。」

「現在有了梅梅，他應該好上加好啦。」父親哈哈大笑。

「你教子有方，老萬。」

「確實盡了力。我常跟他和那個小的一塊兒做功課。」

還不止呢，父親還給我們講故事和背誦古典詩歌。在他幫助下，我記住了不少詩。這是我愛上文學的緣由。作爲一家之主，無論從哪方面講，他都十分盡職。爲了聽他講民間故事，我們兄弟倆經常跟他一起睡。雖然母親出身於當地農民家庭，幾乎目不識丁，但她忠誠而堅忍，父親對她敬佩又感激。她很少抱怨我們遭受的侮辱和困難。她是一個堅強能幹的女人，有好幾年她趕著驢車上街賣豆腐，那是她唯一能做的工作。她那張瘦削的臉時常叫我想起我們那段痛苦的生活。

父親雙手靈巧。林場的領導好幾次要把他調到宣傳科工作，但他拒絕去，自稱再也寫不了任何東西了，寧願繼續當個木匠。他的手藝遠近聞名，太多人想請他做衣櫃、五斗櫥和飯桌，所以他一雙手總是閒不住。他對楊先生和楊太太說，等他們分到更寬敞的房子，他會來幫他們做些家具。如果他們這裡找不到木材，他可以托運些來。

慢慢地，他倆開始談起詩歌。父親雖不是詩歌專家，但能背誦很多杜甫的詩。楊先生越談越興奮。他們對杜甫後期詩的喜愛，都勝於他的早期詩，並認為杜甫後期作品代表中國古典文學的高峰。

「他是文窮而後工呀。」父親這句評語儘管是陳腔濫調，卻也道出他的真實感受。

「是呀，有好多年我也這麼想。」楊先生說。

「你是說你現在不這麼想啦？」父親追問道。

「說句實話，我也不大肯定。」

「為什麼？」

「兩年前，我去成都參加一個會議，有機會去拜謁杜甫草堂。信不信由你，那不是草堂而是座大房子，比一般的農舍還大。房前有花圃，種滿菊花和各種顏色的玫瑰花。院子很大，要幾分鐘才走得完。他的住宅更像大地主的院落。杜甫晚年看來還挺寬裕。他幾個朋友都有權有勢，給他送錢送糧。」

「但他不是餓死的嗎？」

「那是沒有根據的傳說。說他死於極端貧困，可能只是一廂情願，無非是為了安慰我們這種窮學者和知識分子。坦白講，我不認為詩歌中窮與工有什麼關係。我敢說杜甫的生活可能比我們好。」

「這挺有意思。」父親語氣半信半疑，但他沒多說。

楊先生接著說：「在中國歷史上，我們的時代一定是知識分子最艱難的時期。多少生命被摧毀了，多少人才被糟蹋了。除了物質貧困外，還有精神匱乏。」

兩個人沉默不語。

在課堂上，楊先生絕不會講得如此坦白。這番話表明他對我們課本裡的評論有所保留。文窮而後工是傳統詩論的一個原則，但照楊先生看來，這個說法可能是錯誤的。既然他自己不敢寫出來，我想，也許我可以就這個問題寫一篇論文。後來我跟楊先生提起這件事，但他要我忘掉它。

第十五章

我下午去醫院值班的途中，在五一廣場碰上交通阻塞。大約六百名學生正在那裡示威，他們分別來自黃土平原煤礦學院、市工藝美術學院、師範學院和我們山寧大學。他們舉著大標語牌，上面寫著各種口號，例如「懲罰貪官！」「打倒寄生蟲！」「救救中國！」「民主萬歲！」「不自由毋寧死！」。他們有些紮著白頭帶，恍似敢死隊員，儘管他們全都手無寸鐵，除了一個體格粗壯的傢伙手裡拖著一個笨重的擴音器。他們在一陣接一陣的鑼鼓聲和口號聲中前進。

在廣場東端邊緣，靠近第二百貨公司，站著一堵由工人組成的人牆，裡外三四層，他們全都戴著塑料頭盔，上面印有「鋼鐵廠」字樣。這些人都背著一根粗短的木棒。他們看上去都很輕鬆，還時不時大聲辱罵示威者。雖然他們扮演執法者的角色，但他們都像是一心要來打架的，就等著把學生們狠揍一頓。我聽說市長辦公室派他們來維持秩序，還付他們雙倍的工資來幹這種「活兒」。他們有人抽自己捲的菸，有人嚼硬糖，互相調侃著，時不時爆出一陣嘩笑。與此同時，數千名民眾聚集在人行道上觀看，有些人向學生們豎起大拇指，有幾個甚至加入朝東北方向前進的隊伍。一個老婦雙手把一塊白圍巾舉到頭頂，上面寫道「冤枉！」顯然她想趁機伸冤。

「打倒特權階級！」一個矮小的女生尖叫道。大家舉起拳頭和小旗，跟著她喊。

「要民主！」一個男生高呼。再次有數百個聲音跟著他怒吼。

「法律面前人人平等！」立即有一個男聲透過話筒高呼，但時間沒掌握好，只有幾個人跟著喊。

令我吃驚的是，我看見王凱玲也在學生們中間。她舉著一塊長方形的薄紙板，寫在上面的口號是「維護人權！」她的臉被曬成棕褐色，大汗淋漓的，但神采奕奕，一頭密髮垂在雙肩上。我正奇怪她竟會跟這些示威者混在一起，她也看見了我，便離開隊伍，朝我走來。她用清亮的聲音說：「嗨，萬堅，要不要加入？」

「不啦，我得去醫院。」

「楊先生還好嗎？」她語氣變得關切，笑吟吟地露出整齊的牙齒。

「有好轉，但也不是太好。我們學校有多少學生參加？」

「大約有一百六十人。」她說，下巴微突。「我們費了很大勁動員學生，但他們大多數都不願意來，尤其是畢業班的。」

「這也難怪他們。學校威脅說，如果他們捲進去，就分配不到好工作。」

「不過，這還不算壞吧？」她指了指遊行隊伍。

「不錯啦。我確實挺感動的。沒想到你也這麼革命。」

「不如說反革命。」她緊張地咯咯笑起來，似乎對自己說的俏皮話有點不安。她穿一件白色短背心和一件剛流行起來的咖啡色裙褲。

我對她說：「我把你們合譯的布萊希特給楊先生看了。」

「是嗎？」她臉上泛起光彩。「他說了些什麼？」

「他說味道很好聞。」

她笑了。「告訴他我很快會去看他。」

「好的。」

她不再多耽擱，說了聲再見，便匆匆趕上隊伍。她好像在示威者當中扮演了某個組織者的角色，但不是主要組織者。她對這類活動感興趣，使我有點困惑，但她的大膽也令我肅然起敬。要知道，就連大多數本科生也置身事外。跟學生們不同，凱玲有個十多歲的兒子。她這樣做不是也在拿她兒子的前途作賭注嗎？騷亂過後，學校至少會要求她做自我批評。如果他們不降她的職或給她安上個什麼罪名，那就算她走運。

我繞過一大堆旁觀者，好不容易才來到通往醫院的雲橋路。空氣中瀰漫著汗味、柴油味、醋味、醬油味、油炸大蒜和洋蔥味、燒雞味和燉豬腳味。騎自行車的人都下了車，不斷搖車把手上的鈴，有些人互相叫嚷。往西五十米外，一部滿載青磚的拖拉機噗噗噗地咆哮，但還是原地不動。我推著自行車經過一個冰淇淋攤兒，見到一個又高又瘦、猴子似的男人；他戴著墨鏡，看上去像個官員或個體戶，正大聲跟一個老婦談論學生：「這些笨蛋一定是吃飽撐得沒事幹，如果讓他們餓一個星期，我敢打賭沒有一個會來這裡鬧事。應該把他們全送到郊外菜場去，讓他們每天在田裡幹上十二個小時。」

「嘖嘖嘖，這些後生眞被慣壞了。」皺紋滿臉的老婦搖頭說道，晃了晃手中的馬尾揮。她伸長脖子，大聲喊道：「冰磚，五毛錢一塊兒。」

「見鬼，這麼熱。」男人罵道。「操他媽的，生了他們這幫雜種！」他往地上吐了口痰，再用靴底把痰擦掉。

我盯著他，他回瞪我。他眼神呆滯、冷酷，使我想起煮熟的牡蠣，我趕快低下頭。走開前，我瞥見一枝手槍的槍口從他的夾克衫底下露出來。他顯然是個便衣警察。我在路上注意到在旁觀者中間，還有十來個男女，都戴著跟那男人一樣的墨鏡。我抬起頭，看見兩個穿白衫藍褲的男人，正在百貨公司天台上拍錄像。錄像機對著下面，鏡頭跟著示威者。滿街鬧烘烘的，亂成一團，但小販們並沒有停止叫賣，他們有的蹲著，有的坐在帆布凳上。有些還在討價還價。

我來到馬路拐角時，看見一個患黃疸病似的中年男子，他揮舞一面用橙色紙做的小旗，高呼：「打倒共產黨！」沒人跟他喊，但立即有二十來個人圍過去。他再次揚了揚那面三角旗，高聲喊道：「打倒社會主義！」人群依然沉默，張皇失措地望著他。

他來不及再喊下去，已有三個便衣警察——兩男一女——一擁而上，抓住他的頭髮和雙臂，反銬了他的雙手。「救命啊！救救我！」他叫道，眼睛凸起、閃動，脖子肌肉緊縮。他大張著嘴，淌出口水。「別再做奴隸！」他掉過頭來對我們喊道。

沒人介入。倒是有個羅圈腿的鎖匠走過來，揮起長菸袋，用銅斗在那男人的腦袋上狠敲三下，厲聲斥道：「媽的，你敢叫我奴隸！」

「哎喲，別打我，叔叔！」那人尖叫，隨即一道鮮血順著他的前額淌下。幾個旁觀者哈哈大笑。

「活該，這種死不悔改的反革命分子！」那老鎖匠咬牙切齒地說，然後彎身從地上撿起自己的便帽。

「眞蠢！」一個賣草藥的年輕人說。「看不出這裡到處是警察。」

三名便衣不管那人怎麼掙扎，硬把他拖走。他不時伸腿，拼命想定住腳，但他們拽著他走。一名便衣不斷用皮帶有搭扣的一端抽打他的肩膀，那女人則踢他後腿。不到一分鐘，他們便進了一家理髮店，消失了蹤影。在這陣騷動期間，一個灰眉的鞋匠坐在一個玩具攤旁邊，口含幾枚小釘，一直在敲著鞋楦上一隻皮鞋的鞋底，一下也沒有停過。而在周圍，大家你一言我一語議論那個被捕的人，說他是個傻瓜，還說他家以前至少有一個人被共產黨鎮壓了。

學生們似乎意識到他們面臨的風險，所以他們小心謹愼，很有秩序地遊行。他們隔一會兒就高呼「向工人致敬！」，討好那些從鋼鐵廠僱來的工人。他們慢慢地朝市政府進發，市政府在西北邊，再過幾個街口就到了。我穿過人群離開廣場，躍上自行車，全速朝醫院蹬去。

第十六章

第二天下午，宋教授來看楊先生。他進了房間，我便退到窗邊，坐在窗台上。他往藤椅上一坐，從一個麂皮小袋裡取出棗木菸斗，心不在焉地將菸絲摁進去。他面容憔悴，下眼瞼烏黑，呼吸帶酒味。他是個酒鬼，但我得承認，我從未見他喝醉過。他總是騎著自行車到處逛，但不知怎的，從未發生過意外。

「慎民，你近來好嗎？」他問楊先生，語氣誠懇。

我老師抬起眼睛說：「不好，不出兩星期就會死掉。」

「別這樣說，我還需要你跟我抬槓呢。我們的研究生課程全靠你指導。你不能這樣撇下我們。」

「不再吵架啦，我原諒你。」楊先生喃喃地說。

「我懷念跟你爭辯。說實話，我懷念你的冷嘲熱諷。」

「我們之間已經爭完了。」

一陣靜默。宋教授瞥了我一眼，然後問楊先生：「你胃口怎樣？」

「還吃點東西。」

「試著多吃點。」

「我既不是老饕餮也不是美食家。」

宋教授咬住粗大的菸斗，準備用大拇指按打火機，但又停下來，用探詢的目光望著我。我還沒來得說不礙事，他已從嘴裡拿開菸斗，把菸絲重新倒進菸袋裡，繫好，然後塞回衣兜裡。他接著說：「愼民，什麼也不用擔心，集中精神養病，好嗎？」他語氣眞摯。

「我最近什麼也不想，只想如何拯救我的靈魂。」

「這就好，別擔心你的課和那個刊物。我已經作了安排，你仍然是主編。我派了幾個新手幫你做些編務。一切都沒問題。」

「隨你便。我沒心思做那種文書工作了。從今天起我只思考自己的獨家之說，不爲誰寫，只爲後代。」

宋先生臉上掠過一抹訝異之色，但還是勉強答道：「好，你應該那樣寫。我還想告訴你，咱們系裡已提名你爲正教授。我相信這回沒問題。你應當升職，這事拖得太久了。」

「你想給誰就給誰，我不稀罕這個了。」

「爲什麼？」宋教授顯得很困惑。

「我再也不想當小職員了，我辭職了。」

「你這話怎麼講？你可是我們最好的學者呀！」

「才不是呢，我一生都是個小職員，你也是。我們都是國家的奴隸。」

宋教授警覺地望著他，說：「我不明白，愼民。爲什麼我們要這樣瞧不起自己呢？我們都是知識分子，對吧？」

「不，我們不是。中國哪有知識分子？笑話，誰受過大學教育，就叫做知識分子。事實是，人文學科的所有人都是小職員，理工科裡的所有人都是技術員。告訴我，誰才是眞正獨立的知識分子，那種又有獨創性思想又講眞話的人？我一個也沒見過。我們都是國家的啞巴勞工——是退化的人種。」

「那你不是學者啦？」

「我說過了，我只是個小職員，是革命機器的螺絲釘。你也是，彼此彼此。我們是同類，命運也相似，都墮入野蠻和怯懦。現在這顆螺絲釘磨壞了，必須換掉，所以把我當成損失，註銷好啦。」

宋教授低下頭。房間裡靜得可以聽見麻雀在屋外啁啾，有一隻正撲撲拍翼。

過了一會兒，宋教授有點靦腆地對楊先生說：「別這麼悲觀。還有希望。」

「什麼希望？」

「譬如說，像萬堅這樣的新一代學者將會更進一步。確實，我們這一輩子大都荒廢了，但他們會從我們的錯誤和損失中吸取教訓，活得比我們好。」

「假的。他充其量也就當個高級職員罷了。」

宋教授望著我，我的心一下子收緊。他又說：「愼民，對年輕人別這麼刻薄。你今天身體不舒服。我知道你愛他們，否則你不會要萬堅去北大。」

「對，我要他去北大。我還能指望他幹別的嗎？他托福考砸了，錯失了到威斯康辛大學唸比較文學的機會。他辜負了我。」楊先生嘆息道，接著說：「他最好是盡快離開這座鐵屋，否則他只會淪爲一個抄寫員。在我國，沒有哪個學者可以過一種不同於小職員的生活。我們全都是沒有靈魂的機械人。你也應該盡快離開，否則來不及了。不要被困在這裡。」

「愼民，看來我們不應該再這樣談下去——你兜來兜去都是說那些話。不管怎樣，請你放心休息，盡快好起來。我們都盼望你回到系裡。」

「我再也不要被別人利用了。」

宋教授向我點一下頭，表示他得走了。他站起來，向我老師說再見。我陪他走出房間。在走廊裡我央求道：「請別把楊先生的話放在心上。他今天不舒服。」

「我知道。其實我喜歡我們的談話，他說的話也値得思考。你老師受了不少苦。別因爲他對你的意見而難過，他不是有意的。」

「我無所謂。」我做了個怪相。

他邁著均勻的腳步離開，一邊掏出菸袋，重新往菸斗裡裝菸絲。

他沒有被激怒，我鬆了口氣。雖然楊先生的傻話常常令我厭惡，但有一點我挺喜歡，就是他想什麼就說什麼。我沒料到他會認爲我讀博士的努力沒有意義。我托福分數低，顯然令他失望。可以肯定，他想讓我去外國，免得我在這裡淪爲小職員，他女兒也就可以逃脫當技術員的命運。

我沒有立即回病房，而是在走廊的長凳上坐一下。陳護士走來，提著一個奶油色的空桶。她在我面前停下來，笑著說，她剛接到任務，負責晚上照料楊先生，從下午六點到凌晨一點。她値完班後，姜護士就接替她，直到早晨。「他是個很有學問的人，我是說你老師。有時候我喜歡聽他講話。」她再次微笑，眨了眨眼睛。

我說：「那我們可要拜託你多幫忙囉。」

「別這樣說。我們互相幫助嘛。對了，楊先生譯的那本書你讀過了嗎？」

「哪一本？」

「《四川好女人》。」

「我好久以前讀過。」

「爲什麼戲裡的人物除了沈德，全都那麼卑鄙和貪心？」

「你是說那個妓女？」

「對。戲裡的世界眞奇怪。」

「不像我們的。」

「當然不。是不是這位外國戲劇家對中國一點也不了解？」

「他並不是要描寫中國。他是想表達對世界的看法。」

「我知道，他的哲理。但那個世界還是太離奇了！沒有一個好人，除了一個拉客妓女。」

「也許就像我們的世界，你說是不是？你倒告訴我，我們哪裡去找一個好女人或好男人？」

「那要看你認爲怎樣才算一個好人。」

「我是說一個你絕對能夠信任的人。」

「你爸爸或媽媽。」

「你當眞這麼想?」

「你連父母也不信任嗎?天呀,你是不是厭世?」

「不,我只是不樂觀而已。」

「老師學生都是一個模子倒出的。我瞎說。」她吃吃笑起來,揚了揚她的纖手。

有人在樓梯口喚她,她匆匆離去,桶柄在她手中有節奏地吱嘎響。

我還在思考楊先生剛才對我的看法。雖然他的責備令我不高興,但我必須承認,他說得也有點道理。

我越是想到山寧大學的某些教授和講師,就越覺得他們活像小職員和技術員。哪怕有朝一日我成爲像我老師那樣博學的學者,我也依然是在小職員堆裡。既然如此,我操那麼多心幹嘛呢?

第十七章

收到梅梅的信，我迫不及待地拆開來看。

親愛的堅：

希望我爸病情已有好轉。告訴他我一考完試就立即回去看他。實際上，目前還不清楚考試能否如期進行。這裡一切都混亂極了。我們學校一連好幾天都有幾百個學生去天安門，在那裡跟其他院校的學生會合，要求與總理對話。我剛聽說考試可能會推遲。若是這樣，我會提前回家。

但你別受這個消息干擾，要繼續鑽研日語和複習功課。我們力所能及的，就是做好準備。

我剛聽媽媽說，她很快就會回家。她感謝你照顧我爸。

近來我實在太忙了，時間幾乎是在不知不覺中流逝。這裡不少朋友都想把我拖出房間，但這是我一生中最重要的時刻，我必須犧牲玩樂，最終才能如願在北京當兒科醫生。我想念你，堅。

我在上封信裡提到我不告訴你我最喜歡你什麼。你猜到了嗎？為什麼我十天前回家時你不問我？

好啦，我不想讓你再猜下去了。為了幫你省點腦力，讓你專心學習，我就告訴你吧：我最喜歡你的聲音。真想天天都能聽見你說話。

夠啦，不談兒女私情。我得溫習解剖學。請多體貼我爸，經常幫他保持清潔。

祝你複習順利。

你的
梅梅
一九八九年五月六日

未婚妻的來信使我有點心煩，尤其是她提到「有不少朋友」。我知道在北京有幾個男青年老想追求她，而且他們總有辦法引起她注意和跟她在一起。有一次楊太太不無驕傲地告訴我，梅梅是她學校的大美人，是其中一名「校花」。儘管梅梅喜歡我的聲音，但我不在她身邊，那些男人可能會有機可乘，闖入她的生活。

我該怎麼辦？我心頭再次冒出這個問題，但這不僅僅關係到梅梅。幾天來我左思右想，盤算著要不要參加考試，因爲我已經在懷疑考博士的意義。以前我憧憬當著名學者，並要求自己刻苦學習，但如今這個夢想破滅了。我看到的是一個沒精打采的小職員，年事已高，卻還在抄抄寫寫，亂塗亂抹。想起僅僅爲了最終能在北京安家落戶而攻讀博士，我就感到力不從心。但是，如果我打退堂鼓，豈不是白白浪費一整年的工夫。更令我苦惱的是，如果我改變主意，梅梅憤怒之餘，說不定就會跟我決裂。既然我愛她，是不是應該爲了她而參加考試？按理說，我應該這樣做，然而我心裡不知怎的，老是抗拒這種讓步。

晚上我去找班平，希望他幫我理清頭緒。他妻子還沒從紡織廠回來，所以我倆便一邊喝菊花茶一邊談心。一個陶製茶壺像一隻小烏龜，伏在矮杯之間。班平對他這套茶具總是津津樂道，聲稱是仿古款式。我們聊天期間，他時不時站起來，去角落裡查看在電爐上煮著的一鍋茄子。顯然，近來學校官員都在應付學運的事情，顧不上「偷電賊」。

我把我的困境說給班平聽。他剛剪了個平頭，但看上去反而更老成了。他不僅明白我的意思，而且竟然說我開始像個男人那樣想問題了。他問道：「如果不去北京，你打算去哪裡？留校嗎？」

「老實說，我不知道。」

「不如跟我一塊兒去省政府。」

做個名副其實的小職員？我心裡反問。

他接著說：「他們政策研究室還需要人。老兄，你是那個職位的理想人選。你聰明、可靠、隨和。要是你進了研究室，可別忘了我。我敢說你不出幾年就會大權在握。」

「他們那個職位不是黨員才行嗎？」

「我想未必，否則我決定去商業廳之前，就不會認眞考慮要去那裡。」

確實，班平並非黨員，儘管他早就申請了。我說：「但我不是當官的料。」

「誰是呀？你總可以學嘛。你這麼能幹，做這份工作還不容易？」

「班平，我的麻煩是如果我不去北京，梅梅可能會跟我分手。你知道我太愛她了。」

「這你倒不必太擔心。讀博士有什麼前途？瞧咱老師——突然就崩潰了，整天胡說八道，像個白痴。說老實話，他經常讓我想起卡夫卡《變形記》中那隻人蟲，再也不能跟別人溝通了。如果你留在學術界裡，到頭來可能落得像楊先生，或像去年我們學校那四個死於疲勞和肝硬化的中年教師。」

「得啦，別嚇唬我了。談談你的看法，我到底該怎麼做？」

「那我就直話直說吧。眞正的男人就該事業在先，女人在後。如果你得到政策研究室那份工作，梅梅可能根本不會跟你吹的。哪怕她眞吹，你隨便也能找到更好的姑娘。」

「你這麼肯定？」

「相信我吧，如果你有那個職位，許多漂亮姑娘都願意嫁給你。女人出於本能，都希望找個讓她們衣食無憂的男人，因爲她們會考慮到養兒育女。這沒有什麼錯，是生物和人類的本性。我上大學之前，我們家鄉沒有姑娘願意多瞧我一眼。但我上了大學之後，就有幾個給我寫信。想想吧，像我這種其貌不揚的人，一年裡竟然收到十來封信，寫滿甜言蜜語……老弟，我認識你差不多三年了，我看得出你性格上的弱點。」

「什麼弱點？」

「你心裡太浪漫，往往把女人奉爲女神。你容易動感情，女人擺動一下裙子，你也會覺得她們漂亮。」

「你是說我好色？」

「不是，你崇拜女人。你太愛慕女人了，當你遇上一個眞正的女人，你反而不知道自己的價値了。」

「說眞的，我是喜歡女人，很喜歡。」

「對呀，但你不應該太擔心梅梅。還記得霜笛對愛情的看法嗎？」

「他怎麼說？」霜笛是當地一位著名詩人，儘管還沒出版過詩集。

「他說：我不想把百合摘下來保存，因爲沿途還會有一朵朵鮮花爲我開放。原話我忘了，大意如此。」

我想笑，因爲這句引語完全是斷章取義。霜笛在詩中並不是講愛情，而是講人生的得失。何況，女人並不是你不需要時就可以隨便扔掉的花。我對他說：「問題是我也看不出當官有什麼意義。」

「萬堅，你書讀得太多，腦袋都僵化了。爲什麼我們要做有權有勢的大官？答案很單純，就是追求快樂。有權有勢，你就更安逸。我們一定要吸盡人生的果汁！」他說到最後一句話時，幾乎是惡狠狠地。

他一臉嚴肅，使我驚訝。那張臉依然飽經風霜，呈青銅色。我們似乎沒法說到一塊兒。他沒看出我追求的不是物質利益，而是某種對我的生命有意義的東西，某種能使我感到生命沒有白白浪費、得到適當發揮的東西。他不能明白我們老師的呼聲——「我一定要拯救我的靈魂！」他只關心肉體。

門開了。進來一輛嶄新的飛鴿牌自行車的後輪，安玲正小心翼翼地倒退著推車入門，右手抓住皮座，左手握著把手。她把自行車靠牆立著。「歡迎。什麼風把你吹來？」她愉快地對我說。她穿一套粉紅色連衣裙，束著一條布腰帶，腰帶用一個灰色塑料環扣住。這套時髦衣服穿在她身上並不相稱，反而使她顯得土里土氣。她看上去挺累，儘管精神不錯。

「我順便來看看你們。」我對她說。

「梅梅有消息沒有？」

「有，她還好。」

「那就好。你和班平繼續聊吧，別管我。」她走到門後的臉盆架，班平為她準備了一盆水，她開始洗臉。

我和班平又談了一會兒楊先生的情況，以及一些本科生計畫上北京的事。當安玲將燉茄子、玉米粥和幾個花捲擺上桌，我便起身告辭，儘管他們一再留我吃飯。我有點失望，發覺我根本就不該向班平請教。雖然他把我當朋友看，但坦白說，本質上我們是兩種不同的人：我太敏感，太內向，可能也太理想主義，而他則十足體現了農民的狡猾和實際。無論這世界多麼骯髒和醜陋，像他這樣的人都可以活得舒坦自在。這種人凡事不慌不忙，而且充滿活力，有能耐，也更容易生存和立足。

我拿不定主意，便在那個晚上給梅梅寫信，試探她的態度。

親愛的梅梅：

你爸爸已在慢慢恢復，別操心。他正受到悉心照料。

最近我遭遇一場危機。我不再覺得拿博士有什麼意義。我愛你，梅梅。按理說，我應該參加考試，以便去北京跟你相聚，安家落戶。但我心底裡老是懷疑這樣奮鬥有什麼意義。我說的「意義」，指的是這種努力對我的生命有何價值。我知道在首都我可以擁有較好的生活條件和較多的機會，但我看不出這種物質利益有何意義。老實說，我並不太在乎世俗的安逸。

我這場危機，歸根結柢在於：做一個學者，無非是充當革命工廠的一個小職員，這到底有什麼好呢？這個問題是你爸爸扔給我的，我回答不了。有時候他胡言亂語，但他終於講出心裡話。

大概有一個星期了，我靜不下心來複習。我實在不大想參加考試，很可能會收回申請。別生氣，梅梅。你回來時我再詳細跟你解釋。請回信，寶貝。

永遠是你的

堅

一九八九年五月十日

又：你爸爸曾經建議我向美國一些大學申請讀研究生。這個計畫現在行不通了。哪怕我通過托福並得到海外的獎學金，我們學校也不會放我。外語系一位教師得到賓夕法尼亞大學的研究生獎學金，但她拿不到護照。要拿到護照，得先經我們學校正式批准，所以她只好放棄那個獎學金。也許你知道她。她叫王凱玲，曾與你爸爸合譯布萊希特。我剛聽說，她憤怒之餘，參加了學運。事實上我四天前看見她在街上遊行。她宣稱她的人權受到侵犯。

在我這場危機中，還有一個老想不通的問題：我能做什麼？

第十八章

我走進病房時，楊先生正在睡覺，被子蓋到下巴。房間要比前一天亮些，一個護理員剛擦了窗上的玻璃和拖了地板。地板還濕漉漉的，留下零零散散的鞋印。空氣聞起來也清新些，儘管有樟腦味。「他今天怎樣？」我問班平。

「糟透了。」他搖了搖厚實的下巴，並示意我出去一下。

來到走廊，他對我說：「他從八點開始就一直睡覺。最初我以爲可以過一個安靜的上午，結果卻糟透了。」

「什麼事？」

「他老是作噩夢，聲嘶力竭地叫喊，猛踢腳。還說到你。」

「我？說了些什麼？」

「他說你正在北大讀書。他爲你驕傲，還當著一個什麼人稱讚你。」

「他是說眞話嗎？」

「我想是吧。對了，你知不知道，除了你，還有誰要求他寫推薦信？」

「推薦什麼？」

「我也不清楚。有人請他爲一個青年寫推薦信，但楊先生不肯，還說：『我對你侄兒一點也不了解。』他對那個人發火，兩人吵了起來。」

這令我困惑，我說：「除了宋教授，他從不跟人吵架。」這時我想起，那天楊先生在睡夢中央求一個什麼人，要對方別再找他和他家裡人的麻煩，並拒絕對方分配給他一套大房子和提升他當正教授。但那聽上去不像吵架。

「不可能是宋教授，」班平說：「他自己可以寫推薦信。」

讓我摸不著頭腦的是，楊先生在夢中稱讚我。他眞要我成爲北大博士候選人嗎？爲什麼態度突然大變？我多希望他神志清醒，好向他問個清楚。

班平走後，我開始琢磨他所說的推薦信。憑直覺，我感到此事可能跟楊先生中風有點關係。我隱隱覺得，請他寫推薦信和答應給他房子和正教授的，可能是同一個人。是哪種推薦信呢？也許是上大學的。但那個人的侄兒想讀什麼呢？是哪種學位？學士？碩士？哪個專業？古典文學？哪家大學？

我猜不出這些問題的答案，便開始看新一期的英語周刊《北京周刊》。我考上研究生後，就開始訂閱這份雜誌。本期登載一篇有關戈巴契夫訪華的長篇文章；我不查詞典也能明白文章的大意。

約一小時後，楊先生又開始在睡夢中說話。他平靜地說：「你爲什麼拒絕我？」

最初我以爲他是在談系裡的事情，所以不太在意。慢慢地，我才明白他是在跟一個女人爭執。我合上雜誌，想聽清楚他說什麼。

「我才不在乎做學問呢！」他咬牙切齒地說。「難道你不明白？我給你寫了兩百多封信，你卻當垃圾扔掉。我要花多少時間寫？用這些時間來寫一本書豈不是更好？這一切都是因爲那時我對你的愛更重要。我要把一切都浪費在你身上，甚至我這條命。」他喉嚨哽咽著，頓了一頓；雙唇無血色，不斷地顫抖。

他寫了兩百多封情書？顯然，這個女人沒有相應地愛他，因此她不可能是楊太太。她是誰？我認識她嗎？她還活著嗎？一定還活著。他有沒有——

他打斷我的思路。「別哭。我只是想說出眞相。你現在年紀夠大了，應該讓你知道眞相。」他噓了一口氣，咬了咬嘴角。

他是在哪裡？那女人後不後悔當年拒絕他求婚和不理睬他的情書？恐怕不後悔，否則他就不會用這種不饒人的口氣說話。這次爭執實際發生過嗎，或只是他的幻想？

「啊，我的學問。」他尖刻地說。「你拋棄我之後，爲了消磨時間，我除了閱讀寫作，像一條蟲在書堆裡爬，還能做什麼？要是我有別的辦法打發這一生就好了！」他訕訕笑道。「誰想做一個無用的學者和了無生氣的書呆子？我寧願不做。」

我眞想不通。爲什麼那個女人拒絕他求婚？他年輕時樣子應該挺帥，至少一定非常聰明和健談。

「我是什麼意思？」他譏笑道。「我的意思就是我寧願做一個住家男人，我三十年前就告訴過你了。你忘啦？啊，我的寶貝，你記性眞差。我想在我們結婚後煮飯、洗衣服、看家、照料我們的孩子。我答應你要做這一切，對吧？……我寧願做一頭快樂的驢，身上馱著整個家，沒有一句怨言。去他媽的學術！去他媽的講師！去他媽的著作！我眞正的抱負是做個住家男人。但有幾個女人會認眞看待這種操持家務的男人？能不把他當懦夫、不覺得他丟臉？噢，我眞正的夢想永遠不會現實。」雖然他聲音激動，但吐字清晰，好像出自演員之口。他一定練習過好多遍。

這女人是誰？她三十年前跟他在一起過，那時他是二十九歲。她一定比楊太太更早認識他，因爲梅梅今年二十四歲，而她告訴過我，她是在父母結婚三年後出生的。這就是說，楊先生是二十七年前結婚的，當時他是三十二歲，也就是在那個身分不明的女人拒絕她之後三年。爲什麼她不接受他求婚？在五十年代末，他並沒有像成千上萬知識分子那樣遭到迫害，所以她拒絕他不大可能是政治原因。那麼，到底是什麼原因呢？她不愛她？或者有其他私人理由？

「不要憑外表判斷我！」他喊道。「確實，我幾年裡沒跟你說過一句話，將你當成陌生人。但是上天作證，我心底裡只爲一個人而活，那就是你！請相信，要是我跟你說話，我便可能倒在你腳下。除了躲避你，我沒有別的辦法遏制我的感情，在外表上保持鎭靜。現在我老了，不想隱瞞我的眞實感情。不管你怎麼看我，我都永遠愛你——愛你。每當我夜裡睡不著，便會在床上輾轉反側想你，只有你。」他長長嘆了一口氣。

那就是說，三十年來他的心被這個女人迷住了。他不愛他妻子嗎？很可能。難怪他們婚姻不快樂。

他繼續說：「別哭，麗芬。別哭，寶貝。我曾以爲我這顆心會隨著肚皮鬆弛而逐漸冷卻和疲倦。但是沒有，在這兒，」——他慢慢將手挪向胸前——「這兒永遠跳動著一顆年輕的心，它飢餓地渴望著，渴望著。」

他靜下來，淚水湧出起皺的眼角，淌向耳朵。我走過去，用手指抹掉它們。

原來她叫麗芬，但誰是麗芬？我納悶著。梅梅可知道這個女人？楊先生二十八年前從南京大學轉到我們學校，梅梅在這裡長大，不可能認識麗芬本人，麗芬肯定是留在南京。換言之，他到又小又寒酸的山寧大學來，就是爲了避開她？

「啊，我恨你！」他咆哮起來，臉都變形了。「你的陰道在家裡從沒閒著，要是我早知道就好了！」

他惡狠狠的聲音使我震驚。爲什麼他對麗芬這麼凶？他們一定非常親密過，否則他不會講這種粗話。

這時我想起三週前他提到某個女人的乳頭味道「像咖啡糖」，也許指的就是麗芬。

但我猜錯了。他哇哇大叫：「我——我還以爲我家裡至少有一個忠誠的妻子和一個可愛的女兒，但你出賣了我！」他臉都扭歪了，臉上的皺紋加深，像一條條細溝。

他是在責罵他妻子！看來，這跟麗芬沒有什麼關係。楊太太有婚外情，這幾乎是不可想像的。她是個臉頰凸顯的女人，大部分時間不與人來往；話說回來，雖然她現在有點憔悴，但年輕時一定挺漂亮。楊先生的話——「家裡有一個忠誠的妻子和一個可愛的女兒」——意味著他跟家人分開，因此這次談話應該是在他們一家團圓之後不久。而這次離別是在什麼時候發生的呢？文革期間？這有可能，也許是在他下放到農村的時候。

這回我猜對了。他接著用比較放鬆的語氣說：「我們在地裡像牛馬一樣幹活兒。收大豆時，我得老彎身，第二天早晨腰都挺不直了。但我總是咬緊牙關忍住背痛。我能夠這樣，不是因爲我在心中默誦詩歌，而是因爲我腦中想著你和梅梅——你們母女是我的希望。小昌受不了折磨，有天下午他用一把鐮刀割脉，流血過多死了。我們用草蓆裹住他的屍體，匆匆把他埋在一片沼澤地邊，連找塊石頭在墓堆上做個記號的時間都沒有。我沒自殺，雖然想過好幾次。爲什麼不終止這種無窮盡的痛苦的刑罰？也許死亡不過是一次漫長的睡眠，何必醒來？是呀，爲什麼不徹底把這種痛楚連根拔除？我沒有尋死是因爲我不忍心，沒有勇氣撇下你們母女。所以我希望又希望，夢想有一天回家，快樂得像杜甫從戰亂地區回到家裡。我將高聲誦朗他的詩句：『妻孥怪我在，鄰人滿牆頭。』但我的家已面目全非。是你毀了它！」他大聲嗚咽起來。

我好難受，下巴都麻木了，但我不責怪楊太太。至少她不像當時很多女人，她們紛紛與被判罪的丈夫離婚。她沒有離開他，而是等待他，獨力撫養女兒，維持一個完整的家。丈夫被打成牛鬼蛇神，而她爲他守活寡，不是件容易的事。梅梅告訴我，在那兩年裡，每當她母親上街，大家就會在背後指著她說三道四。此外，如果楊先生愛麗芬愛得那麼深沉和無助，他則可能從未眞心地愛過他妻子。

見到他不住地流淚，我便拿來毛巾替他擦一下。他拼命搖頭，竭力想舉手阻止我。「別管我！」他叫道，眼睛依然緊閉著。

我遵命站回去。他接著說：「你請求我原諒你跟他睡覺？我原諒你，但我永不原諒你給我寫那些假信，說你多麼愛我、多麼想念我。你欺騙我。你乾脆把眞相告訴我好了，那樣我就不會作夢。我活下來只是因爲我緊緊抓住那個幻想。我眞是個傻瓜啊！我眞是個懦夫啊！我也應該拿起鐮刀割脉才對！」

他是怎樣發現姦情的呢？梅梅對這件事是不是一無所知？他對妻子夠殘忍的，儘管她也許對他不忠。跟人私通並不表示她不愛他。他忘了他遠離家庭，一個處於她那種環境的女人，身邊需要一個男人。

這時我問自己，要是梅梅對你不忠，你還會要她做你的妻子嗎？我不知道怎麼回答。

楊先生嘆息道：「人生啊，好一個苦海！」

房間裡靜了一會兒。接著他非常誠懇地宣布：「我只怕對不起我的苦難。」他這句話使我牙根發麻。

第十九章

已是早上八九點了。我打開宿舍的窗戶，讓空氣進來。外面，在艷陽裡的地上，一對黑脈金斑蝶正繞著一個空錫罐盤旋。錫罐的彩色包裝紙標明它是用來裝桃肉的，錫罐上還粘著未乾的糖醬。我轉身離開窗口，繼續搓揉一件浸在盆裡的襯衫。胡然有腳氣，他一雙鞋擺在床底下，散發一股爛白菜的臭味。滿韜站在屋中央，不停地將一對十五斤重的啞鈴舉過頭頂，一撮黑劉海捲向一側，幾乎蓋住右眼。他的面孔柔和而蒼白，前額浸出一層薄汗。事實上，我們還有一位同房，是哲學系的研究生，他的床位就在我旁邊，但他沒來住過，因爲他妻子在城裡有一套房子。他不來住我們都很高興，因爲只剩我們三個人，多了不少空間；不過，冬天一到，我們又希望他來過夜，這樣他的體溫就可以使沒有暖氣的房間暖和些。

我搓好了襯衫，把它留在盆裡，等稍後再涮洗。我打開蚊帳，躺到床上。我把左臂擱在腦袋下，重讀父母寄來的信。不管春夏秋冬，我和同房們都掛蚊帳，以便在裡面保留一點私人空間。

滿韜練完啞鈴，走過來掀開我的蚊帳。他揚了揚汗淋淋的手，對我說：「你今晚可不可以跟我們打排球？我們需要你幫忙打敗物理系那幫傢伙。」他一邊說一邊搓兩手，一小粒一小粒的塵垢掉到地板上。

我把信反過來擱在肚子上。「抱歉，不行，我不舒服。」我接球和傳球都比他們好，但我今天不想打球。我頭痛。天知道我傍晚從醫院回來時狀態會怎樣。

「只打一場，幫幫忙。」他用胳膊肘碰了碰我。

「不行。」

「你又在想念女朋友啦？」他微笑著，娃娃臉上的眼睛瞇成一條縫。

「是呀，怪想的。」我承認道。

「哈哈哈，好一個男子漢！」他拉上蚊帳。我知道他會跟別人說我害相思病，但我不在乎。

我父母在信上說，他們剛翻新了北廂房，那裡現在有了一個新炕。睡房四壁都糊了新牆紙，等我和梅梅夏天去住。我父母一定是把我和梅梅當成一對已婚夫婦了（儘管梅梅仍舊叫他們叔叔和阿姨），因爲去年暑假我帶梅梅回父母家時，我們倆是一塊睡的。他們已經好幾次提到盼望抱孫子。我央求他們別在梅梅面前說這種話。我除了一個弟弟沒有別的兄弟姊妹，所以他們都希望我和梅梅快給他們生一個孫子或孫女。

他們的信令我更焦慮，因爲我還沒有梅梅的消息。她知道我要放棄考試，一定氣壞了，說不定我們今年不能一起過暑假了。

去年七月，住在我父母家時，我和梅梅經常到松花江去游泳。她不大會游，老在淺水裡漂游或扎猛子，而我時常橫渡主航道，那裡的水流又急又冷。有一天下午，我們去沙灘時，迎面走來一對年輕情侶。

寬大的堤岸下，鳥兒在柳樹叢中鳴囀；一隻潛鳥時不時大叫一聲，像一陣狂笑。那女人個子嬌小，頭戴草帽，身穿白連衣裙，裙子在魚腥味的微風中輕輕飄動。她樣子漂亮，像個演員。那男人是個高個子軍官，穿制服，領口敞開，但沒戴帽子。他白臉濃眉，像城裡人，有點單薄。他們經過我們時，梅梅急忙轉過身去打量他們。

「喂，怎麼啦？」我問道，用手指戳了戳她的肋骨。

「那男人滿眼熟的。」她轉回身，我們繼續朝沙灘走去。

「你認識他？」我問。

「不認識，但他使我想起一個人。」

「誰？」

「劉大夫，她曾經是我媽媽的朋友。」

我感到奇怪。「你是說這位大夫不再是你媽媽的朋友了？」

「對，我六歲時他就死了，胃穿孔。」

我們沒有按原計畫下水，而是坐在溫暖的沙灘上，她繼續告訴我有關劉大夫的事。她一邊講，一邊心不在焉地舀起一把白沙，讓它從一隻手掌漏到另一隻手掌上。她說：「我到四歲才認識我爸爸。我出生後一年，他就被送到農村。媽媽生活艱苦，因爲爸爸是反革命，托兒所和幼兒園都不收我。劉大夫很關心我媽，那時我媽在實驗室飼養動物，她去實驗室工作時，劉大夫常常來照顧我。他們在同一家醫院，但常常値不同的班。我三歲那年夏天，有一次劉大夫帶我去附近一個小公園，公園裡有一個池塘，裡面有一些水鳥。他把我抱在懷裡，告訴我那些大白鳥叫天鵝。我暗想能不能騎在天鵝背上飛走，像電影裡的小姑娘那樣。這時來了三個幼兒園裡的男孩兒，他們脖子上都掛著彈弓，胸前都戴著毛主席像章。他們走向我們，其中一個指著我說：『這是反革命的羔子。』另一個擰我的腳趾，還叫我『小婊子』。我不懂他們的意思，但知道他們在罵我，所以大聲哭起來。劉大夫帶我離開，拍拍我的背說：『他們只是些小流氓。梅梅是好姑娘。』我安靜下來後，看見他臉上有淚水。」

她停頓一下，瞇起眼睛看兩隻塘鵝在對岸上空飛翔，互相追逐。接著她說：「他年紀挺大了，五十來歲。媽媽告訴我，劉大夫曾在日本學醫，是醫院裡醫術最高明的外科醫生。他妻子在五十年代末死於骨癌。之後，他就獨居。據說他非常愛他妻子。他們是大學同學。有好幾年，我跟他難分難捨，簡直把他當成父親，儘管媽媽常常讓我看爸爸的照片，還說他很快就會回家。劉大夫死的時候，媽媽和我去參加葬禮。她在他的畫像和一堆花圈下又哭又喊，當著幾百人的面昏倒了。」

「他是什麼時候死的？」

「一九七一年。就是在那一年，媽媽轉到農校。」

我感到，她母親與劉大夫的關係，也許不只是友誼，所以我問：「你爸爸也參加葬禮了嗎？」

「沒有，他沒去。事實上，爸爸對劉大夫出現在我們生活中感到很不高興。我記得他和媽媽有一次因這件事爭吵。媽媽扯著嗓子對他喊道：『你永遠不明白！』也許爸爸是嫉妒。」

那天下午我們沒游泳，儘管熱得火辣辣的。我也沒有像平時那樣教梅梅學鳥叫。我能啁啾、囀鳴、吱喳叫，因爲我少年時代沒有朋友，下午常常獨自在灌木叢中撿柴禾，採蘑菇。

太陽好像就在我們頭上燒著。江水閃閃爍爍，滾滾向東流去，鷺和鶴在遠天的雲團下翻飛。我們坐著，觀賞對岸無邊的草原，一會兒互相摟抱，一會兒躺下來盡情地接吻。路過的汽船時不時會朝我們鳴笛，一定是有水手用望遠鏡觀察我們，但我們投入得很，不理會他們。

「萬堅，我們眞的需要你參加排球比賽。」滿韜上課前又催促我。

「我會盡可能去，但別把希望寄託在我身上。」

「那咱們晚上見。」他走出房間，口中哼著〈何日君再來〉的調子。這首泛情的舊歌被禁了三十年，幾年前又流行起來了。

他的短波收音機仍開著，發出卡塔卡塔的靜電聲。我起身，啪的一聲把它關掉。房間立刻一片寂靜，好像整排宿舍都沒人住似的。我躺回床上，試圖把梅梅所說的劉大夫的事情，跟楊先生兩天前在睡夢中對楊太太的責罵聯繫起來。當我想到他們糾纏不清的感情，不禁悲從中來。我們人類哪怕在苦難中，也無法互相理解。楊先生似乎一味把劉大夫想像成僅僅是個第三者，儘管劉大夫已死了十八年。我老師也許並非生性偏執的人，但在這件事情上他眞是冥頑不靈。

第二十章

我常常尋思，到底方班平對我們老師的私生活了解有多深。他聽說過他單戀麗芬嗎？他知道他婚姻有麻煩嗎？楊先生的頭腦現在就像砸破的保險箱——藏在裡面的財寶撒得滿地都是。想到班平可能知道得跟我一樣多，我更是擔心極了。我怕他會告訴別人。

第二天下午楊先生在睡夢中跟另一個女人說話，但有一陣兒他的話零零散散，難以聽清楚。當我在翻閱英語雜誌《中國建設》時，他一會兒竊笑一會兒呻吟。下午四點半左右他開始唱歌。他模仿一個年輕女子，嗲聲嗲氣地唱道：

金戒指，金戒指，
那是劉哥給我的。
前天進城去看戲，
我甩手丟掉在人群裡。

要是老大爺撿了去，
我就給他擺酒席，
認個乾爹也可以。
要是小夥子撿了去，
他跟我做啥也沒關係，
只是不能拜天地。

唱罷，他色迷迷地咧嘴笑道：「我看得出你不是處女。我不喜歡處女，我要一個眞正的女人。」說罷又咯咯笑，聲音逐漸減弱。

我豎起耳朵屏息聆聽，但他只是齜牙咧嘴。他好像是跟一個年輕婦人或一個女孩在一起。他在幹什麼？跟她調情？

接著他的聲音又逐漸變大。「你是我的，你身體每一部分都屬於我。不，嘿嘿嘿，我只是瞎說，跟你在一起我就沒法不傻。啊，我多麼幸運。」他臉上色澤光鮮。

他在跟誰說話？事情發生在什麼時候？幾年前？時間是關鍵。如果發生在他結婚前，那個年輕婦人有可能就是他未來的太太。但看他那樣子，好像是在跟另一個人快活。她是誰？麗芬？

「哎喲，看這兩條腿。」他嘆道。「看這對奶子，眞迷人哪。是新鮮的桃子，沒錯吧？天呀，你使我頭暈！啊，今晚我會心臟病發作，已經喘不上來氣了。」他色淫淫地笑著。「啊，我怎會這麼幸運！我是不是在作夢？」

他們肯定是上床了。既然她有一對桃子般的乳房，那她一定就是他兩次提到乳頭「像咖啡糖」的女人。這是什麼時候發生的事？很久以前？抑或最近？如果他透露一點時間的線索，也許我就可以猜到來龍去脈。會不會是——

他打斷我的推測。「別以爲我是壞男人。我的確不是好人，但也不是壞人。老實說，你是我一生中碰過的第二個女人。所以別把我當成骯髒、無恥的老色鬼。我只是一個普通男人，喜歡漂亮女人。但大多數女人都不喜歡我。我怎麼也想不到，像你這麼迷人和充滿活力的女人會對我感興趣。要是我再年輕二十歲就好了……」

他嘆了一口氣後，又歸於沉默。

他一生只跟兩個女人上過床？那是說，除了楊太太，這是唯一跟他親熱過的女人，可能也就是他一再夢見的麗芬。現在我可以肯定，麗芬不住在山寧市，還可以肯定他們不可能經常見面。如果他不愛妻子，那他一生中便有很大部分時間身邊沒有一個他眞正愛的女人。換言之，雖然他結了婚，但他肯定是過著一種感情上空乏的生活。他的自白使我想起歷史系一個高大英俊的研究生，他是個風流鬼，經常誇口說，他要先「試驗」一百個女人，然後再考慮結婚。他甚至會大膽跟陌生女孩搭話，問人家：「我可以請你喝杯咖啡或茶嗎？」如果她回答：「我已經有男朋友。」他就說：「不要緊，比較比較嘛。」就這樣，他經常約會成功。他一位朋友告訴我，他就快達到和一百個女人上床的目標，不久就會找個老婆。我總是奇怪，他爲什麼沒碰上一個足以令他受傷害的潑辣女人。

這時我突然想起楊先生最後那句話「要是我再年輕二十歲就好了」，可能表示他近幾年來跟一個年輕婦人在一起。這話到底怎麼解釋？是說如果他變得那麼年輕，他會更懂得去愛一個女人？或者在床上更有本事？或者可以有更多時間陪她？或者他會離開他妻子？他今年五十九歲了。假如他們的幽會發生在最近——而這是非常有可能的，則那個女人應該是在四十歲以下，約莫小他二十歲。這就是說，她不可能是麗芬，麗芬年齡應該跟他差不多才對。那麼她是誰？

楊先生乾咳了幾聲，繼續用清晰的聲音說：「維亞，你不覺得我蠢嗎？有時候我多想在山腳下種土豆，而不教什麼文學。如果我是個農民，我會生活得快快樂樂。知識就是痛苦和悲哀。你笑什麼？你覺得我在無病呻吟？或者太不切實際？」

天哪，維亞是他的情婦！我閉上眼睛，頭皮都麻了。一種被出賣的感覺湧上心頭，鼻子堵住了。我猛搖頭，好像被什麼東西擊中。誰出賣你？我問自己。也許楊先生和維亞都一起出賣了我。

另一方面，我也荒謬可笑——他們私通，怎麼會有我的份呢？維亞並不想要三角戀愛，所以我不可能在她感情裡占一個位置。我想起班平曾告訴我，維亞上午經常來看楊先生，還說她「情緒好激動」。爲什麼下午我在的時候她不來看他？她是不是刻意迴避我？

「如果我下輩子是個農民，」楊先生繼續說，綻開淘氣的笑臉，「譬如說種白菜或黃豆，你會嫁給我嗎？」他頓了一頓，臉上煥發一股童眞。「別笑，維亞，」他說：「我是認眞的。我們這輩子不能在一起，但下輩子可以，我不會再做每天吃紙的書蟲。我會成爲一個踏踏實實的人，配得上你這樣的女人……」

他們竟然談婚論嫁！她眞那麼愛他嗎？他對這段關係似乎絕對認眞。他妻子一點兒也不知道嗎？很可能有所覺察。這肯定是她去西藏的原因。

「別說愛，」楊先生焦躁地說：「我討厭『愛』這個字。大家說他們相愛，但後來就變心了。愛情是一條變色龍。不對，比任何爬行動物還糟，它可以買賣，用金錢、權力、黨籍，甚至用糧票。所以就說你想跟我在一起好了，或者說你離不開我。這聽起來不那麼肉麻。」他停下來，好像是在等維亞說點什麼。

「我對你也一樣，」他答道：「但上天總是跟人作對。我太老了，配不上你這麼年輕善良的女人。我對不起你，要是我可以娶你就好了。」

她確實愛他？她願意嫁給他？爲什麼她不在乎他們之間二十八歲的差距？他可能比她已逝世的父親還老呢。也許她只是想有一個父親般的男人罷了。不知怎的，我所遇見的女人，幾乎總是只喜歡年紀大的男人。四年前我在吉林大學唸書時，曾狂熱地愛上一個女孩，甚至向她求婚，並滿懷期待，相信她會接受，但她宣稱她絕不會嫁給一個比她年輕的男人，還說她**信任**我，但不能愛我。她希望維持我們的友誼，但我拒絕了，因爲我受不了看著她跟一個年紀大的傢伙約會。那傢伙是個徹頭徹尾的傻瓜，只會吹牛，儘管他是學生詩社「大路」的負責人。

楊先生不說話了，似乎陷入半睡狀態，時不時發出一絲微弱的哼哼聲。

維亞怎麼會愛上這樣一個老頭呢？他哪一方面吸引她？是他有見識？不大可能。有見識的男人多著呢，有些比他更年輕、更敏銳，甚至更深刻。那麼，他到底有什麼魅力？他的博學？他當研究生導師擁有的那一點權力？他的名氣？他的雄辯？這些在我看來都不大可能。

想來想去，我覺得他唯一吸引維亞的地方，是他的氣質。我注意到他身上隱藏著某種憂傷。雖然他很少在學生面前吐露感情，但是他的聲音偶爾會洩漏某種他獨有的悲苦，彷彿是與生俱來的。維亞也活得不快樂。她外祖父以前是天津市一位造詣高深的金石學家，擁有一幢日本式平房，房子後來被共產黨政府充公了。她對我說過，她父親是一家建築公司的建築師，一九六七年夏天因受不了革命群眾的批鬥，從一座辦公樓跳下自殺了。幾年後，她被送到偏遠的雲南省，在一個橡膠農場接受再教育。如果楊先生所說屬實，則她可能是在那裡失去貞操的。有她那種經歷和背景的女人，不可能再樂觀地看人生，因此對楊先生落落寡歡的氣質一定非常敏感。實際上有些人可能會享受悲傷和痛苦，因爲他們的生命一直是由悲苦的感情滋養的。他們什麼都可以忍受，就是不能忍受快樂，因爲快樂跟他們格格不入。楊先生似乎屬於這種人，維亞也是。這大概是他們互相同情、互相吸引和互相愛慕的緣由。

他們之間是否有過眞正的愛情，我無法肯定。維亞不是跟我說過，她已過了談情說愛的年齡了嗎？她對他們的關係是認眞的嗎？也許最初是認眞的，但現在她似乎急著要投到譚魚滿的懷抱裡。在感情問題上，她不是新手，不會糊塗，不是嗎？楊先生對她未免太一廂情願了。

當我明白爲什麼維亞那樣對待我時，我感到有點受辱。我只不過小她五歲，但在她的感情生活中，她根本不把我當回事，彷彿我屬於年輕一代。可能她跟楊先生的關係使她在心理上無法把我當成情郎。沒錯，她說過她不能對梅梅做「傷天害理的事」，其實有弦外之音：如果有一天楊先生康復、跟他妻子離婚然後跟她結婚，她就會變成梅梅的繼母和我的岳母，在輩份上也確實高了一代。

我又想起她宣稱她永遠保持處女之心。她指的是什麼？她是不是預料我會發現她與楊先生的關係？很有可能。但她爲什麼不等楊先生康復或逝世後才決定何去何從？爲什麼她要這樣倉卒離開，去跟譚魚滿相好？這與一個保持處女之心的女人不相稱，對吧？也許她跟我們老師私通，只是她一時的放縱，但爲什麼他會如此投入，簡直把她當成紅顏知己？

這些問題使我困惑。但有一點看來可以肯定：維亞對這段關係也許不像楊先生那麼認眞。

另一方面，我不該對她太苛刻。她知道他們的關係不會有結果，就像他已清楚向她表示過的，他不能跟她結婚。她別無選擇，只能另找歸宿。

有人敲門。我還沒來得及站起來，陳護士就一陣風似地進了門，端著一個鋁製圓托盤，上面放著楊先生的晚餐——一碗蛋奶糊、一杯豆奶、七八片盛在碟裡的粉腸。

「飯飯。」她和顏悅色地宣布。這也表示我値完班了，輪到她來看護他。

「我不想吃晚餐。」楊先生回答，仍處於譫妄中。「我要吃你，你是我最喜歡吃的肉，味道眞好。」

他笑咧咧地挑逗道，依然閉著眼睛。

我感到尷尬，唯恐陳馬麗生氣，但她似乎完全沒把他的胡言亂語放在心上，反而轉過身來，會意地對我眨眼笑笑。我心中閃過一個念頭，她必定從他口中聽了太多類似的話，早就習慣他那一套。她的笑表明她對我老師私生活的了解並不比我少，彷彿在說：「老弟，你還不知道夜裡是怎麼樣的呢。相對而言，這算什麼。」我們好比兩個盜墓者，但她比我機靈，挖得更深，找到更好的方位，獲得更多的財寶。她是技高一籌的大盜！

我萬萬料不到她也一直在窺伺楊先生的內心世界。她可能已鑽探、開採和發掘了他那副毀壞的頭腦，使它一覽無遺。我恨死她了！但我什麼也說不出口，除了冒出一句：「我眞希望他死了！」

「你怎麼會說出這種不吉利的話？」她睜大眼睛，呆住了，仍端著托盤。

我感到頭暈，想吐。我沒再多說，抓起挎包衝出房門。

第二十一章

蘇維亞第二天下午來看楊先生。她敲門時他正在睡覺。見到她，我吃了一驚，因爲她似乎已變成另一個人，叫我摸不著頭腦。她右臂挽著個白布袋，沉甸甸的，緊壓著她的腰身。她向我微笑，既熟悉又充滿善意。我脫口說道：「進來呀，站在那裡幹嘛？」前一個下午我替楊先生刮了臉、洗了頭，還給他的雙手和乾裂的嘴唇塗了些潤膚膏，所以他現在還算見得了人，儘管那張臉依舊浮腫，像一個不新鮮的麵包。

「他今天怎樣？」維亞有點怯生生地問道。

「還不錯，挺安靜。」

「我們別叫醒他。」

「那就不叫醒他好了。」

令我詫異的是，她從袋裡拿出一個西瓜，不大，有七八斤重。她從哪裡弄來這東西？現在是春天，並非出西瓜的季節。每年這個時候，城裡大多數水果店除了新鮮杏子和過熟的大蕉，就只有乾果或罐頭水果可賣。大蕉還是從海南島運來的，貴得不得了。

維亞見我不敢相信的樣子，便說：「是在天鵝買的。」

我點了點頭。天鵝是一個香港人開的超級市場，他在山寧市投資了數千萬元，主要是經營餐館和零售商店。天鵝是山寧市第一家西式超級市場，我沒去過，但聽說它售賣多種新鮮產品，價格都貴三四倍。靠一般工資生活的人都不會去那裡買東西。我對維亞出手如此闊綽感到不可思議；她跟我一樣，只領取微薄的助學金。

她走近楊先生，稍微彎身察看他那張浮腫的臉，那臉已失去原來的神采。她一再咬舌尖，時不時張開口，好像要說什麼，又難以啓齒。她目光黯淡，眼皮跳動。她雙手一直貼在腰邊，手指在綠毛衣上捻來捻去。接著，她的瓜子臉變得柔和，露出孩子般的笑容，彷彿要喚起楊先生的反應，但他依然沒有表情，沉睡著。我一聲不響地溜出來，轉身把門關上。我讓他們獨處，只是出於對隱私的尊重，並沒細想。

剛來到走廊，我便對自己悄悄離開後悔莫及。因爲這樣一來，維亞可能會把我刻意退出當成一種暗示，表明我知道他們的關係。這等於說我把她當成他的情婦而不是學生。我感到自己蠢極了，但願不會冒犯她。可是話說回來，如果我繼續陪著她，可能又會太礙眼。

我在醫院大樓裡閒蕩，準備打發一個小時。病人多得連一些辦公室外也有人在排隊等著看醫生。無數病人躺在門板上或擔架上。穿白大褂、戴白帽的護士們鬼魂般來來去去，她們大多數戴著寬大的紗布口罩。有人推著一張嘎吱響的輪椅經過，輪椅上坐著一個頭髮蓬亂的年輕女人，她低聲呻吟著，雙腿上了石膏。空氣中散發一股混合著尿、石灰酸和來蘇爾消毒藥水的臭味兒，還夾雜著腐肉味兒。在走廊盡頭，一個男人正在跟一個女醫生爭吵，罵她是老潑婦，她也大聲回罵他。有些人湊過去看熱鬧。

我偶然逛近一條黑暗的走廊。一邊走，一邊聽到一些女人在呻吟。我的眼睛還未適應走廊裡的昏暗，右邊某處突然傳來一聲尖叫。我停下來細瞧一個房間，但它被簾布遮擋著。

眼睛完全適應了之後，我發現一張張床沿著走廊牆邊排列著。床上躺著十來個即將分娩的女人，正恐懼而痛苦地呻吟著。有幾個在喊救命；另幾個一動不動，膨脹的肚子沒遮蔽，但似乎誰也不顧忌她們周圍的男人。由於產房不足，她們有些可能會在這裡生孩子。丈夫們大多數都背靠著對面的牆站著，目光朝下，表情呆滯。兩個在小聲閒聊；一個在看連環畫，邊看邊咬自己的長髭。

這時出現一個戴角質架眼鏡的老護士，她伸出乾癟的手臂擋住我的去路。「小夥子，你老婆叫什麼名字？」她嚴肅地問，手裡拿著一個有光亮的紫色文件夾，裡面肯定都是病人的資料。

「我——我還沒有老婆。」我結結巴巴地說。

「那你在這裡幹什麼？」

「只是看看。」

「什麼？你來這裡看這些沒穿褲子的女人？不要臉，滾出去！」

我退縮了一下。她抬起枯槁的手，張開兩根手指，與大拇指形成一個三角鉤，好像要牽著我的鼻子走。我扭頭就逃。

當我快要來到剛才進來的那道門，背後突然傳來一陣嬰兒的啼叫，伴雜著爽朗的歡笑聲和快活的嘰喳聲。「是男孩！」一個男人喊道。

我滿臉發燙地走出產科病房，見到牆上懸著一面大鏡子，旁邊是一個木架，架上放著一個公用的白色開水箱。我停下來看自己的臉有多紅。我嚇了一跳，只見在不平的鏡中，我的右臉比左臉大——眼睛和耳朵都是一邊小一邊大。我匆匆走出大樓，坐在門前的水泥台階上。一陣微風拂過，使我發熱的頭略感涼快。在銅灰色的天空中，一架直升機像大蜻蜓飛掠而去，旋翼發出微弱的嗒嗒響。某處有個女人透過喇叭喊道：「消滅腐敗！」接著是：「徹底改革！」學生們又在城裡示威了。一支樂隊開始吹奏〈國際歌〉。

當我回到楊先生的房間，他正盤腿坐在床上，兩唇潤澤。維亞一見我，便從床邊跳起來，支支吾吾說：「他——他是自己醒來的。」她好像在爲自己辯護。

「不要緊，他睡夠了。」

我的話使她安心了許多。她綻開童稚的笑容，問我：「他是不是比上星期好多啦？」

「我想是的。」

她和藹的神情使我輕鬆了不少。看來她對我剛才溜出去並不介意。她舉止沒變，倒是眼睛明亮了些，看樣子她並不是太難受。她攤開紫色手絹，兩次替楊先生擦嘴。他安詳地笑著。

床頭櫃上擺著對半切開的西瓜，一把不鏽鋼湯匙插在紅瓤上。她剛才餵他了！她甚至無意掩飾他們的關係。我心裡既感動又氣得慌。一種孤獨感淹沒了我，彷彿她是唯一可以給我些許安慰的人，卻又是我難以企及的。我原打算問她和譚魚滿的關係有什麼進展，但現在已沒必要多管閒事。在她眼中，我要麼是個後生，要麼是個太監，從來算不上男人。我一言不發，感到受了傷害。

「我該走了，」她對我和楊先生說，接著轉身吩咐我：「要是他想吃西瓜，你就餵他。」

「放心好啦，不會被我吃掉的。」我盡量顯得風趣些。

「要是你想吃，也可以吃點。」她露出笑容，同樣一個害羞、甜淨的笑容。「再見了，楊先生。」她向他揮了揮小手。

「一會兒見，維亞。」他含糊地說。她的採訪顯然使他安靜了很多，現在他看上去溫和極了。

她跟我告辭後，便朝房門走去，烏亮的頭髮鬆散地束成馬尾辮，在綠毛衣上晃蕩，幾乎及腰。她的纖腿和臀部在牛仔褲裡微微擺動，褲腳幾乎擦著地板，遮住了紅色塑料涼鞋。當她消失在門口，我閉上眼睛，不禁想起我們老師描述她身體的那些話。

「你最近在幹什麼？」楊先生打斷我的思路。

「我——我在準備考試。」我回答，儘管我最近沒碰過課本。

「考什麼試？」

「考博士生。」

「你不如去學種小米。」

「爲什麼？」

「你書讀得越多，就越容易發瘋，像我。有頭腦，就會活得難受。最好還是做個用雙手勞動的普通人。」

我沒出聲，唯恐他又發作。不一會兒他便開始一抽一抽地打嗝，像一隻啼叫不出來的病公雞。

維亞這次探訪使我百思不解。按理說，一個情婦不會把西瓜帶到她情人的病床邊，餵他吃，卻絲毫也不難爲情。但維亞這樣做了，好像那是再自然不過的事情。她的舉止很能說明她的純眞。到底是什麼驅使她？她有幾分像孩子，彷彿是在盡孝道。沒錯，「孝」也許是形容她這種行爲的貼切字眼。她舉手投足都像個女兒，在盡職地服侍生病的父親。

我突然明白，她一定是在我們老師身上看到一個父親形象，以此補償她早就失去的父親。她從楊先生那裡尋求的，可能不僅是親密關係和愛情，而且是安慰和支持。她本人是否意識到他們這段關係的實質，我沒法肯定，但我相信我的猜測接近事實。這解釋了爲什麼儘管我們非常友好，但她從未對我產生興趣，不把我當男人，在她眼裡我永遠是個弟弟。她不可能被一個比她年輕的男人吸引。

要是我再大十歲就好了。

第二十二章

午飯的時候，小貓頭鷹又發表演講。他總是穿藍衣長褲，褪色發白的褲腿布滿油污；前胸口袋裡插著一枝粗鋼筆，口袋下方染了一大塊已乾透的墨水和一層鼻涕。他從來不穿內衣和襪子，哪怕是在寒峭的天氣裡他也只穿一件氈領棉襖。無論冬夏，他都腳踏同一雙反毛皮鞋。鞋經常是破的，但總有人替他重新補好。今天他胡言亂語的內容是大砲和坦克，時不時大喊「砰砰砰」。

「同志們，十幾輛蘇聯坦克越過冰河，」他繼續說：「它們像烏龜一樣爬向我方陣地。砰砰砰，我們向它們開砲，但它們不停下來。它們形狀像雞蛋，我們的砲彈摧毀不了它們——就連我們的穿甲彈也穿不透它們。一顆顆砲彈從它們的砲塔滑走，而它們越逼越近。但我們勇敢的戰士沒有被俄國大鼻子嚇倒。他們藏在大雪覆蓋的戰壕裡，等待鐵龜過來。直到坦克進入二十米以內，戰士們才發射火箭彈，砰砰砰。從這麼近距離發射，每一砲都幹掉一輛該死的坦克……」

他描述的是二十年前中蘇軍隊在烏蘇里江的一場戰鬥。雖然食堂裡的學生並不大清楚這場戰役，但他們對這個瘋子的叫嚷充耳不聞。

小時候我曾夢想有一天能當上解放軍軍官，不過，父親有政治問題，我沒資格參軍。所以我經常翻閱刊登戰爭報導和圖片的舊雜誌。小貓頭鷹提到的坦克，是T-62，有橢圓、流線型車身，中國的砲彈幾乎打不穿它們。但是它們有些還是在極短距離內被火箭筒摧毀了。一個後來成爲全國英雄的士兵，在離坦克二十米處發射火箭彈。爆炸不僅把那輛T-62的履帶打碎了，也把他自己震昏了。雖然他獲救，在醫院住了半年，但從此失聰。我記得讀過一篇文章，說俄國人擔心他們最先進的坦克會落入中國人手中，於是朝那些動彈不得的坦克周圍的冰層開砲，使坦克沉入江底，但中國軍隊和民兵摸黑將其中一輛拖上岸，運回內地。中國人把坦克拆散，研究其技術，然後製造我們自己的坦克，據說鋼甲不那麼堅固，但砲火倒是可以亂眞。

聽厭了小貓頭鷹的老故事，我拿起午餐往外走，儘管外面已熱氣逼人。不知怎的，他近來似乎老盯著我。我經過他身邊時，他揮舞小拳頭，高喊：「打倒、打倒這個俄國沙文主義者！」他甚至從背後猛推我的肩膀。我的蘿蔔湯濺了一地，一塊玫瑰花瓣大小的豬肉掉到骯髒的地上。外語系幾個女孩忍不住咯咯笑。我轉過身，剛要罵他，但他那雙錚亮的眼睛觸動我的心，我一言不發走出去。他則繼續叫嚷：「繳槍不殺！」

「閉嘴！」我的同屋滿韜大喝一聲。那瘋子轉身去對付滿韜。

我背向一堵磚牆蹲下，牆上殘留用大字寫的毛主席指示：**團結**、**緊張**、**嚴肅**、**活潑**。我獨自不慌不忙地吃著，但不一會兒小貓頭鷹又開始糾纏我，罵我是新沙皇的走狗。我佯裝聽不見。他隔一會兒就朝我這邊放一槍。我決定以後幾天去食攤或麵店吃飯，也許他就會把我忘了。他好勇鬥狠，根本沒法讓他休戰。

他永遠在尋找敵人，隨時準備把人痛罵一頓。

吳大夫指示我們，每天至少要讓楊先生坐起來幾次，作爲一種運動。我値班時，除了扶他坐起來外，還讓他俯臥半個小時，並用溫毛巾幫他擦背。最近他經常抱怨腰痛，大概是因爲臥床太久了。每天下午我都試著按摩他的腰部，似乎還挺管用。早晨時常有陽光從窗口照進屋裡，所以我告訴班平，一有機會就讓楊先生曬曬太陽。我相信陽光對他有好處。

星期五下午，一早就有一群本科生來探望楊先生。他們帶來一盒桃酥、一小袋杏子和一束金雛菊，金雛菊大概是從我們學校東邊山坡上採來的。有一群年輕人圍繞他，楊先生立即換了個人。他再也不是個發瘋的病人，而是恢復了他的原形——強健、明智、父親般的老師。好像他腦袋裡有一個開關，一按就可變換他的性格。學生們將水果和點心放在床頭櫃上，將花插入窗台上一個玻璃瓶裡。

「你好嗎，楊教授？」兩個女生幾乎異口同聲地問道。

「還行。」

「你感覺好些了嗎？」一個男生碰了碰他腿上的被子。

「當然好些了。我過一兩個星期就回校。」他很有把握地笑著。

他生病前，可以說是某些本科生的精神導師，他們相信他在課堂上所說的一切，他的雄辯、博學和講授風範簡直把他們迷倒了。有一次他講完傳統美學，一個二年級女生走上來，激動地說：「楊教授，你的話句句是眞理！」我剛好聽見，不禁爲她的天眞感到有點尷尬，但我老師並不難爲情，縱容地對她咪笑。他不否認自己是一個眞理權威。

現在瞧瞧他。他的舉止如同在教室裡一樣。他叫得出這群學生每個人的名字，用一種既慈祥又體貼的腔調跟他們說話。見鬼！我心裡想。腦子都壞掉了，他還能玩這種遊戲！

他叫一個嬌滴滴的女生「小莉莉」，問她：「你這回打算怎麼應付政治考試？又把全部課文背下來？」

「沒有哇，」她搖了搖一頭短髮說：「我這學期要背的東西太多了。」她的聲音使人想驕縱她。

一個戴眼鏡的男生解釋：「我們想出了一個辦法來應付這種傷腦筋的考試。謝天謝地，這是我們最後一次。」

「大家好像都討厭政治課。爲什麼？我不明白。」楊先生疑惑地問。

「浪費時間。」小莉莉說。「每次測驗後我都不知道學了些什麼，雖然我總是得個『優』。課本裡的文字我都懂，但那些概念就是沒法留在腦子裡。」

「我們都比較喜歡文學，不喜歡政治。」一個胖女生插嘴道。

那個近視男生說：「我們的政治老師實在笨。我懷疑，他信不信他自己向我們兜售的那套東西，我也懷疑他到底是不是馬克思主義者。」他模仿那老師刺耳的聲音：「同志們，馬克思主義是我們唯一的行動指南。」

他們有些人笑出聲來。一個女生用胳膊肘擠開一個男生，以靠近他們老師。

「這種態度可不正確呀，」楊先生批評道：「人類永遠生活在某種政治環境裡，因此我們必須學習政治學，我相信其中一些知識是必要的，也是有價值的。」

「我們不否認這點，」那男生說：「但政治學不只是馬克思主義呀。」

「那當然，」楊先生承認：「不過，用馬克思主義來解釋社會結構和人類社會的演進，還是很有說服力的。我最初讀恩格斯的《論費爾巴哈》時，頭都脹痛了，但我死啃下去。信不信由你，我竟漸漸喜歡上它了。這之後，我繼續鑽研馬克思和恩格斯的著作，一本又一本。我讀了《共產黨宣言》、《論德意志意識形態》、《空想社會主義者和科學社會主義》、《家庭、私有制和國家的起源》以及那部三卷本的《資本論》。我從他們的作品中獲益良多，但我不是徹底的馬克思主義者。我佩服他們激昂的論證和深刻的思辯。」他不管這些年輕人對這些書一無所知，不斷地講下去，陶醉於自己的演說中，就像在課堂上。我經常覺得，在課堂上他好像是對著一個聽衆難以企及的、幻想中的世界高談闊論。其他有經驗的老師都會調節自己的聲調和節奏，反覆灌輸自己的觀點；楊先生則不同，他只顧興致勃勃地講下去，沒有任何心計，彷彿鬼魂附身。我一向欣賞他天生的演講能力，儘管我也擔心他的聲音會影響我自己的教學。事實上，我有個學生就對他的同學們說過，我是在模仿我老師。他的原話是「貓扮老虎」。沒錯，楊教授是他們的「老虎」。本科生們拜服他，主要是因爲他們不能完全明白他。

那四眼小子向楊先生承認：「你說得有道理，但我們要應付幾場考試，沒時間讀任何馬克思的著作。我們最多只能把那老師灌給我們的東西再吐出來。」

「我知道，」楊先生說：「我只是想說，馬克思主義是社會科學中一種強有力的理論，你也許喜歡，也許不喜歡，但你不能簡單地把它貶為江湖騙術。」

「我可沒這樣說。」那男生爭辯道。

「但你這樣暗示。『他向我們兜售的那套東西』是什麼意思？瞧，小夥子，你被我抓到把柄啦。」他說完便哈哈大笑。

大家都笑得前俯後仰，除了那個近視男生；他咧咧嘴，抓了抓後腦勺。

我抱著雙臂站在角落裡，厭惡地觀察他們。似乎沒人意識到我在場。他們喋喋不休地談下去，話題從唐詩轉到當代小說，從德語語法和法語動詞變化的各種問題到英語時態，從繪畫到書法，從伙食質量到不同院校的住宿條件。他們還談到北京和其他城市的學生示威。楊先生認真地向他們保證，政府會理性地解決這場危機；他告誡他們不要魯莽行事。

我感到不可思議，他竟能跟他們相處得這麼融洽，活像學生社團的領袖。他甚至顯得身體健康，精神爽朗。

他為什麼非要這樣做呢？他完全不必玩弄這種手段。他們全都知道他中了風，哪怕他讓他們看到他的真實狀況，他們也不會瞧不起他。他眞是習慣了戴上面具。

他以前從未向我透露過他對馬克思主義有任何了解，我也不曾在他家或辦公室裡見過任何一本馬恩著作。鬼知道他是否眞讀過他剛剛提到的那些書。我難以想像他竟會花幾個月、甚至幾年時間鑽研《資本論》。但是無論他說什麼，這些本科生都完全相信。雖然楊先生通曉德語，也能讀法語，但他對英語一竅不通。他在英語方面的膚淺知識，充其量是根據對那兩門歐洲語言的了解而猜出來的；每逢他在閱讀中碰到英語句子，總要請我替他翻譯。他怎麼會如此狂妄，竟然大談英語虛擬語氣和將來完成式？這些本科生有的從中學開始就讀英語了，但他們完全被他迷住了，竟不會質疑他那些話的眞實性。他們喜歡被愚弄。

我討厭死他了，煩透了他的詭計，煩透了他的胡扯，煩透了這些蠢貨，煩透了學術，煩透了醫院！我煩透了一切！

終於，學生們準備走了。他們說：「早點在課堂上見，楊教授。」

他微笑著答應：「一定，再見。」他甚至半抬起浮腫的手，慢慢向他們搖晃。

小莉莉經過我時，掉頭盯住我。我看出她眼裡的含意——她羨慕我有幸伺候他們的偉大老師，他們的偶像。看來，我僅僅是在這病房裡陪他，就已經是一種無上的光榮，身價倍增，足以吸引女孩，儘管我相貌平平。

房門關上了，只剩下我倆。我暗忖，不知道他還要說什麼。我耐心地等待他解釋爲什麼他要像個騙子，要那套詭計。

「你爲什麼老是那樣看我？」他問道，但並沒有轉過臉來。

我繃著臉，瞪著他。

他突然哭起來。他彎下身，用病袍右臂半掩著臉，幾乎是無聲地飲泣了一陣子，然後嗚咽著說：「哎呀，我怎樣才能逃離這令人窒息的房間，這破不開的繭，這徹頭徹尾的棺材？我怎樣才能解救我的靈魂？我不想死得像一隻蛆蟲。」

我發覺他指的是他前一陣子說過的那間表面都是橡皮的暗房。我的怒氣有所減少，但還沒全消。

「我要用我的辦公室，我要教書。」他膽怯地抽噎道。

我不作聲。他喘著氣喊道：「啊，我知道你厭——厭惡我。你以爲我是個……大騙子，對不對？」

我依然沉默。他接著說：「我自己也這樣覺得，我討厭自己的聲音。哎呀，我是多麼可憎！我是一條蟲、是一隻蛆、是一個懦夫、是一文不值的騙子！爲什麼，爲什麼我要活著？我浪費了自己和別人的生命。爲什麼我要繼續這樣下去？哎，要是我能離開這世界就好了！」

他的自我憎恨令我震驚，但我仍然一言不發。

第二十三章

第二天，譚魚滿來看楊先生。他瘦溜溜的，一頭濃髮吊在額頭上；臉上有些麻點，臉色蠟黃而機靈；眼睛碩大、發白，經常惺惺忪忪的，好像老睡不夠。今天他穿一雙縛帶皮鞋，一件米色襯衣，一條淺黃色的褲子，皮帶上的黃銅搭扣閃閃發亮。這一身淡色衣服，使他顯得不那麼單薄，彷彿多生了一層肉似的。

儘管我覺得維亞跟他不般配，應找個更好的對象，但是從他的角度看，她也未必是最佳選擇。教職員工中，有不少未婚女性，而我聽說有兩個正在追求他。不僅如此，喜歡他的散文的女讀者，經常給他寄來熱情洋溢的信，有些甚至附上照片。但在我看來，他的文章過於囉唆和做作。他太陶醉於浮詞贅句，又「啊呀」「噢呀」個不停，簡直是把那些嘆詞當標點符號用；他老愛用「非常」這個副詞，每頁出現四、五次。此外，他總是想方設法討好讀者。

楊先生的崩潰給譚魚滿帶來一個難得的機會。他可以說是宋教授的得力助手，現在宋教授讓他全面負責《古典文學研究》的編務，儘管楊先生名義上仍是主編。

我把他讓進屋，心裡納悶他來幹什麼。雖然他表面上尊敬楊先生，但是他們關係從不密切。他坐下來，打開人造革公事包，然後兩隻眼睛在楊先生和我之間來回移動。他說：「楊教授，我來看望您。您感到好些了嗎？」

「不好，越來越差。」楊先生哼了一聲。他用右手抓了抓新睡褲上紮得太緊的褲帶。

「楊教授，我想向您匯報我們刊物下一期的編輯計畫。」

「什麼刊物？」

「您一直在編的那個。」

「那是宣傳品。」

「您怎麼說都行。目前我們已挑好了八篇論文，準備下期登。其中兩篇論格律詩，一篇論明代小說，一篇論古代民歌，兩篇論——」

「你跟我談這些官樣文章幹什麼？我已不是小職員了。」

譚魚滿無所適從，疑惑地轉向我。我苦笑一下，用食指點了點太陽穴。「是這樣的，」他回答楊先生，「您是主編，我只是您的助手，所以要您拍板。」

「我早就辭職了，我要出遠門。」

「出遠門？去哪裡？」譚魚滿把公文包合上，擱在膝頭。

「去加拿大。」

「為啥去加拿大？那裡不是冷得要命嗎？」他吸了一口氣，好像觸到一顆蛀牙似的。

「不冷。溫哥華每個房間都有暖氣，屋裡很暖和。」

「冬天不是下好多雪嗎？」

「雪可以淨化空氣，還可以淨化心靈。」

「我不明白，楊教授。您天冷時不是常犯喉炎嗎？」

「我們國家是個醬缸，我再也不想醃在裡邊了。我像蓮花，出污泥而不染。」

我驚恐極了，因爲譚魚滿可能會向上頭匯報楊先生這些話。他假惺惺地說：「您不能這樣撇下我們，楊教授。我們需要您的指導。沒有您，我們不知道該怎麼辦。」

「你也應該離開這個地方。在這個醬缸裡，就連石頭也會被醃透，失去本色，開始發臭。你應該找個有清水和新鮮空氣的安靜地方待下去，保養你的靈魂。」

譚魚滿皺了皺眉頭，但臉色瞬即又軟下來。他轉向我，壓低聲音說：「也許我暫時不該爲這種小事來打擾他。」

我答道：「也好，他現在思路不清。」

「別講我壞話！」楊先生厲聲說。

「好吧，」譚魚滿說：「楊教授，您今天累壞了。編務的事我們換個時間再談。請多多保重。」他站起來，走向前，輕輕拍了拍楊先生的手，接著轉身對我說：「我還是走吧。」

楊先生突然憤憤地說：「我不會原諒你們任何人。你們全都恨我，但我不在乎。我很快就會永遠離開這間斗室。」

譚魚滿被震呆了，緊鎖眉梢，但沒作聲。我隨他走出病房，在走廊裡請他原諒。「別把楊先生的話當眞。他今天發瘋了。你知道他熱愛祖國。」

「當然，放心吧。」他微笑著，有點兒喜不自勝。

他朝樓梯口走去時，我想不通他爲什麼得意洋洋。是不是因爲我老師的慘狀使他相信雜誌將永遠掌握在他手中？恐怕不止是這樣。還有什麼促使他來這裡？我站在寬大的窗前，揣摩這個狡猾之徒的來意，他今天顯得比他的實際年齡要年輕，而且精神飽滿。

我探頭朝樓外望去。譚魚滿出了前門，匆匆走下水泥台階，連蹦帶跳。他甚至輕快地躍起，好像在跳著一條看不見的繩。幾隻燕子在他前面飛來飛去捕捉小蠓蟲，一邊吱吱叫。他向燕子們招手，彷彿在招呼牠們停到他肩上。他豈止是快樂，簡直是狂喜。

我突然明白，這個小新貴主要是來打探楊先生會不會康復。現在看來，老頭子是沒機會痊癒了。這肯定就是他如此興高采烈的緣由：楊先生永遠從系裡消失，意味著系裡空出一個教授名額，而譚魚滿極有可能得到提拔，因爲他跟黨支書和系主任都有交情，發表的文章又多。生活何其神秘！兩個人本來沒有什麼關係，但楊先生的不幸卻爲譚魚滿帶來運氣，他現在接手他的編務，忙於搶奪他的情婦，而且可能很快就會晉升爲副教授。他知道維亞和楊先生之間的關係嗎？大概不知道。我突然想到，維亞決定跟他，也許是因爲她害怕這個秘密有一天可能會曝光，那她就肯定嫁不出去了。她最好是快點找個男人。或許彭書記已知道這件事，這也說明了爲什麼當維亞跟我說彭書記可能狠狠打擊她時，便沒有進一步告訴我眞相。

我又想到，黃副校長可能也清楚這件事。他跟楊先生說的話——「讓她自己決定怎麼做，行嗎？」現在不難明白了。他指的一定就是維亞。難怪她擔心自己會被踢出大學。

我不在時，楊先生一直在朗誦詩歌。我回來時，他正在吟唱李後主的一首詞：

簾外雨潺潺，
春意闌珊。
羅衾不禁五更寒。
夢裡不知身是客，
一晌貪歡。

獨自莫憑欄，
無限江山。
別時容易見時難。
流水落花春去也，
天上人間。

「一首多麼淒婉的詩，令人斷腸。」他自言自語。「像那春天，我也得去了。」

「你要去哪裡？」我問。

「加拿大。」

「去那裡幹什麼？」

「寫一本論埃茲拉・龐德的書。你知道他嗎？」

「聽說過，他譯了一些李白的詩。」

「對。他還翻譯了整本《詩經》，但他完全不懂中文。我那位在加州大學柏克萊分校的朋友告訴我，翻譯中有數以百計的錯誤，所以我要寫一本書，書名就叫《謬誤百出的埃茲拉・龐德》。」

他滑稽可笑，又再陷入學術界那種歇斯底里，學者們往往把彼此的著作和論文貶爲垃圾。我問他：

「爲什麼不去美國？你要寫這種書，在美國能找到更多的材料。」

「加拿大更遼闊，我的靈魂需要更大的空間。」

我不再出聲，納悶爲什麼他最近老是說到他的靈魂和加拿大。他以前總強調自己是個辯證唯物主義者，不相信靈魂。他是不是變成唯心主義者了？或者，他內心裡已滋生了宗教感情？或者，是健康惡化加強了他對精神生活的意識？不管怎樣，他好像竭力要掌握自己的靈魂，渴望某種自由、潔淨的空間，而加拿大似乎象徵了這樣一個地方，儘管有點荒唐。

第二十四章

梅梅終於來信了，卻令我苦惱。她寫道：

堅：

聽你說要退出考試，我簡直不敢相信自己的耳朵。如果你這樣做，就會犯下一個抱憾終生的大錯誤。你幹嘛要這樣浪費時間和精力？為了準備考試你苦讀了一整年，現在卻臨陣退縮。我只能說，你如果不是瘋了，就是沒有信心。如果你嘗試但沒有成功，我不會怪你，因為你已盡了力。但你仗還沒打，就想收兵。我不得不相信，你並不重視我們的關係。這樣說很讓我痛心，但事實明擺著：你寧願放棄我們在北京安家落户的唯一機會。我能不這樣想嗎？

你有你自己的選擇，我不想逼你。但請珍惜我們的關係，珍惜你生命中這個僅有的機會，珍惜我爸爸對你的期望。想想，要是你考上北大，他會多麼高興。請不要再白白糟蹋時間，沉溺於不切實際的幻想。行動起來，準備戰鬥！

無論你怎麼選擇，我都將堅定地實行我的計畫。我下星期就參加考試（日期沒改）。我要生活在首都，追求我的醫學事業。如果沒有好消息就別寫信給我。我不想在努力拼搏時分神。

你的
梅梅
一九八九年五月十七日

又：我們都是受過教育的人，在處理我們關係中這個突如其來的轉折時，應盡量避免太過感情用事。如果我們必須分手，就坦白說出來，別互相拖得太久。

她的信令我沮喪，不是因爲她無法明白我的困境（她畢竟沒有完全目睹她父親的慘狀），而是因爲她好像不惜在必要時跟我決裂，一如她在附言中表明的。我一直以爲，我們相處這麼久了，她應該不僅僅把我當成男朋友。現在看來，我再也不是她必不可少的人。正常來說，在這種情況下，一個女人會大罵是她男人變心或貪新厭舊，但梅梅看來頗自重，並沒有說這類話。她一定是覺得她高我一等。我得承認，她確實比我優越。她長得漂亮，在街上男人們總要頻頻回頭看她。她的自信叫我心裡發慌。

然而，自從上次給她寫信後，我放棄考試的決心越來越堅定。現在，距考試已不到兩個星期。儘管我還沒決定畢業後幹什麼，但最近我腦中總是有一個聲音在說：「我不想過他那種生活！」我是指我老師那種生活。

那天晚上我和同房們又收聽「美國之音」。北京已宣布戒嚴。幾千名絕食抗議的學生占據天安門廣場已有好多天了，有些人開始昏迷，正被送去醫院接受靜脈輸液。我們可以聽到背景噪音裡救護車淒厲的警笛聲。得知一些野戰軍已集合在北京郊外，準備執行戒嚴令，我們都憂心忡忡。電台說，更多的軍隊正在向首都進發。

滿韜三個星期前就已聽說有幾個學生跪在人民大會堂前，把請願信舉在頭上，但國家領導人就是不出來接信，儘管他們之中有不少人正在人民大會堂裡開會。這消息在我心裡喚起複雜的感情。

「爲什麼他們這樣怕學生？」滿韜說，他是指那些最高領導人。「又不是有人要咬他們，他們完全可以走出來，向請願者說幾句好話。」

「那些老傢伙當年鬧革命，現在自己變成革命的對象了。」胡然說。

我插嘴道：「他們一定是以爲學生想跟他們爭權。如果他們接受請願，就必須盡快答覆。這簡直是等於承認那個學生組織的存在，但那個學生組織一直沒得到官方承認。如果他們那樣做，就會立下先例。」

「有道理。」胡然說。「但學生也眞聰明，他們知道跪在大會堂前會帶來什麼效果。他們不是皇帝的臣民，但他們卻故意製造聲勢，讓當官的難堪。」

我笑出聲來。他說得對。我一生中從沒向任何人下跪過。學生們確實會作戲。

「他媽的，眞希望我也在那裡，」滿韜豎起眉頭說：「應該有更多人去北京，砸爛『金皇殿』。」他憎恨共產黨，因爲他四歲時，母親忍受不了紅衛兵的毆打，投井自殺了。具有諷刺意味的是，她自己也曾是共產黨員，做過中層官員。直到幾年前她才恢復名譽。

「我希望那些老頑固不會用軍隊鎭壓學生。」我說。

「你以爲軍隊部署在那裡只是虛張聲勢呀？」胡然笑笑，露出長牙。

我納悶，梅梅在這個時候怎麼還能專心溫習功課。要知道北京學生正在參與一場歷史性的鬥爭。在他們很多人看來，現在是民族生死存亡的關頭。她眞是意志堅強，如此理性，簡直像個時鐘。

第二十五章

班平忘了帶走他的《約翰．克利斯朵夫》。望著藤椅扶手上那本大部頭小說，我尋思他在照料我們這位瘋狂老師的時候，怎麼還能夠從閱讀中得到樂趣。難道他不急於挖出楊先生心中的秘密嗎？他似乎對他的譫語一點也不感興趣。爲什麼他如此超然？他要麼是性格堅強，要麼是痲木不仁。話說回來，我眞希望像他那樣不動感情。

今天，我坐下來差不多五分鐘，楊先生便開始說夢話。「我上星期已經告訴過你，你侄兒的事我再也幫不上忙了。我不是物理教授，但我已經爲他寫了推薦信。誰會相信我的推薦？加拿大那些教授一定會把我當成騙子。我不能一再丟臉。」

接著他的聲音減弱，含糊地說了些我聽不大清楚的話。我的興趣被激發起來。這是我第一次聽他提到推薦信。幾天前班平跟我說過，他值班期間，彭書記經常來看楊先生，小聲跟他談話。那年輕人肯定是她侄兒，我們老師已爲他寫了一封推薦信。然而彭書記似乎一直在催他再幫忙。幫什麼忙呢？

雖然我猜不透，但我總算明白自從楊先生中風之後，彭英爲什麼時時關照他。她想讓他盡快康復，好繼續利用他。

「我確實認識加拿大一些人，」楊先生又說話了，「但他們全都是搞比較文學和東亞研究的。我跟那裡的理科系沒有任何聯繫。我怎麼幫你侄兒拿物理學獎學金？根本不可能。」他說話時，鼻孔發出呼呼聲。

終於眞相大白，原來是那年輕人想進加拿大某大學讀研究生，彭書記請楊先生幫他爭取獎學金。這個要求眞愚蠢！

「你不懂，」楊先生繼續不耐煩地說：「在加拿大的學校裡，辦事是不一樣的，每個申請者都得與其他人平等競爭。」

彭書記何其荒唐。她似乎不知道在加拿大和美國，獎學金並非僅靠找關係就可以獲得的。每個申請者都要達到起碼的標準，例如在研究生入學考試中取得一千八百分或在托福考試中取得五百六十分，並且必須由教授委員會評估，沒有一個教授可單獨決定接受某個研究生。入學程序都已清清楚楚寫在外國大學指南書裡。彭書記是個不學無術的官僚，根本對入學程序一竅不通。

「那完全是另一碼事。」楊先生回答說。「我確實爲他寫了推薦信，而且是大力推薦。我寫不是因爲他是我的未來女婿，而是因爲他是我的學生，我非常了解他，相信他是前途無量的年輕學者。你看到了，即使他是在我這個專業裡，我也沒法幫他拿到獎學金。他必須自己去爭取。這就是爲什麼他進不了威斯康辛大學。」

老天，他在說我！我怎麼也被拖進他們的爭論中了？由此我想到，這場爭吵必定是在近期發生的，因為威斯康辛大學三個月前才通知錄取我。

我屏住呼吸，專心聽他繼續說下去：「請相信我，萬堅如果有機會在美國的大學裡做研究，他必定成為傑出的學者。這是我推薦他的唯一理由。你也知道，他是個正派青年，認眞又聰明，儘管有時候心不在焉。」

楊先生的一番好話令我受寵若驚。雖然他對我的信心超過我對自己的信心，但他從來不在我面前誇獎我，反倒經常叫我「笨小子」。我寫字難看，有一次他把我叫去訓了一頓。他用食指點著我的鼻子說：「在學者們眼中，你的字等於你的臉。我不想看見我的學生像個醜八怪。如果你再寫得這麼糟亂，就別讓我看你的論文。」從此，我寫字都要格外小心。

他嘆了口氣，暴躁地說：「你別把我的私生活跟我的專業混為一談。如果你以為可對我發號施令，那你就錯了。再說，你也拿不出證據。」他頓了頓，顫著聲音說：「我萬萬想不到你會這麼過分。你鬼鬼祟祟，甚至卑鄙下流。你千方百計要陷害我，是不是？」接著他的聲音變弱，我費了很大的勁也聽不清楚。

他如此直言，甚至無畏，令我敬佩。他眞跟彭書記當面交鋒過嗎？我不曉得。也許是。他斷言她拿不出證據，那是什麼證據？

他的嗓音又清晰起來了。「我已經一大把年紀，一隻腳踩在墳墓裡了，但維亞還年輕。難道你沒想過，你這番流言蜚語會毀掉她一生？」他臉色鐵青，兩頰滲出一顆顆汗珠，胸部起伏，喘著氣。

這樣看來，彭英顯然已知道那件事了，並利用它來敲詐他，要他幫她侄兒獲取獎學金。整件事情簡直荒謬絕倫！即使楊先生爲那年輕人說情，他也只會出洋相。沒有哪個物理學教授會相信他的話。

「你愛怎麼樣就怎麼樣吧。」他宣稱。「記住，要是維亞出了什麼差錯，就唯你是問。」他憤怒得臉都變形了。

他最後一句話無疑是在暗示，要是維亞像某些戀情被揭露的年輕女子那樣自殺了，彭書記就必須對她的死負責。

由於我已知道事情的眞相，所以當我聽了他這番大膽頂撞的話，我能感到他所受的巨大壓力。如果指控屬實，他的家庭和學術生涯將毀於一旦，而維亞將變成臭名昭著的「小破鞋」，還會受懲罰，如果不是下放到小城鎭去教小學或中學，至少也會被踢出大學。有這種作風問題的女人，都沒有資格當大學教師。楊先生一定極端焦慮，唯恐事情會曝光。看來，這有可能就是他中風的眞正原因。

也不完全是。他接下去說的話，表明還有別的原因。「啊，我沒錢！」他號叫著。「我哪裡去弄這麼多美金哪！」

看來，彭書記又重提那一千八百美金了。整件事情已變得荒謬透頂，完全離了譜。爲了那筆子虛烏有的獎學金，彭英什麼都幹得出。爲什麼她看不出他無能爲力呢？是什麼令她堅信他有能力替她侄兒向一個理科系爭取一筆獎學金？簡直是笑話。

「我沒錢，絕對沒錢！」楊先生不斷叫嚷和搖頭，床板嘎吱作響。「別折騰我啦。我已爲他寫了一封信。別老是纏著我！」

他厚著臉皮寫那封牛頭不對馬嘴的推薦信，令人不安。沒錯，系裡大多數教師都會忙不迭地幹這種事，但楊先生一向被當成有原則的人和模範學者。爲什麼他竟跟那幫謊言家混在一起？講到推薦信，我倒替不少研究生同學將一封封推薦信譯成英文，知道那些信都誇大其詞、滿紙謊言，彷彿人人都是天才，一旦移植到外國土地上，就能開花結果，個個變成愛因斯坦或納布可夫。他們有些人在申請時，竟然自己捏造推薦信，再讓朋友或兄弟姊妹冒充論文指導老師簽名。沒有哪所美國學校能分辨這種欺詐，也不會去費心查證。我認識本市工藝美術學院一位青年講師，她在三封信的力薦下被路易斯安那一所大學錄取了，三封信都是她男朋友寫的，再由他以不同姓名和頭銜簽名。

楊先生正啜泣著說些什麼，難以聽懂。他鼻子又紅又腫，粗短的下巴沾著點點唾液。我替維亞害怕。掌握了這樁戀情，彭書記可以任意擺布她。即使譚魚滿有一天娶她，但彭書記把守著她丈夫不知道的秘密，仍可以繼續要挾她。毫無疑問，維亞已落入她的魔掌。這肯定就是她必須服從她的原因；不過，她似乎已將計就計，把壞事變好事，眞心跟譚魚滿約會。

楊先生張開眼睛，打了個呵欠。「梅梅，是你嗎？」他問道。

我沒回答。他慢慢環顧，然後盯住我。我的心不知怎的，竟突突亂跳。接著他把無精打采的目光移開，落在藤椅扶手上那本《約翰．克利斯朵夫》上。「你還不把那東西扔出窗外？」他粗聲粗氣地說。

我莫名其妙，依然一言不發，無法確定他是否知道那是本小說。他又問我：「如果我今天死了，你知道我會給你留下什麼話嗎？」

「不知道。」

「很簡單，我會告訴你，把你的書統統燒掉，別做什麼學者。」

「爲什麼？」

「做學者，你只是砧板上的一塊肉，而別人是刀斧，可以任意宰割你。」

他語氣很凶，嚇得我不敢吭聲。他接著說：「我告訴你，鑽研書本沒什麼用。學術遊戲沒有什麼是嚴肅的，都只是玩弄文字和詭辯。沒有創見，只有老生常談。全看你會不會耍小聰明和掉書袋。」他頓了頓，換了口氣，接著問：「去年冬天潭靈大學有個人來這裡演講，你還記得他嗎？」

「你是說苗教授？」

「對，苗先生，他空話連篇，引經據典。他這種笨蛋最適合領導比較文學系。他的學問不及我的十分一。」

也許確實如此，但我對他這樣目空一切感到不舒服，這跟他平時的風度大相逕庭。他平時是一個和藹可親的學者。

「啊。」他對著粉刷的天花板打呵欠。「腹中貯書一萬卷，不肯低頭在草莽。」他引用兩行古詩。我默默地望著他。

他似乎在聆聽什麼東西，接著叫出聲來：「騙局，騙局，全是騙局！你一定要寫本書揭露那些騙局！將計就計，讓他們全暴露無遺！」

「但我已經把書燒掉了，全都燒了。我怎麼寫得出呢？」我隨口說。

「什麼！搶救它們！搶救那些書！它們不是資產階級毒草。你們不要把我這些書拿去當枯葉燒掉。別沒收我的書，別燒它們。我給你們下跪了，小弟弟小妹妹。請發發慈悲吧！我求求你們，同志們，別燒書！」

我沒想到我的幾句話竟會令他如此失控。他大概是想起了二十多年前被紅衛兵抄家的場面。大家對他這段軼聞早就耳熟能詳，據說他跪在紅衛兵腳下，抱拳哀求他們別抄走他的書，丟進學校運動場上的一堆火裡。他們當然不理會他。

「水，水！滅火！」他扯著嗓子喊，扭動身體，好像被火焰包圍似的。

我真後悔剛才口沒遮攔說了那幾句不懷好意的話。書是他的命根子，沒有書他等於廢人一個。如果他頭腦清醒，他絕不會指示我把書「統統燒掉」。

「水，水！他們在燒我的靈魂。」他呻吟著，仍在痛苦地蠕動。

我走過去看他怎麼了。「哪裡不舒服？」我問道。

「尿尿，我要尿尿。」他嗚咽著說。

天哪，他這樣扭來扭去，原來是尿急。見到幻想中的火焰吞沒他的書，而以尿急來對付，還真有想像力呢。我掀開那塊毛毯，抬起他的上身，使他坐起來，然後分開他雙腿，再從床底取出那個淺搪瓷夜壺，放在他大腿間。接著我替他解開睡褲，但他無法以這個姿勢撒尿。他意識到這個問題，便慢慢俯身向前，以雙肘支撐上身，形成半匍匐姿勢。我褪下他的睡褲，幫他攤開兩腿，使他腹下形成一個窩。幸虧他不是太胖，要是肚子再大些，就沒空間容納一個夜壺了。我將壺嘴移近他的陰莖，那陰莖已收縮得幾乎看不見了，只剩下一個小結，繞著一圈包皮。接著，一小股黃色尿液徐徐流入壺裡，發出淺淺的汩汩聲。

我以前也幫過他解手，都不必太費勁，也不曾介意，但今天不知怎的，樣樣不順利。我感到頭暈，想吐。瞧這一大堆肉！瞧這具難看、不中用的軀體！真是慘不忍睹。這就是「小職員」那庸俗生涯的醜惡果實，被光陰和不幸摧殘成這副怪模樣。他使我想起一條軟綿綿、懶洋洋的大幼蟲。雖然我巴不得一走了之，但還是要一直待著，等他尿完。臭味嗆得我鼻孔發癢，令我窒息，我努力屏住呼吸。然而，儘管我噁心極了，但我一雙驚駭的眼睛一直沒有離開他。

當他終於尿完了，我把夜壺拿開，放回床下。我掃掉床單上一根V形的陰毛，然後咬著牙扶他躺下。接著我衝出病房。我一到走廊，便開始嘔吐，肚子裡的菠菜和米飯傾瀉而出，一股一股地濺到地板上，直到肚子裡空蕩蕩，並開始發疼。我雙腿打彎兒，一隻手扶著牆走出大樓，想呼吸點新鮮空氣。

微風使我感到涼快些，儘管臉還有膨脹，耳朵裡嗡嗡作響，肚子裡仍在抽動著。約五十米外，在柏樹籬笆旁，有個男人穿著綠色橡膠高靴和黃線衣，捲著袖子，拿著一條軟管在沖洗一部救護車。水花在白色車頂上閃閃跳躍。在醫院前門，兩面紅旗奄奄一息地飄動。我牙關咬得太緊，連太陽穴也隱隱作痛。

第二十六章

楊太太從西藏回來了，但她只能在晚上照料丈夫，白天得去東郊的農校上班。她回來翌日，楊先生一個遠房表弟也從河南老家趕來了，他是我們系僱的。這個齒縫很大、頭髮稀少的男人，從現在起將接替班平和我，白天負責看護楊先生。不過，我每天仍要去醫院看老師，通常是晚飯後去，待大約半個小時。除了看他身體怎樣之外，我還極想打探梅梅最近的情況，但她母親幾乎沒有什麼新消息可以告訴我。

星期三晚上，我到醫院時，比平常略晚。楊太太手裡拿著針線，正在為丈夫縫補一件棉布襯衣。她中指套著鍍金的頂針兒，看上去像只寬大的戒指。我第一次見她戴花鏡。眼鏡使她顯得老了些，卻給她的儀態添了一份我未曾見過的安詳。她外表溫柔而隨和，彷彿是在家中——像個賢妻良母。楊先生坐在床上，頭垂向一邊，口中哼著些什麼，大概是一首民歌。我沉默不語，兩手插在褲兜裡，背靠著窗框。楊太太抬起鬢髮半白的頭，對我笑了一下。她臉色蒼白，兩頰微脹，好像患了水腫似的。她大概是累壞了。窗台上擺著一個大型收錄機，旁邊放著兩盒疊在一起的錄音帶。我認出上面那盒錄音帶的目錄——「二十首最著名歌曲」，大多數是旋律柔曼的歌曲。楊太太播這些歌曲給丈夫聽，以免他老唱風風火火的歌曲。

楊先生突然嚷道：「給我跳舞！扭屁股！」

「你想要什麼嗎？」他妻子一怔，問道。

「我要你跳舞給我看。」

「你知道我不會跳舞。」

「你當然會，你給每個男人都跳。」

「你——你怎麼這樣說？」

「我不在的時候你做了那件事，對不對？」

「做什麼？」

「你跟他睡覺。」

她低下頭，臉色發青，儘管雙手還在一針一針地縫他那件襯衣的領子。我驚呆了，一時不知道該說什麼好。

他開始用女聲低哼錄音帶上的一首舊歌：

手拿碟兒敲起來，
小曲好唱口難開，
聲聲唱不盡人間的苦，
先生老總笑開懷。

月兒彎彎照高樓，
高樓本是窮人修，
寒冬臘月北風起，
富人歡笑窮人愁。

我腦袋發麻，脊骨都涼了。我眞後悔今晚來看他，撞上別人的家醜。我躡著腳走近楊太太，輕聲說：「我們可以叫護士來讓他鎭靜一下。要不要我去叫？」

「不必了。」她絕望地搖搖頭。「讓他把火氣都發洩出來吧，那樣他會好受些。」她的語氣表明，她已習慣了這種大發雷霆和辱罵的場合。她表面上非常理性，但眼裡噙著淚。她把襯衣舉到嘴邊，咬斷線，看上去似乎受了屈辱。

「跳給我看看，露出你那無恥的大腿！」他嚷道。

我望著楊太太，她痛苦地繃著臉，收緊小嘴巴。我實在不是滋味兒，便對她說：「我該走了。」我沒等她回答，便倉卒走出病房。

我在房門外站了一會兒，聽見楊太太喊道：「以後別再這樣對待我，愼民！你竟在別人面前這樣胡謅八扯！也不怕丟人現眼。夠了！別再那樣笑得像個白痴，別笑了！」

他沒理會，又唱起一首歌，有點興高采烈的。她開始抽泣。

不知什麼原因，楊先生這幾天變得更譫妄，更暴躁。他經常對別人叫嚷，尤其是對他表弟，而他表弟從不計較。楊先生顯然沒認出他是親戚，儘管那可憐的老實人總是叫他大哥。兩天前，楊先生甚至拒絕吃飯，護士們只好將他綁起來，給他輸葡萄糖。楊太太怎麼努力，都沒法使他平息下來。

我最近總是盡量避免撞上宋教授，但星期四上午還是在教學樓碰見他了。他要我全力以赴，爲考博士生作最後衝刺。現在離考試剛好還有一星期。我衷心感謝他。

我現在是有時間了，卻沒法集中精神。一拿起書，腦子就不聽使喚。兩星期來我左右爲難，既無法下定決心正式取消考試申請，也無法重新振作起來複習功課。我下午常常去游泳。我非常想念梅梅，又不敢給她寫信。

說也奇怪，彭書記派給我一項新任務。我們系黨支部正考慮讓方班平入黨，因此要調查他親屬的個人歷史，以確信他家庭背景清白。彭英要我協助這次調查。這個任務挺蹊蹺，因爲我不是黨員，照說不應介入。按規矩，這類外調之事只應由黨內的教員來做，而不是像我這樣的研究生去辦。彭英在打什麼主意？要是我能看穿她的詭計就好了。雖然我有疑慮，但我必須接受這份差事。

「按規定，我們不應派你去沂蒙縣，」彭書記在她的辦公室裡對我說：「但我們目前找不到合適的人手。再說，這是件輕鬆的差事，只需要兩三天時間。」

我點點頭，以示感謝她這種表面上的信任，儘管我怎麼也想不明白爲何她偏偏要在我準備考試的時候干擾我——她並不知道我準備放棄。

她對我說：「班平的叔叔住在漢龍公社，我們三個月前給那裡發去一封信，但到現在還沒有回音。我們需要他們立即答覆。你的任務是去那裡，向當地黨支部要個答覆。信裡有一張表格，一定要他們塡清楚。你知道，非常簡單，只是一個手續。」

「看來不難辦，謝謝。」我說。

「我知道你現在很忙，但我們黨支部必須在班平畢業前對他的入黨申請作最後考慮。你是他朋友，應該幫幫他。」

「當然，我樂意去沂蒙縣兩三天。楊先生這場病搞得我心煩意亂，老是失眠。到農村走走會大有好處，轉一圈回來一定會精神煥發。」我剛說完最後一句，就意識到自己是在信口開河。這次出差絕非「一個手續」那麼簡單；它一定是她全盤計畫的一個步驟，只是我還不清楚那是個什麼計畫。

她兩道稀疏的眉毛收攏，前額蹙起，好像嗅到什麼難聞的氣味，接著她寬大的面孔綻開一個微笑。她說：「就是嘛。希望這次出差會使你的精神恢復過來。但不要讓班平知道你要去哪裡。請保密，我們信任你。」

「我不會洩漏半個字。」

「好。」

她用黑墨水筆給我寫了一封介紹信，除了將我此行的目的告訴那邊的黨支部外，也方便我路上食宿。

「好了，就這樣吧。你明天就可以走。祝你旅途愉快。」她微笑著，露出一個雙下巴。

離開她的辦公室後，我心中納悶，宋教授不但是系主任，而且是黨支部的一位領導，可今天早晨我撞見他時，他爲什麼沒提我出差的事。看來，我這次出差，不是黨支部的決定，而是彭英自己的主意。爲什麼她這樣鬼鬼祟祟？爲什麼她對我這麼感興趣？我從來沒有申請入黨，在政治上也是個落伍者，照理應是參與這件事的最後人選才對。她從來沒有信任過我。那麼，她爲什麼要讓我參與這次調查？

第二十七章

第二天上午九點半我就上了公共汽車，但汽車晚開了一小時。司機昨晚在一個婚宴上喝醉了，沒來上班，車站得找另一個司機接替。在汽車上，所有乘客都安靜地坐著。很多人沉著臉，但沒人敢吭聲，唯恐那位嗓音沙啞的調度員讓我們無限期等下去。直到汽車出了站，大家才大發牢騷；有人甚至破口罵那個喝醉的司機和車站上那些態度惡劣的工作人員。

擁擠的汽車在遼闊的黃河平原上爬動，平原看上去乾枯、多塵、灰濛濛的。天氣悶熱，這晚春的上午感覺就像熱得發昏的夏天。淺藍色的天空彎向地平線，地平線上綠一塊，白一塊，點綴著一個個小村子。呆滯的雲團低垂，幾乎觸到田野，地裡長著兩尺多高的玉米和約一尺高的小米。三三兩兩的農民在鋤地，他們全都戴著錐形草帽，偶爾停下望著我們經過；年輕人則時不時乾號幾聲。

在東北面，黃河朝東蜿蜒流去。雖然春天乾旱，水量少了，但黃河看上去仍像一條寬敞的公路，河面上一隊隊黑色大平底船由拖船拽著，慢慢向西爬去。據說黃河是中華文明的搖籃，擁有神奇的力量。但不知怎的，見到它我便想起滿韜的一首詩。詩的開頭是：

當左歪右斜的渡船
橫越黃河，
我突然便急，
趕緊鑽進廁所，
解開褲子蹲下來
看我的金炸彈
乒乒掉入
濁水裡。

滿韜是個目空一切的人，對他來說沒有什麼是神聖的。然而，這首詩倒使他在校園裡贏得一點名氣。跟我不一樣，他常常參加文學聚會。在這種聚會上，初露頭角的詩人和小說家縱談他們的理論和創作，激烈爭辯。不過，近來由於北京發生的危機，他們都閉口不提文學，只談政治。

此刻在一望無際的平原上，除了我們一路顛簸的汽車，一切似乎都死氣沉沉。車上全坐滿了，有四個男人只得彎腰站著，耐心地等待，巴望快點有人下車，好騰出個座位。我身邊的車窗老是叮零當啷地響個不停，但由於太熱，我不敢把窗玻璃拉上，怕後面的乘客不滿。有個暈車的姑娘坐在距我兩排的前座，不時往塑料袋裡吐東西。她吐得唏哩嘩啦，我以爲她的喉嚨一定被嗆疼了。但她一止住嘔吐，就又高高興興地跟同伴說笑，好像什麼事也沒發生。農村妮子都夠堅強的，我對自己說。

前面丘陵漸多，道路也變得崎嶇不平。汽車沿著斜坡蹣跚而行，不斷拐彎，像一艘渡輪大幅度地搖擺，使得大多數乘客都打起盹來。我們經過一個又一個村鎮，而我大部分時間都是在打瞌睡中度過。雖然旅程沒有任何樂趣可言，但我腦筋放鬆了不少。畢竟是換了一個環境。

汽車走了近五個小時，才抵達漢龍。漢龍是沂蒙縣一個小鎮，街道骯髒，留下一條條車轍，隱約還有些動物糞便和從牛車馬車上的飼料袋裡漏下的玉米桿碎屑。這裡的房子大多數是用土坯建的，只有幾座是褐色石頭建的。許多煙囪冒出白煙；空氣中瀰漫著木炭味，風箱一個接一個吐出低沉的悶聲。一座像是百貨商店的房子臨街而立，設有兩個難得一見的櫥窗，還有一個水泥瓦做的屋頂。在房前，三群男孩正在鬥蟑螂，氣急敗壞地叫罵著。他們多數赤著腳，機靈地跑來跑去。

由於太晚了，來不及去公社辦事處，我便找到鎮上的招待所，登記過夜。我告訴自己，別急，明天還有一整天時間處理調查信。

就連晚餐也別有一番味道。我在招待所餐室買了一碗高粱粥，一碟釀豆腐和一大塊發糕，發糕是用玉米麵摻白麵做的。我不喜歡被稱爲「粗糧」的玉米食品，但這裡只供應發糕。發糕鬆軟，加了糖精，甜甜的，竟出奇地可口，我吃得津津有味。豆腐很新鮮，跟我們學校食堂裡賣的那種酸溜溜的豆腐不一樣。更有趣的是，在這間低矮餐室的另一端，有人正舉行宴會。我看不見出席宴會的人，因爲有一排天藍色屏風將他們與我們普通進餐者隔開。宴會十分熱鬧——時不時爆出笑聲和叫喊聲。我特意慢慢吃，內心充滿好奇，不知道農村的宴會是什麼樣的。不一會兒我對自己的飯菜開始失去胃口，因爲餐室裡漸漸瀰漫宴會上某些菜餚的辛辣味和肉味，刺激我的鼻孔。

「祝你健康，常縣長！」屏風那邊一個粗大的聲音說道。

「對，他海量！」另一個男人附和道。

「喝！」

「哈哈，大家乾杯！」

「誰不醉，就甭想離開。來，喝乾。」

「要是我們不能走，誰送我們回家？」

「我們這裡房間多的是。」

「再說，他老婆今晚不要他回家。」

「閉嘴，少胡說八道！」

陣陣笑浪掩過來，這邊的就餐者不由地頻頻朝那些繪有龍騰虎躍圖案的屏風望去，龍虎都是金色的，背景則是天藍色。廚房裡傳來馬勺裡煎肉的嘶嘶聲和鏟子刮鍋的擦擦聲。六名繫紅圍裙、穿橙黃色褲子和短袖襯衫的女服務員走出廚房，各端一個大缽，裡邊盛著一隻蒸鱉，黑色的鱉殼上點綴著煮熟的蒜瓣和嫩蔥梗，使得整道菜看上去黏黏糊糊的。女服務員們剛踏進屏風那面，裡邊便一陣騷動。「哎喲，有鱉吃！」一個男人喊道。

「甲魚！」幾個聲音一齊叫道。屏風那邊瀰漫著一片香菸形成的灰霧。

接著是湯勺、陶瓷湯匙和碗的清脆碰擊聲。一位女服務員格格笑道：「謝謝，我不會喝。」

「別客氣，就這麼一點！」一個男人勸道。

「這才是好姑娘嘛。」另一個人插嘴說。

跟我同桌的一個胖墩墩的男人對我們說：「他們這頓飯開銷一定很大。」他從口中拉出一塊軟骨，扔到骯髒的地上。

一個看上去像推銷員的小夥子捧著碗說：「他們在吃農民的血。」他咂咂響地喝他的捲心菜湯。

女服務員們從屏風區出來後不久，宴會上有幾個人開始猜拳，整個食堂立即變得嘈雜如市場。幾個聲音一齊叫道：

紅公雞，長尾巴，
到處尋食不回家。

母雞叫，小雞鬧，
回家不能睡好覺……

菸味和酒味越來越濃，我感到有點頭昏。匆匆吃完後，我離開飯桌，但被他們的酒令迷住了，便大模大樣地走向屏風的入口，希望瞧一眼他們怎樣猜拳。可是一個粗壯的漢子站在入口處，兩臂交叉在胸前，雙手藏起來，好像握著不讓人見到的武器。我不敢靠近，只好朝門口走去。我還沒走開，一個禿頭官員從對面搖搖晃晃過來，顯然是剛去完後院的廁所，一隻手裡仍抓著一瓶「五星」啤酒。他來到我面前，把另一隻手搭到我肩上，露出猥褻的微笑，聲音沙啞地說：「來，喝一杯，小妞兒。」他的臉紅通通，像煮熟的蝦，嘴唇周邊留下一圈黑黑的湯汁。

我先是一愣，接著明白過來，他是把我當成女服務員，也許是因爲我留長髮和穿短襯衫。我向地板上吐了口痰，罵道：「你這口豬！」

他粗野地笑起來，拍拍肚子說：「我倒看不出豬跟人有啥不一樣。」

我快走到門口的時候，女服務員們又從廚房裡出來，每人捧著一大盤炸蠶蛹。我感到噁心，掉頭就走，儘管我心裡知道，農村人將它當成一道美味。

招待所裡住著山寧電影製片廠的一個攝製組。他們來這山區拍一部電影。跟我同屋的是攝製組兩位攝影師。他們告訴我，他們正在拍一部有關張衡的電影。張衡是漢代一名廉潔的官員，也是地震預測專家。

「爲什麼你們選這地方？」我問那個矮點的男人，他脾氣似乎比較好，不像他的同事，後者是個彪形大漢。

「因爲這是一個最落後的地區。瞧這裡的景色。」他揮了揮粗短的大手，好像我們正坐在戶外似的。

「山谷裡全是石頭，山上寸草不生，是理想的電影場面。這土地太瘦了，連兔子也不在這裡拉屎。」

我知道張衡的故事，但無法想像電影會是什麼樣子。我不常去看電影，而是愛看書，所以我對他們正在拍的東西不太感興趣。我從床底拿出臉盆，打來一些熱水洗腳。我只想好好睡一覺。我早早就上了床，他們則不停地聊下去。累了一天，那晚我睡得很香。

第二十八章

原來漢龍公社已在幾年前解散。我們學校的調查信是寄給前公社的，因此遺失了。這是官僚玩忽職守的典型例子。

鎮政府一名女職員告訴我，辦好這件事的最佳途徑，是直接去班平的叔叔居住的沙石村，找那裡的黨支部要答覆。她向我保證，那封信如果寄到漢龍，肯定已轉給了沙石村，因此我最好親自去一趟。沙石村在北面，距漢龍約十二里。不算遠，我可以走路。但是，我在鎮政府整整浪費了一個小時，等到十點才出發。

走路最初挺愉快，道路平坦，空氣清新。我喜歡蟈蟈的唧叫聲、苦艾草的味道，還有大約四寸高的毛茸茸的大豆。但是，路越走坡越斜，我開始有點氣喘吁吁。沙子老是跑進我的鞋裡，我得不斷停下來，脫下鞋，把沙子抖掉。烈日當空，沒有一片雲，也沒有一絲風。天氣如此乾燥，大部分農田都變成黃褐色。幼嫩的玉米、高粱和穀子都低垂著，捲起葉子。遠處，周圍的山丘點綴著一些矮樹叢，山頂幾乎都是光禿禿的石頭。偶爾，迎面走來一輛由牛或馬或牛馬一齊拉的大車，朝漢龍鎮蹣跚而去。趕車人坐在駕轅的牛或馬的屁股後打盹，背後是滿車的石頭、磚塊或油渣餅，每個車把式臂彎裡都夾著一條長長的鞭子。

不久，我開始感到口渴，四下張望，看有沒有水喝，但見不到溪水或泉水，只好繼續走下去。當我來到一個十字路口，右邊的路上出現一個少年，朝我這邊走來。他桃著兩桶水，用久了的扁擔磨得很光滑。那擔水似乎比他還重，他一副不勝負荷的樣子，踉踉蹌蹌，速度比我快。過了路口，我放緩腳步。

當他趕上我，我問：「小兄弟，給我喝口水行嗎？我渴得很。」

他看上去有點躊躇，但還是停下來，放下擔子，喘了口氣。他用一雙亮晶晶的眼睛凝視我，然後點了點頭。我從挎包裡拿出大杯子，從前桶裡舀了一些水，喝了起來。水有點兒鹹，一定有不少硫黃。我喝了兩大杯，仍未止渴。

他二話不說，挑起擔子繼續趕路。他看上去約十五歲，消瘦的肩膀見不到肌肉。他沒穿鞋，相對於他細小的腿肚，他一雙赤腳顯得又大又寬。我望著他匆匆上路，左臂有節奏地晃動，漸漸把我遠遠地拋在背後。在一個花崗岩採石場，他離開我這條路，向西拐去。

我走了一個半小時，才來到沙石村。臨近村子時，我聽到一個小孩在遠方哭泣。最初我以爲那尖叫聲是有人在學吹蘆笛，時斷時續，我越走近，它越是粗嘎。我沒法肯定是男孩還是女孩在哭。哭聲似乎來自西北面的山崗，時高時低，但沒有完全停止過。

沙石村有六十來座房子，多數是土坯牆、麥稭屋頂。每個前院都圍著一道石砌的矮牆。這地方有一種異乎尋常的寂靜，像個荒村，我奇怪村人都哪裡去了。我四下裡走了一會兒，想找村辦事處，這時我聽見幾頭羊在羊荊門後咩咩叫。遠方，那個孩子還在哭，哭得有點凶。現在我已能聽出是男孩，他的尖叫是從山邊傳來的。

我沒怎麼費勁，就找到村辦事處。那是一座搖搖欲墜的小屋，屋頂已經破敗，屋裡坐著一個臨時負責黨支部日常事務的男人。他姓郝。村以前是生產大隊，而他大概是生產隊的小幹部，因爲他講話帶有某種權威，儘管一點也不傲慢。低矮的房間活像小倉庫，細長、彎曲的椽木支撐著一捆捆高粱梗，形成屋頂的內襯。北牆有幾道彎曲的裂縫，像地圖上的河流；其中一道寬得可伸進拇指。老郝把幾個抽屜都找遍了，然後坐在我對面唯一的辦公桌前，對我說，從來沒有收到過你們的調查信。我感到一籌莫展，指尖不斷地刮那張翹曲不平的辦公桌。辦公室表面有光澤，應該是最近才重新油漆過。我轉過頭。西牆上貼著一幅鄧小平的畫像，他頭戴毡帽，微笑著，食指和拇指間夾著一根雪茄。畫像兩邊是一幅對聯，一邊是「貧窮不是社會主義」，另一邊是「我們必須解放思想」。門邊掛著一個鐘，鐘面鏽跡斑駁，長鐘擺噠噠響，懶洋洋地擺動著。

怎麼辦呢？我尋思著，目光落在一個用琥珀色小瓶做的油燈上。

我心煩意亂，但並沒有向老郝露出失望神色。他前額狹長，一個門牙斷了一截。毛蟲似的眉毛和充滿黏液的眼睛，使他看上去像病人，但他似乎有一副好心腸。他穿一件藍衣，右肩有一塊長方形的大補釘，雙手寬大、結實、粗糙。也許他可以幫我，我自忖。

我猜對了。我向他解釋，我不能空手回去，他便向我保證：「不必擔心。我們有辦法。我知道這種表格，都一樣。」他繼續用一張摺疊的報紙給自己搧風。

「你能幫我找張表格來嗎？」我問。

「這樣吧，我給你寫封信，把你需要的所有資料都寫上去。方家我很熟，一般問題我都可以回答。你覺得這樣行嗎？」

「太好了，就照你說的辦吧！簡直是救了我一命！」我鬆了口氣說。

他擱下報紙，拿出一張底端蓋有紅印章的信箋，將墨水筆伸入一塊笨重的玻璃墨水池裡蘸了蘸，寫了起來。鋼筆尖在信箋上發出急促的刮擦聲。我沒想到他手那麼厚實，寫起字來卻那麼靈活。顯然他頗有文字功底，且寫慣了這種證明，對班平的叔叔也瞭如指掌。但我不知道他寫了些什麼，或是不是答對了問題，但我管不了這麼多了。只要能帶回一封信，就算交差了。

他把鋼筆擱在桌面上說：「放心好啦，方萬民沒有什麼問題。」他指的是方班平的叔叔。「他出身貧農，在政治運動中一貫活躍。他也是黨員。」他用這種語氣跟我說話，顯然是假設我也是黨員。我點點頭，表示贊同。

他將信塞進一個牛皮紙信封裡，沒封好它，就交給我。「好啦。」他說。

我拿起桌面上的膠水瓶，封好信。他站起身，從窗台上取來一個陶製茶壺，往一個瓷杯裡倒了些茶。「來，喝點茶。你一定渴了。」他把杯放到我面前。

「謝謝。」我端起茶，喝了一大口。這是什麼茶？它看上去很淡，呈深綠色，喝下去卻略苦，有點油膩感，像喝草藥。

老郝注意到我的驚愕，便有點尷尬地笑著說：「這是石榴茶，消暑解熱。」

「哦……謝謝。」

許多年前，我聽說有些農民窮得連茶都喝不起，便用某種樹葉替代。你愛怎麼叫它都行，但它不是茶。也許他們要的只是石榴葉的顏色。天知道這種替代品，究竟能不能真的像茶那樣，幫助消解內熱。我怎麼也想不到，這裡還有人喝這種東西。我盡量裝作不當回事，端起杯子再呷一口。

「老方的侄兒還好嗎？」老郝問。

「班平很好。」

「方家以前是這一帶最窮的一族。下雪時，那孩子要上學也沒鞋穿。每年冬天他兩隻手都生了凍瘡，腫得像爛地瓜。」

「那麼窮？」

「是的，鬧蝗災那年，全村的莊稼都被吃光了，他們整家人只有一件上衣。誰出去誰穿。」

班平竟有過那種艱苦的生活，眞難以置信。怪不得他那麼皮實，沉得住氣。我說：「他現在一切順利，實際上還挺有錢。他老婆剛買了一輛飛鴿牌自行車。他下個月就要到省政府工作。」

「眞的呀？誰會想到他竟能上大學，現在還做了大官？這才叫雞窩裡飛出鳳凰。他眞是個人物。」老郝不斷搖頭，他的頭謝了頂，但還長些髮茬。「那孩子聰明，算盤打得麻利。」

「眞的？這我倒不知道。」

「他是算術尖子。方家不管多麼窮，也要讓他上學。那時讀書不用交學費。中學畢業後，他當我們的會計，不用像別人那樣下田。他就這樣利用時間學習，參加大學考試。我總是對我的弟弟們說：『唸書、唸書，只有唸書才有出路。』」

我肚子有點餓，便從挎包裡拿出半個早餐吃剩的玉米餅，開始嚼起來。我想在他面前表現得自自然然。「我邊吃邊說，沒問題吧？」我問，是想讓他知道，他們每天吃的食物我也喜歡。

「沒問題，吃吧。我應該請你吃午飯才對，但大家都跑去拍戲了。」

「拍什麼戲？」

「你不知道嗎？有人來這裡拍電影，要我們參加。不過，我不知道拍的是什麼。」

鐘敲了兩下。門開了，進來一個女人，抱著一個流鼻涕的小男孩。她穿一件棗紅襖，但已髒得差不多變成紫色。一隻藍布鞋前端穿了個洞，大拇趾露出來。小孩穿一件乾淨的圍嘴，圍嘴前繡著三個大字「愛和平」。他手裡抓著一塊黑餅子，像塊石頭。

「這是我老婆富蘭。」老郝介紹說。

「你好，我叫萬堅。」我說，差點伸出手。她看上去起碼比她丈夫大十歲，已經五十出頭；再仔細點看，也就三十多歲而已，一根白髮也沒有。雖然她的臉蒼老粗糙，胸脯平坦，但她雙臂像男人一樣結實健壯。

「歡迎。」她靦腆地說。我這時才意識到，農村女人通常消受不了陌生男人正式地介紹自己。

那小男孩水汪汪的眼睛緊盯著我手裡的玉米餅。「黃餅子。」他喊道，用鉤起來的手指指著我的玉米餅。「黃餅子，媽媽，我要吃黃餅子。」

「別鬧，我今晚給你貼個大黃餅子。乖孩子。」她把小孩搖來搖去，想制止他。

「不，我現在就要黃餅子。」他貪婪地望著我。

「好，我們換換。」我站起來，把玉米餅塞進他手裡，把他的黑餅子拿過來。「這樣行嗎？」我對他笑著說。

他點點頭，開始嚼起餅來。

「快謝謝叔叔。」她母親命令道，同時微笑著，瞇起彎曲的眼睛。

「謝謝。」他咕噥道。

「眞是個乖孩子。」我說，把那塊黑餅子塞進挎包裡。「老郝，請別讓方萬民知道我來過。上面要我保密。」

「我當然不會告訴他。這是黨的紀律，我懂。」他咧嘴笑道。

雖然我已說了再見，但老郝仍然送我出院子。我多次叫他別再送了，但他還是不願回去，一路陪我走出村子。他似乎很樂意跟我說話。

那個男孩仍在遙遠的山邊哭叫，哭聲激烈如蟬鳴。我看見幾頭山羊在山坡上吃草，幾乎一動不動，但我看不見那個小孩兒。爲什麼他不停地嘶叫呢？我問老郝：「那孩子怎麼啦？」

「什麼孩子？」

「你沒有聽到他在那邊哭嗎？」我指了指西北面的山坡。

「噢，他可能是被蝎子螫了。」

「什麼？被蝎子螫了，怎會不停地哭幾個小時？」

「大人被螫，也會哭。」他的嘴角歪向一旁，好像被螫了一下。

「爲什麼大人不幫他？至少可以給他塗點藥膏，或讓他吃片安眠藥，不讓他在這麼熱的天氣裡叫個不停。」

「說得容易。他家裡哪有什麼藥膏、安眠藥？我們沒錢買那些花哨的東西。小孩們到山上放羊，常常被蝎子螫。我女兒去年秋天也被咬過。哎喲，她叫得脖子都快斷了，之後嗓子沙了一個月。」

「他會哭多久？」

「天黑前就沒事了，別擔心。」

就是說，那男孩還要繼續尖叫幾個小時。我心一沉，沒再說話。我們走出村子時，一隻母雞突然在我們背後咯咯叫起來，興高采烈地宣告牠剛下了一個蛋。在我們前面，往南約五百米，出現一片光禿禿的山坡，山坡漸漸收窄，伸入一個夾在兩個土丘之間的山谷。那裡聚集著很多人，有些站著，有些坐在發黃的大卵石上。

老郝說：「他們在那裡拍電影。我們要不要過去看看？」

「好，我們去吧。」我這才明白他爲什麼要一路陪我到這裡——他想看拍電影。

那兩個在招待所和我同屋的男人，正在山坡上忙著擺放攝影機。這裡確實是拍地震場面的好環境。山坡上到處是大卵石和岩石，一棵樹也沒有。只有一點兒青草，生長在幾條乾涸的小溝邊緣。兩個土丘頂也是一毛不生，裸露幾塊花崗岩。山谷深處，在東邊那個土丘腳，有一座小廟，廟前豎著一支旗杆，旗杆的上半截不見了。小廟周圍，是一塊塊東歪西倒的墓碑，彷彿這地區剛發生過地震，一切都凌亂不堪。

幾個本地民兵被請來當警衛，他們擋住我們，說我們只可以在三十米外看。我們只好站在原處。同時，幾個攝製人員正忙著集合村民，安排場面。

一百多個村民跪著。男人、女人和兒童，全都穿著草鞋，衣衫襤褸。幾個邋裡邋遢的男人肩上背著鋪蓋。在離村民約六十米的山坡上，停著一輛雙輪馬車，車上坐著張衡扮演者，一身官員裝束，高大威嚴。陽光照耀他紅潤的臉膛，他烏紗帽上的金流蘇晃蕩著，在陽光下閃閃爍爍。

一個男人樣子清瘦，留著一蓬灰白鬍鬚，戴著一頂暗黃色便帽，一看就知道是導演。他對村民喊道：「要是你們這回還做不好，我就不付錢給你們。聽見了嗎？」

「聽見了，老闆。」幾個村民回答。

他走到一個跪在地上、生著垂耳的小夥子背後，一腳踏在他的腿肚上。「哎喲！」小夥子叫起來，然後輕聲呻吟。

「兩腿別伸開，像隻瘸鴨子。」導演破口大罵道。

「知道了，老闆。」

接著，這位大人物走向一個皮包骨的駝背老漢，一把抓住他的白髮，猛地將他的頭按下去，老漢的頭重重碰到地面，他呻吟一聲，如果不是伸出右手撐住身體，肯定會栽倒。導演命令道：「你磕頭時頭一定要著地，明白嗎？」

「明白了，老闆。」

「準備好了沒有？」這位大老闆轉過身來，看見老郝和我。他喊道：「嗨，你們兩個，走開。躲進溝裡去。」

警衛把我們推開，這時那矮個子攝影師認出了我，便向我行了個軍禮，儘管他沒戴帽子。

我和老郝躲在溝裡，但總是忍不住要探頭瞧瞧。導演大聲指示村民：「這回你們的頭一定要碰到地面，要哭得像死了爹娘。」他抬起手指細小的手，喊道：「準備好了嗎？」

整個攝製組點頭。

「開始！」

馬車由兩匹一模一樣的小白馬拉著，開始沿著那條窄道駛下去。跟在馬車旁的四條漢子顯得大汗淋漓、疲憊不堪，有點兒蹣跚；其中一個斜背著一柄繫紅流蘇的長劍。山坡下，村民們在磕頭，唱歌似地哭叫：「救命恩人！我們的救命恩人來了！」

「上天有眼啊！」

「啊，我們終於有救了！」

「大人，我們的大人來了！」

轉眼間，他們的哭聲漸漸變得雜亂，但他們真的入戲了。有些人搖頭擺腦，在號啕中尋求發洩；更多人流出快樂的眼淚，彷彿那個新來者真是張衡——那充滿傳奇色彩、被千百萬貧苦人期待了兩千年的救命恩人。孩子們也跟著大人哭叫和磕頭，那模樣活像小雞啄米。他們投入感情的程度令我震驚。他們表演起來，要比專業演員逼真多了。個個像著魔似的，有的嗚咽，有的抽噎，有的呻吟。

張衡在車上欠欠身，抱拳作揖，向山坡下的人點頭微笑。接著他摸了摸稀疏的長鬚，好像已經成竹在胸。當馬車慢慢停住，眾人便霍地站起來，提著裝滿食物和水果的籃子、裝滿酒和水的葫蘆，一窩蜂朝他湧去。

「停！」導演揮手喊道。「今天已經是第四次了，可你們還是沒做好。我告訴你們別太早站起來。這有什麼難呢？我沒見過像你們這麼蠢的人。我該拿你們怎麼辦？好吧，你們去找她領錢。」他指了指一位戴白太陽帽和墨鏡的年輕女人，接著說：「現在回家去。明天早上十點回到這兒，我們再試。」

雖然拍攝中斷了，但村民還迷迷糊糊的，可一聽說拿錢，便開始向那女子圍攏過去。她逐個叫他們的名字，發現金給他們。

我和老郝抖掉身上的塵土，從溝裡出來。我問他：「他們每人給多少錢？」

「一天一塊。」

「什麼？」我不敢相信自己的耳朵。

「一天一塊，小孩也一樣。」

我盡量控制住自己，腦袋裡直蹦。我萬萬沒想到他們會這麼窮，爲了區區一塊錢而任由那個導演擺弄。他們有些人可能從來沒看過電影，所以不大可能爲自己有機會在銀幕上亮相而高興。我的心不斷地抖動，充滿憐憫、失望和厭惡。我感到想作嘔，便蹲下來。老郝解釋道：「這錢對我們來說，是很好掙的啦。我掙不到，因爲我爹和女兒都已經在那裡了。每戶只允許兩個人參加。我們這裡，難得有機會一天掙一塊錢。一塊錢要賣五個雞蛋呢。」

爲了不讓他看見我的表情，我用雙手捂住臉，喘著粗氣，兩肘擱在膝蓋上。我這樣維持了一分多鐘。

一群少女從山谷裡出來，每人挑著兩桶水，扁擔被壓得彎彎的。她們左搖右晃快步走下小徑。正當我在納悶電影裡用這個場面幹什麼時，其中一個少女失去平衡，「梆」的一聲，摔了個四腳朝天，兩隻水桶丁零噹啷一路往下滾，撞在一塊大石頭上。她放聲痛哭。一個男青年跑過去扶她，但她拒絕起來。她臉上沾滿了塵土、汗水和淚水，她不害臊地號啕著，張大嘴巴，像隻青蛙。其他少女停下來，擱下擔子，但她們似乎已累得顧不上安慰她，只是乾望著。

「讓開！」導演喊道。他抓起攝影機，忙著拍攝。兩名警衛把人群推開。導演繼續拍那個痛哭的少女，她閉著眼睛，聲音沙嘎。她甚至坐在那個被水弄濕的地方踢腳跟，膠鞋底上結滿泥巴。

「太棒啦！」導演一邊如痴如醉地說，一邊閉著左眼，專注於攝影機的鏡頭。

「我爹又要打死我了！」少女尖叫道。「噢，再回去挑一擔已經來不及了。」

一個方臉少女向她大嚷：「別哭啦！不害臊，我給你一桶，起來吧。」

「她是新來的。大家一開始都是這樣。」我背後有個女人低聲說。我望著眼前這場面，但想不出究竟有何用意。

那少女終於停止號啕。導演關掉攝影機，把它交回給那位矮個子。「這才是眞貨。」他微笑著說，露出一隻凸牙。然後他轉身對村民們說：「你們都看到啦。明天我一說『開始』，你們一定要像她那樣哭。懂嗎？」

沒有人回答。

有人扶那少女站起來。她拾起早就有人幫她找回的扁擔和水桶，跟著其他少女一齊離開。她經過導演身邊時，他從錢包裡拿出一張兩塊錢的鈔票給她。她沒說話，接過錢。與此同時，拍攝組開始收拾東西，準備搬到山谷深處另一個地點。一塊帶有防滑木條的木板歪斜地搭在卡車後部。

我估計最後一個場面大概是他們安排好的，所以我問老郝：「他們也請了那姑娘嗎？」

「哪裡。你沒看出那姑娘是眞傷心嗎？」

「可是，就爲了兩桶水，她發什麼瘋呢？」

「發什麼瘋？」他也有點發瘋了，兩眼冒火。「她從九里外的甜泉村挑來這擔水。她就快到家了，那擔水又突然摔掉，全廢了。發什麼瘋？她一家人在等她的水做飯。她已經累壞了，也來不及回去再挑一擔了。今晚她爹要打她罵她，全村人都能聽到。現在你明白了，發什麼瘋？」

「她走那麼遠去挑水？沒有近一點的地方嗎？」我問道，嗓音微顫。

「哪裡有。桃村有兩口井，但不能喝，那水太臊了，只能用來洗衣服和飲牲口。全村人都得去甜泉村挑好水。」

「要是我早知道就好啦！」我怒氣沖沖地說。

「知道了又怎麼樣？」

「我也許會把那混蛋的鼻梁骨打斷！」我指的是那個導演。

「那有啥用呢，不會改變啥。」老郝舔了舔門牙。他的直言直語像搧了我一個耳光，令我無言以對。

過了一會兒，我問：「你們村自己沒挖過井？」

「挖過，但我們沒有深井，夏天常常沒水。」

「爲什麼不挖深些？」

「我們沒機器。」

「爲什麼不買？」

「沒錢。」

他的回答這麼簡單，使我覺得自己是個大傻瓜。我環顧一下，發現整個地區六、七個村子眞的都沒電。實際上，山裡長的都是矮樹，根本不能用來做電線杆。

我告別了老郝，走路回漢龍鎮。那個被蝎子螫的孩子還在山腳下哭，但已不再是持續不斷地哭叫。他聲音發顫地啼哭，隔一會兒停下，隔一會兒又哭起來。我從挎包裡拿出那塊黑餅子，啃了一口。它是用小米糠、槐樹花和地瓜麵做的，又苦、又黏、又粗，吃起來像草藥丸，但我繼續嚼下去，內心的痛苦無法減輕。

第二十九章

從農村回來後，第二天早晨我就去彭書記的辦公室送信，並想告訴她，我已決定去省政府政策研究室工作。

我決定追求官場生涯，並非因爲我覺得自己能成爲農民的救命恩人。不，我沒那麼傻。我只是想做一個比無足輕重的小職員——學者——更有用的人。如果我掌握分配資源和資金的權力，我會幫助像那個被蝎子螫得哭叫不止的孩子和像沙石村那些受蹂躪的人。在這個省裡，是可以幹點事的，而我終於準備好了。這次農村之行，使我明白到那些窮苦的村民也跟我一樣，是砧板上的肉。現在我決心要當一把菜刀或斧頭，也許有朝一日可以砍去幾個貪官。再說，這樣做也使我有機會過一種不同於我老師的生活。我要活得更積極和更有意義。

我剛要敲彭書記辦公室的門，忽聽有人在裡邊喊：「他生病以後，你就一直折磨他！」我聽出那是楊太太的聲音。

「我沒有，」彭英還擊說：「我一直都在幫他。凡是有眼睛的人都看得到，我替他做了多少事。你對我應該公道一點才對。」

「你幫他？你一再去醫院勒索他，那叫幫他？」

「小心你的舌頭，南燕，別血口噴人。」她直呼楊太太的名字。

「你不是要求他幫你侄兒弄到獎學金嗎？」

「是誰告訴你的？」

「別管我是怎樣知道的。你想逼死他，對嗎？」

「南燕，你怎麼可以這樣指控我，把我當成罪犯？我告訴你，他去年出國前，答應替我侄兒拿到獎學金。」

「他沒有。」

「他當然說了。」

「你放屁！」

「聽著，要是他沒答應我，我怎會批准他去加拿大？如果沒有我的支持，你以爲他能得到旅費嗎？說實話，他欠我一筆獎學金。」

「你無恥。」

「告訴我，無恥值多少錢？我是講究實際的人，是辯證唯物主義者。」

「你是畜生。」

「至少我不像你老頭那樣說話不算數。我最恨兩種人：一種是忘恩負義，一種是說話不算數。他兩種人都是。」

我想來想去，確實想不出彭英食言的例子。說起來也怪，她在這方面的紀錄倒是清清白白。

彭英又對楊太太說：「天知道我替你和他做了多少事。」

「替我？」

「沒錯。」

「你爲我做了什麼？」

「他跟學生搞男女關係，我想辦法阻止他繼續陷進去。你說，你是不是得到好處？我幫了你們一把，保住了你們的婚姻。你說，你是不是應該感激我？」

接著是一片沉默。我這才明白，爲什麼彭英要逼維亞嫁給譚魚滿——她是想將維亞跟楊先生分開，阻止他們的關係，保護楊先生和他的聲譽。換句話說，她可能確實有心幫他擺脫困境，儘管她也同時利用這點來脅迫他替她任兒辦事。從她的立場看，她這番苦心不啻是個大人情，因爲她隨時都可以揭露他和告發他，她不但沒這樣做，而且就在系內解決，不讓事情張揚出去。天呀，爲了獲得這筆想像中的獎學金，她什麼都願意幹。整件事情是多麼荒唐，又多麼錯綜複雜，叫人目瞪口呆。

我敲了敲門上的毛玻璃。「進來。」彭書記應道。

兩個女人見到我，都吃了一驚。由於情緒激動，楊太太的臉都腫了，一對圓眼睛氣勢洶洶，胸脯上下起伏。她的雙手十指交錯，不斷互相摩擦。我把信封交給彭書記，裡邊有那封調查信和我申請政策研究室職位的申請書。

接著我悄悄離開彭書記的辦公室，沒有跟梅梅的母親交換眼色，唯恐彭書記會懷疑是我把推薦信和獎學金的事告知楊太太。然而從彭書記惡狠狠的目光裡，我能察覺她已有所懷疑。事實上，我從未跟楊太太提到這件事。唯一有可能向她提供上述消息的人，是班平。要麼是楊先生自己在譫妄中披露的。

由於這次外出，我沒有聽美國之音。滿韜對我說，有些部隊曾試圖進入北京市清除天安門廣場的絕食學生，但在街上遭市民阻擋。雖然大多數士兵沒帶武器，但是坦克和大砲都已集合在首都郊區。這消息令我慌張，但我無法想像政府敢出動軍隊鎮壓平民和學生，尤其是約兩周前到北京來採訪蘇聯領袖戈巴契夫訪華的外國記者們，都還留在首都。學校裡有些本科生激動不安，急著想去北京聲援那裡的學生。滿韜正考慮是不是跟他們一起去。

那天下午兩三點，楊太太從醫院打電話來，嗚咽著對我說，我老師病情危急，要我盡快去趟醫院。

我掛上電話，匆匆跑去女生宿舍樓，想把這最新情況告訴維亞，但她不在。我立即趕去醫院。據說最近維亞幾乎每天下午都去譚魚滿的住所畫畫，其中一幅已入選本省藝術家大展的參展作品。我心底裡依然不滿她在此時此刻跟那男人搞得這般火熱。我們老師——她的情人，還沒死，難道她不能再多等一陣子嗎？我一邊騎自行車去城裡，一邊想著楊太太在電話中告訴我的事情。今天早晨，就在她跟彭英吵架的時候，我老師從床上摔下來，頭碰到床頭櫃角，造成嚴重腦震盪和腦出血。經過搶救，他總算甦醒過來，但仍然危急。

我趕到醫院時，楊太太、班平、陳馬麗和另一些人已在病房裡。吳大夫也在場，他脖子上掛著一個滿是污垢的聽診器，口中叼著一根玉雕菸嘴，菸嘴裡塞著一根菸。護士們看見我，便退到一旁，讓我走近病床。我老師像死人，面色蒼白，右太陽穴纏著一大塊繃帶。從大夫閃避的眼神我能猜到，楊先生沒救了，儘管一隻點滴瓶吊在床邊的鐵架上，白色液體正無力地滴入棕色膠管。

楊先生蠕動雙唇，但聲音聽不見。慢慢地，他睜開眼睛，眼神漸漸變得熱切。「南燕。」他輕聲說。

「我在這裡，愼民。」楊太太雙手握住他的手。

「我對不起你，眞對不起。」他說。

「別這樣說！」她噙著淚懇求道。

「原諒我。」

「你不能撇下我，愼民！」

「太晚了。」他喃喃地說，閉上眼睛。

房間裡一片死寂，大家都全神貫注看著他。過了一會兒，他再次睜開眼睛，臉上露出劇烈的神色，好像在努力壓制某種痛苦。他一雙眼睛慢慢但急切地環視。「愼民，你要什麼，告訴我。」他妻子啜泣著問道。

他雙唇又動了一下，他正說著什麼，但我們都聽不清楚。他略微轉了一下頭，目光落在綠色印花窗簾半掩著的窗戶上。窗台上放著布萊希特的《四川好女人》，這本書還沒被人拿走，也許是因爲這裡沒人看得懂它。我走過去，拿起書，向楊先生晃了晃。他緩緩地搖搖頭。我放下書，把整個窗簾拉上，遮住外面的光；房間立刻暗淡下來，但他又搖搖頭。我拉開窗簾，讓光進來。他點點頭；我索性把窗戶打開。他望向外面的世界，眼神呆滯而淡漠，神色空濛。越過那大堆無煙煤，天空灰沉沉，一團拉長、晦暗的雲飄浮在楊樹冠頂，楊樹葉在微風中翻動。鴿子在附近咕咕叫。楊先生茫然望著外面，似乎有點失望，也許已經看不清任何東西。他不停地抖動下巴，好像有什麼東西在惹弄他。一陣風掀起一小團煤塵，接著一束陽光落在一個水泥煙囪上，斜光反照到窗上。一瞬間，房間亮了一些，但楊先生似乎沒注意到任何變化。他目光從窗口移開，閉上，面對天花板，再次嘟噥著什麼。

楊太太和我移近些，俯下身來聽，但還是不明白他說什麼。於是我挺起身，跟其他人站在一起，呆呆望著他；他妻子一隻手搭著他的上臂，悄聲哭泣。

「昨天下午很可怕，」班平低聲跟我說：「他不停地背詩。」

「什麼詩？」我問。

「主要是但丁，我猜。」

「但丁哪一部分？〈煉獄篇〉還是〈天堂篇〉？」

「我不知道，我沒讀過但丁。」

楊先生聽到我的聲音，便有氣無力地呻吟道：「萬堅，萬堅——」

所有的目光都轉向我，我湊上前，俯下身：「楊先生，我在這裡，我是萬堅。」我抓住他冰冷的手。

「救救我，救救我的靈魂！」他喘氣說。

「我守著你，楊先生。」

「我害怕。」

「我們都在這裡，沒人會害你。」

「噢，別碰我！」

我放開他的手。「你要我做什麼，楊先生？」

「別讓他們碰我們！」

「誰？」

「救救她。」

「你說的是誰？」

他沒有回答。我正要問「是不是維亞？」但沒說出口來。

他雙唇還在顫抖，聲音漸漸微弱。他好像掙扎著要說什麼，我努力聽，但什麼也聽不出來。我打量他一兩分鐘。接著他又發出一點聲音，我右耳貼著他的嘴巴。現在他的聲音清楚些了。他一邊微弱地呼氣，一邊說：「萬堅，萬堅——」

「是我，我在這裡。」

「好好對待梅梅。」

「我會的。」

「記住，替我報仇，還有……別忘了他們。殺、殺死他們，一個也不留！」他眼睛突然張開，露出凶光，然後閉上，永遠地。

他最後幾句話把我震呆了，猜不透他的意思。我弓身對著床，腦海一片空白，凝視著他。他嘴巴半開，彷彿仍在努力吸氣，臉逐漸僵硬。在他乾裂的雙唇內，牙床一帶的牙根黃裡透黑。有兩顆磨牙是鑲金的。

我還在發呆，楊太太已急促地抽噎起來。陳馬麗抓住我的手臂，把我拉開，讓護士們摘掉點滴器。這時我才開始哭泣。淚水淌下我的臉，有什麼東西在我胸裡翻騰著。我不顧體面地嗚咽起來，像個沒出息的孩子。似乎沒人對我的哭泣感到意外，除了班平，他時不時斜著眼望望我。誰也不明白我爲什麼突然失控。就連我自己，也要等過了一段時間之後，才能解釋當時的心情。一個中年婦女跟姜護士說起我：「他一定是非常愛他老師，把他當成父親。」另兩位護士在對面角落裡努力安慰楊太太。

陳馬麗遞給我一塊乾淨的毛巾。「別這麼傷心，萬堅。」她含著眼淚說。「他夜裡常常呼喚你。他能在去世前見到你，一定很安慰。」

「謝謝。」我喃喃地說。

接著班平扶著我的胳膊肘，帶我走出病房。我頭昏腦脹，不能完全明白陳護士那番話的意思。淚滴仍在刺痛我的下眼瞼。

來到門口，班平嘆了口氣，輕拍我的肩膀。「別太悲傷，萬堅。也許他該走了。他受夠了。」

他這番話使我稍微平靜。我們沿著走廊走著，我對他說：「他死得太慘了！」

「哪兒的話，這很正常。」他淡淡地說。「所有死人結果都一樣。死亡面前人人平等。」

「你怎麼可以這樣說？」我不禁瞪著他。

「我只不過想說，他死得很自然。許多人病了幾年才死。相對而言，咱們老師沒受太多苦。我們應該慶幸才對。」

「你知道他留下什麼遺言嗎？」

「是什麼？」

「他要我殺光他的敵人。」

他依然面無表情地回答說：「他已經瘋了，加上他所經歷過的事情，說這種話並不值得大驚小怪。我們都有敵人，別對死人太刻薄。他說這種話，我們應該原諒他才對。」

我知道根本不可能使他明白，我們老師死得多慘，因爲他只想到他肉體上的痛苦。他眞是麻木不仁！他是個受過教育的人，爲什麼他腦中竟沒有一點兒精神素質呢？他聽過楊先生唱歌誦詩，也目睹他掙扎著要拯救自己的靈魂，但沒有什麼能眞正觸動他，或令他明白和同情我們老師遭受的無形痛苦。他只懂得肉體的痛苦。怪不得他活得如此愜意，因爲在現實中，麻木是力量的來源，是生存的基礎；在現實中大家只一味重視肉體的健康和長壽。我接過他爲我點燃的玫瑰牌香菸，猛吸起來。

在我看來，楊先生之死最恐怖的地方，是他含恨而死。他拯救自己的靈魂了嗎？大概沒有。他光想著報復，不可能獲得他努力要達到的精神超越。他沒法使自己的靈魂從憎恨的桎梏中解放出來。他的靈魂肯定是深陷於此生此世的泥潭中。

他的死給我帶來巨大衝擊。我腦中老是有一個聲音命令道：「你怎麼也不能像他這樣死去！」一整天這句話不斷在我腦海裡迴盪著。這不只是關於怎樣死法。它還意味著我必須過不同的生活，以免落得如此下場。作為一個人，我所過的生活應該使我在臨終時感到圓滿，好像完成一項任務或一次旅程。一個人要讓自己感到死亡無非是一種自然變化，像經過一天漫長工作後的熟睡。而做到這點，不見得非要成為傑出科學家，或重要官員，或億萬富豪，或偉大藝術家。簡言之，死亡應該是一齣喜劇，而非悲劇。這一省悟堅定了我想離開大學去政策研究室工作的決心。

第三十章

翌日大部分時間我都躺在床上，想著楊先生的臨終時刻，以及梅梅回來時我該怎麼跟她談。整個早晨雨下個不停，青蛙在屋外瘋了似地呱呱叫。下午出太陽，但悶熱而潮濕，我身體下的竹蓆依然黏乎乎的。我討厭這種令人萎靡不振的天氣。跟我老家東北不同，這裡春天或夏天都難得有一陣涼風。

晚飯時間快到了，當喇叭開始播送歌曲〈雙手澆灌幸福花〉時，我的肚子終於咕咕響了。我這才想起，我還沒吃午飯。我不想去食堂，怕小貓頭鷹又找我的麻煩；我決定上附近的「口口香」，那是一家最近開張的麵店。麵店隔壁是一座德國人在十九世紀建造的哥德式大教堂，它被當作儲藏棉紗的倉庫達三十多年，一年前才翻修重開；如今每逢禮拜天，都有數百人進教堂。我朝教堂走去，注意到以前只剩下窗框的教堂窗子，都已鑲上了玻璃，有的在夕陽下閃閃發光。有尖頂的塔樓讓人望而生畏，儘管鐘樓依然空著。

透過「口口香」的窗子，我看見裡面櫃台上擺著兩個大藤筐，都蓋著白被，裡面大概是裝著花捲和韭菜肉包。我聽說這裡麵條特別好，便叫了一碗蘿蔔湯和一碟肉絲豆芽炒麵。我坐在角落裡一張空桌前，不慌不忙地吃起來。

店主是個中年婦人，胖得不見脖子，兩條裸臂酷似長麵包，小眼睛幾乎被低垂的眼瞼埋沒。她正在撥算盤，不時用一把皮蠅拍打蒼蠅。雖然她樣子古怪，但我喜歡這地方。跟國營餐廳不同，這裡相對來說乾淨、安靜些。而且，飯菜也較便宜。

我正吃著，一個矮胖的男人邁著方步走進來。他大概是個農民，約莫四十五六歲，一張土色臉，一雙豬眼，一對凹耳，下巴前突。他赤著上身，只穿便褲，褲腰纏著布帶，褲子和腰帶都是棉布做的，走路時三角胸肉輕輕顫動。他那模樣讓我想起一尊佛像，儘管胖乎乎的臉上沒有一絲慈悲。

「一碗炸醬麵。」他慢吞吞地說，彷彿是透過鼻孔講話，接著把一張鈔票遞給櫃台後那個女人。

一會兒，一大碗麵擺在他面前，碗中央插著一對相連的筷子。那女人伸手把零錢交給他。那男人算了算錢，收緊稀疏的眉毛。「你多收我五分錢，怎麼搞的？」他大聲說，好讓每個人都聽見。除了我之外，店裡只有另一個顧客。

「你沒長眼睛嗎？」那女人說。

「為什麼你少找給我錢？」

「沒少呀。」

「把那五分錢還給我，快點！」他揮舞雙手。

「你沒看到麵條上那雙筷子嗎？五分錢一雙。你沒有眼睛嗎？」

「我沒說要那對筷子。是你自己給的。」他用食指指著女人，另一隻手從布腰帶裡翻出一根綠色塑料湯匙。他揚了揚湯匙，說：「我自己有勺子。誰要你這挖屎的棍子？」

「小心你那張臭嘴！」她扯著嗓子喊道。「我沒零錢，你給我滾。」

「行啊，你先把錢還給我。」

「那你就待在那兒，等我給你點顏色瞧瞧。眞沒見過像你這麼賤的顧客。」

「你才賤，還騙人。」

他雙手扠腰站在櫃台邊，耐心地等著，麵條上面的豆瓣醬冒著熱氣。見到他們爲這種雞毛蒜皮的小事大吵大鬧，我感到不可思議，區區五分錢，値得這樣大動肝火嗎？我倒是想知道這齣鬧劇怎麼收場。

這時廚房裡出來一個穿牛仔褲的高大青年，褲腳塞進了膠靴腰裡。他體格健碩，乜斜著眼，一副凶神惡煞的樣子；嘴角有一塊彎彎的刀疤。「你就是那個要錢的孬種嗎？」他喝道，逕直走向等在那裡的農民，那農民嚇得連偷看他一眼也不敢。青年用左手一把揪住他的頭髮，再用右拳猛擊他的臉。「你要找的是這個嗎？收下吧！」他咬牙切齒地說。

那農民一邊叫喚，一邊跺腳。「噢！噢！」他叫道，徒勞地想用雙手遮住臉。他絕望地掙扎，但擺脫不了那惡棍，那惡棍一拳比一拳狠地揍他。

這太過分了，打劫都用不著下這麼重的手。另一個顧客是一位社會學老講師，他匆匆吃掉剩菜，快步朝門口走去。我站起來，走到那暴徒面前。「好啦！別打了。」我鎭定地說，逼視他。他停下來，不自覺地放開那農民。「別這樣打你的顧客。」我接著說。

「媽的，你以為你是誰呀？」他勃然大怒。「多管閒事。」

「我偏要管，不讓你犯罪。」我執意說。

出乎我的意料，他竟轉身朝廚房走去。他掉過頭來對我吼道：「你給我等著！媽的，你有種，不怕死，那就試試看。」

那農民仍在喘粗氣，流著淚。他臉上青一塊紫一塊，眼睛腫得剩一條縫。他彎身鬆開腰帶，再重新繫緊。他的湯匙碎了，撒在地上，周圍點綴著一滴滴鼻血。我剛遞給他一塊紙，那惡棍就衝了回來，手裡攥著一把肉刀。那農民一見刀，便嚇得直後退，接著撲通一聲跪下，央求道：「師傅，饒我這條狗命！我不敢再來搗亂了。」他雙手抱拳，接著兩手貼地，無恥地磕起頭來，腦袋碰在水泥地板上，咣咣響得像一塊木頭。我深深吸了一口氣，盡量使自己不打顫。

那惡棍原是要來找我算賬，但農民這一鬧，倒使他先來處置他。他假惺惺奸笑道：「歡迎你隨時再光臨。」接著把刀舉到農民頭頂。

「別，別，師傅！我不敢再踏進你的門檻。饒命，救命啊，救命！」

刀在空中兜了一圈，落向農民的腦袋，突然一轉，刀身「啪」的一聲打在他頭蓋上。「哎喲！」他倒在地上，立刻朝門口爬去。那惡棍不斷踢他的屁股，直至他哇哇叫著滾到街上。

惡棍轉身來對付我。他把刀擱在我肩上，來回推拉，好像要鋸斷我的脖子。刀身不鋒利，沒割出血來，但我已感到一股寒氣傳遍全身，右腿不停地顫抖。

「看你脖頸有多硬？」他齜牙笑道，半眯起三角眼。他雙唇翹起，說話時吐沫橫飛。

我說不出話，彷彿胸裡塞滿了沙子，連呼吸都困難。

「你以爲自己夠神氣，唔？」他噓聲道。「現在嘗嘗這個。沒想到你剛才會那麼猛實。現在有什麼感覺，小子？涼嗎？爲什麼這麼乖呀？」他一獰笑，那張生滿丘疹的臉就變形。他鼻孔呼出一股灼熱的酒氣，不斷掠過我的額頭，但我不能肯定他是不是醉了。

我吞了一口氣，依然一動不動，儘管那把肉刀還擱在肩膀。他說：「要是我喜歡，我可以砍下你的狗頭，讓它像個爛南瓜掉到地上。」

我多希望剛才一走了之！我脊背流著冷汗，腋窩又涼又濕，心撲撲跳。

惡棍咆哮道：「你逞什麼英雄，幫那隻可憐蟲。瞧你自己，也不過是一頭蠢驢。他在哪兒呀？他才不管你死活呢！他只會爬出門去，保住自己的狗命。他是畜生，是黃面猴，根本不能當人看。」聽了這話，我心裡一陣劇痛。「跪下！」他叫道，用刀身壓我的肩膀。

我不聽他的命令，脫口說道：「我會叫人來抓你。」

「什麼？」他仰頭大笑，不自覺地收回肉刀，繼續說：「你這書呆子，想叫人來抓我？小子，你一再叫我吃驚。」

「你很快就知道。」

「好啊，我就讓你的狗頭在脖子上多待一陣子，看看你怎麼抓我。現在給我滾。你爺爺今天累了，不想收拾你——不想打得你屁滾尿流，弄髒這雙手。你聽見了嗎？滾你媽的蛋！」他手裡仍握著刀，在胸前晃動。刀身上有一道乾豬血。

我壯膽對他和胖店主說：「我就要到省政府政策研究室工作。我要做的第一件事就是關掉你們這家店。」

他轉身望了望那女人，她顯然被我這句話嚇呆了。他張大鼻孔，那把肉刀垂在他大腿邊。他鼻子和臉頰開始出汗。我二話不說，掉頭就走。

我剛跨出門，那女人突然追上來，幾乎是哭著求我：「請不要關掉我這店。行行好，同志！我弟弟是個蠢貨，他不知道自己在跟誰打交道。他有眼無珠，眼裡是一團臭肉，看不出面前是位大官。我叫他向你道歉。這店是我們的命根子。請不要毀掉我們。你可以免費在這裡吃……」

我繼續走，看都不看她一眼，儘管她緊挨著我，跟了約五十米。我渾身哆嗦，又害怕又興奮，喉嚨發癢，直想笑，但還是拼命忍住。一輛載著四根水泥電線杆的長卡車吭嚇吭嚇駛過，掀起滾滾塵土。我一邊朝校園走去，一邊對剛才一提到未來的工作就能產生如此神奇作用感到不可思議。另一方面，我內心隱隱作痛，因爲惡棍罵農民那番話更讓我耿耿於懷。他說得都對啊！我原想救那農民，他卻撇下我任人宰割。想到他就是我打算將來要幫助的人，我有一種被出賣的感覺。

第三十一章

第二天，楊先生的追悼儀式在「新風火葬場」舉行，那地方位於山寧市南面六里外的千佛山下。梅梅是前一個晚上趕回來參加葬禮的。我們系裡大部分教職員工都出席了，還有幾位校領導。楊太太、梅梅和我手臂上戴著黑布，胸前佩著紗布做的白玫瑰。大家走到我們面前，說些安慰的話。梅梅不斷用一塊軟綢手帕抹眼睛，並老是說遺憾不能在父親臨終時陪伴左右。我站在她身邊，好像和她們已是一家人。大多數人也都跟我握手。

楊先生躺在一個大棺材裡。大多數運到這裡的死者都在那口棺材裡躺幾個小時或一天，然後才被推進大廳後的焚化爐裡火化。棺材兩邊各點著一根粗大的白蠟燭，黃褐色的燭光照著附在花圈上的長紙條，花圈一直延伸到大堂兩側的牆邊。紙條上寫著各種悼詞，例如「生爲人中傑，死爲不朽魂」、「無限光榮！」「英靈永在！」「您永遠活在我們心中！」楊先生樣子很嚇人，臉上塗著一層厚厚的胭脂，閃閃發光；兩唇微開，無血色。一隻肥大的蒼蠅鑽進他嘴裡，一會兒又鑽出來，在他下巴上爬來爬去。他所有的皺紋都不見了，但表情似乎沒有放鬆，好像還在苦苦思索著什麼；頭髮看上去濕漉漉，向後梳得整整齊齊，中間分開，散發出一股氨水味。

宋教授以系主任的身分宣讀悼詞。他稱讚楊先生是一位孜孜不倦、知識淵博的學者和模範教師，「以他的赤子之心」熱愛人民，熱愛黨，他的逝世是學校和國家的巨大損失。他希望所有哀悼者化悲痛爲力量，繼承楊先生的未竟事業，建立一個最終可提供博士學位的一流中文系。最後，他以略帶嗚咽的聲調說：「楊愼民同志，安息吧。你崇高的精神將永遠陪伴我們。」

接著，掛在大廳角落裡的兩個黑喇叭奏出哀樂，聲音震耳欲聾，彷彿一群掙脫束縛的怪獸，闖入這裡亂跑亂撞。大家排隊，一一向楊先生告別。他們之中包括維亞和凱玲。輪到凱玲時，她在棺材末端不禁痛哭起來，說道：「楊教授，我們還要合譯好多書，爲什麼你這麼快就走了？」她兩手撐腰，縱聲號啕。似乎沒人感到意外，大概是因爲她早就以感情豐富聞名。我瞥了楊太太一眼，她表情沒有任何變化，哀傷而莊重。

中文系幾位女教師也跟著哭了，幾個男教師也噙著淚水。維亞呆呆站在一扇半開的窗邊，若有所思。她沒怎麼流露感情，但看上去病懨懨的，兩頰顯得更突出了。我不禁斜眼偷看她。她沒有意識到我在觀察她，手裡心不在焉地握著什麼東西，也許是一根鑰匙或一枝小鋼筆。然而，當她走近棺材向楊先生深深鞠躬時，我注意到她眼瞼亮晶晶掛著一顆淚。那顆淚一動不動，好像凝結在那裡。她轉身匆匆離開，神色有點憔悴，臉更瘦削了。走近門口時，她用手掩住嘴，雙肩顫抖。她邁著踉蹌的腳步，獨自離去。

彭書記也出席了追悼會。我跟她說了一會兒話，知道她已看過我申請政策研究室工作的申請書，但是火葬場不是談論這類事情的場合，因爲在整個追悼儀式期間，我都必須跟梅梅和她母親一起。

葬禮過後那天，我和梅梅談了一次話。我們是在她爸爸的辦公室談的，辦公室唯一的窗子對著一株高大的垂柳。我讓門半掩著，免得被人說我利用楊先生的辦公室來談情說愛。系裡早就有人對我使用這辦公室表示不滿。事實上我最近很少進來。肯定有些教員在覬覦這個房間，它比他們的辦公室要寬敞得多，而他們都害怕我會永久占用它。

在屋裡，能感到熱氣從外面漫進來。透過紗窗，可以聽見喧鬧的蟬鳴，不時有一隻嗡嗡響的蜜蜂撞到紗窗上，發出小小的「篤篤」響。楊先生住院後，我盡量讓這裡的東西保持原樣。他桌上的墨水瓶、鎮紙玻璃、菸盒和瓷茶壺，全都原封不動。牆上原本掛著維亞那幅和尚笑嘻嘻吃無花果的畫作，現在換上了楊先生的鑲框照片，照片裡楊先生胸前佩戴一朵紅色大紙花，省教育廳長給他頒獎，表彰他的學術成就。獎品是一套《詞源》和一枝裝在藍色緞面盒子裡的英雄牌鋼筆。相框兩邊牆上各貼著一張獎狀，都是表揚他的教學成就。他曾四次被選爲傑出教師。

我和梅梅面對面坐著，中間隔著辦公桌。我盡量放鬆，腳跟擱在桌下的橫檔上。她穿一件蜜糖色船領連衣裙，濃髮上架著一對墨鏡。雖然她表現得很漠然，但她連續幾夜沒睡好，看上去身心交瘁，一副病容，兩頰失去光彩。她前一段忙於應考，一定非常辛苦，現在連眼睛也疲態畢露，失去從前的活潑。她一接到電報，就直奔火車站，坐一列快車趕回山寧。那時她剛考完試，自己覺得考得不錯。她顯然還在惱火我決定不參加過兩天就要進行的考試。

「現在還來得及，萬堅，」她低聲說：「去考吧，就算是爲我。」

我吞吞吐吐，但還是勉強回答道：「原諒我，梅梅，我主意已定。別再勸我了。」我極不願意說這種話。這是我們認識以來，我第一次拒絕聽她的意見。

「我不明白你爲什麼突然改變主意。」她嘟起嘴，生氣地說。

「三言兩語說不清楚。我在你爸爸病房裡照料他幾個星期，他使我想到很多事情。一句話，我不想再過那種知識分子生活。」

「那有什麼不好？」她詰問。翹起的鼻子抖了抖，這通常是她發怒的先兆。

「浪費生命。在我們國家，知識分子都是小職員。」

「好惡毒！你怎會變得這麼玩世不恭？」

「你爸爸說的。」

「他教你很多東西，爲什麼你全都忘光了，只剩下這餿主意？他一定是神志不清才說這種話。」

「可他從來沒有說得這麼一針見血。」

她直視我，一雙碩大的眼睛充滿懷疑，然後逐漸變成厭煩，長長的睫毛眨動著。「那麼，你是肯定不去北京了？」她不緊不慢地問。

「去也不是要讀書。」

「你還能用其他途徑去嗎？」

「不知道。」

「那麼你打算怎麼辦？」

「我已寫信給彭英，告訴她我要去省政府政策研究室工作。」

「你想當官？」她難以置信地問。

「對，當個眞正的職員。」

「你背叛我爸爸。」

我料不到她會這樣說，於是提高嗓門：「你完全不了解你爸爸。你不知道他一生過得多麼慘。他也想當官，只不過沒有——」

「別誣蔑我爸爸！」

我眞想把那封荒謬的推薦信和她爸爸答應幫彭書記侄兒拿獎學金的事全部告訴她，但我沒吭聲。這時我突然明白，楊先生想當士大夫的願望，可能不只是源於官癮。他絕望之餘，必定也想到，如果要脫離知識分子那種徒勞無益的生活，唯一的途徑就是當官。換言之，要是他處在我的位置上，也必定作出同樣的抉擇。雖然我有了這番領悟，但還是不知道怎麼跟梅梅解釋。我唯一能說的就是：「相信我吧，你並不眞正了解你爸爸。」

「我是他女兒。至少我知道他要什麼樣的女婿。」

「那是說我沒資格了？」我內心一陣刺痛，但我保持冷靜，勉強微笑。

「我還能說什麼呢？」她答道。

「爲什麼？」

「你太貪財，不知道自己在這世上的位置。」

「我的位置是什麼？」

「我爸爸把你培養成一個詩歌學者，好讓你去北京深造。何況，這樣一來，我們就可以在一起。如果他活著，絕不會允許你搞政治。」

「但他去世前要我別做學者。他要我別再埋頭讀書，甚至說，我最好去種小米。」

「全是廢話，這不可能是他的本意。」

「你敢這麼肯定？」

「你應該看他一生的追求，再從中尋找答案。他不是說過嗎？如果我們在北京結婚並安頓下來，他就可以高枕無憂。你倒說說看，哪種生活會好過學者？學者生活又平靜，又有意義，又超然，甚至可以扶植人才。我爸爸是一個沒有非分之想的人，我不相信他會後悔他的一生。如果我是你，我就不會作別的選擇。」

「你根本不知道你爸爸一生到底有多可怕和多悲慘！你不知道他臨終前幾天怎麼瘋狂地咒罵！」

「別打擾死人！讓他安息。」

「信不信由你，學者生活是我最不想要的。」

「你知道你的毛病是什麼嗎？」

「什麼？」

她滿臉通紅地說：「你貪圖權力，貪圖物質享受。這就是爲什麼你要學班平，想當官，想通過受賄來發財。我萬萬沒料到你也有這種狹窄的農民心態。」

「這太冤枉人！要是我貪圖物質享受，我就會去北京，那裡的生活條件要比別的地方好得多。我只是想過一種有用的生活。」

「那你說，什麼是有用的生活？」

「不做砧板上的肉，任人宰割。不對，讓我這樣說吧：我要掌握自己的命運，當我死了，我要感到一生圓滿充實。換句話說，我不想讓自己後悔沒過另一種生活。」

「你如果不是自大狂，就是蠢人一個。就連哈姆雷特，身爲王子，也不能控制自己的命運。又有誰能呢？」

「你不明白。我是說作出自己的人生選擇。」

「你總是有自己的選擇。」

「好吧，讓我說得簡單點，我寧可做一把刀，也不願做一塊肉。」

「你瘋啦，你要害別人？」

「不，我要過一種積極的生活。總有一天你會明白我的意思。」

她勉強地笑了笑，皺起鼻子說：「你以爲我們還會有那一天嗎？」

我的心往下沉，但我還是掙扎著說：「梅梅，你知道我多麼愛你。」

「光愛是不夠的。」她咬著左嘴角，目光黯淡。

「那你還要什麼？」

「我要在北京發展。如果你放棄這唯一的機會，我們怎能在一起？」

我答不出來。

她站起來，彎身拉起短襪。「你還有一天時間決定參不參加考試。」她說，看都不看我一眼。

「我不參加。」

「那好，我們就到此爲止。祝你升官發財。」她走向房門，抓住門把手。她似乎猶豫了一下，好像不知道該不該走出去。我注意到她胖了些，大概重了五、六斤，但身材依然苗條，細腰直背。

我還來不及站起來，她猛地轉過身，朝我邁出兩步，幾乎是氣乎乎地說：「我知道你爲什麼放棄。」

「爲什麼？」

「因爲首都人才濟濟，而你害怕跟你專業裡的其他人競爭。你是個**懦夫**，沒膽量去北京！」

我喉嚨塞住了，開始咳嗽，俯身在辦公桌上，一邊用手搓胸。我想大聲對她叫嚷，替自己辯護，但半句話也說不出來。她凝視我幾秒鐘，然後走出房門。

「別走，等一等，梅梅！」我終於喊出聲來。走廊裡沒有回應。

我踉蹌地站起來，把堵在喉嚨裡的話吞回去。她的腳步聲漸漸遠去，終於消失。我撲通一聲坐在椅上，雙臂擱在玻璃桌面，臉埋在雙臂裡。

我原打算在她回來後跟她做愛，心想也許親密關係有助於我說服她，至少使她明白我的看法。我甚至買了一包「超敏感」避孕套。但她回來後，服喪的環境使我不能親密地接觸她。有別人在場的時候，我連偷偷吻一下她也不敢。追悼會過後，我僅能抓到幾次機會捏了捏她的手，和兩次拍了拍她的臀部。除了害怕和礙於環境之外，事實上我根本沒法找到她——她總是不在家。

我終於明白，她已向我發出最後通牒。我感到受了傷。她已經變了，變得比以前冷，比以前更理性，不過我難以肯定這到底是發自她內心，或只是她爲了對付我而擺出的姿態。更讓我心煩的是，她完全不願意從我的角度考慮。無論我說什麼，她好像都只當耳邊風。最糟糕的是，「懦夫」兩個字扎痛我的心。

第三十二章

彭書記一見我便說：「萬堅，你出色地完成了調查任務。班平應該請你吃飯。等他入了黨，我會告訴他這件事。」她抹了抹頭髮，顯然想起了什麼。「啊，差點忘了，我有事跟你說。」

我知道是關於我的最新決定，所以我間接引入正題：「彭書記，關於考試，我已改變主意。我決定不參加了。」

「眞的？」她興高采烈，下巴那顆毛茸茸的痣似乎也在顫動。

「絕對是眞的。」我說。

「好啊。要是這樣的話，我得給研究生院打個電話，讓他們撤銷你的考試資格。但我必須告訴你，你不能去政策研究室。」

「爲什麼？」我吃了一驚。

「讓我坦白說吧，萬堅。政策研究室要用一個黨員，因爲他們接觸大量機密文件。至少你必須像班平那樣是個快要入黨的人，他們才會考慮。」

我呆掉了，一時語塞。三周前政策研究室那個職位還沒有要求申請者是黨員，爲什麼突然來了這個限制?這個改變一定是彭英自己搞的。

「對不起,萬堅,」她繼續說:「我實在幫不上忙。你從來沒有申請入黨。即使你現在申請,也不可能考慮讓你擔任那個工作。」她雖然表示遺憾,但似乎難掩一臉得意。就連她的聲音,也變得爽朗。

我轉身跌跌撞撞走出辦公室,頭腦一陣暈眩。我剛關上門,就聽見她拿起電話筒給研究生院打電話,取消我的考試資格。我怎麼也無法想像,我生命中最重要的決定,竟建立在一個不可靠的假設上,建立在一個幻覺上。好一個自以爲是的蠢貨!爲什麼我不加懷疑,竟以爲自己有能力從一塊肉變成「一把刀」?爲什麼我沒有認眞考慮過,如果我不是黨員,我進入官場的如意算盤隨時會打錯?梅梅說得對——我不知道自己在這世上的位置。

整整一天,我什麼事也幹不了,鬱悶難排,幾乎要窒息。我不停地打嗝,滿肚子胃氣。我明天該去考試嗎?我不情願。再說,彭英已撤銷我的名字。如果我要重新登記,必須先徵得她同意,而她是不大可能批准的。爲什麼她巴不得撤銷我的資格?我眞希望能知道。

由於燒心,我沒有吃午飯。然而,不管我怎樣苛責自己糊裡糊塗,我還是相信應該過一種不同於楊先生的生活。我絕不想通過讀博士這種途徑去北京。與此同時,我感到走投無路,不知道該怎麼辦。要是我能跟梅梅和解就好了。我不介意向她承認我是自命不凡的傻瓜,我需要她,不能失去她。我心底燃燒著一片渴望,渴望她回心轉意,儘管我不知道該怎麼做,我們才能重歸於好。

晚飯後我上楊家去找梅梅。她母親來應門。楊太太疲態畢露,有點兒衣著不整。然而跟我說話後,容光便漸漸煥發起來。她身穿黃色襯衣和褐紅色裙子，腳踏淡紫色泡沫橡膠拖鞋。她似乎沒有因丈夫逝世而太過於悲傷。

她剛給我倒了一杯茶，我便問她梅梅在不在家。她一臉驚訝地說：「你今天沒見過她嗎？」

「沒有。」

「我還以為你們在一塊兒。」

「我最後一次見她是昨天下午。」

「眞的？她今天早上出去，還說要到半夜才回來。」

一定是出了什麼岔子。梅梅今天跟誰在一起呢？我尋思。她在城裡有什麼朋友嗎？

我的心一陣隱痛，鼻子塞住了，但我盡量沉住氣。我對楊太太說，我跟梅梅發生一點摩擦，主要是因爲我決定不參加考試。她沒出聲，靜靜聽我解釋我的想法，目光不時閃爍，表示同情。她似乎不反對我的決定，然而我拿不準她對我的一番道理明白了多少。

我說完，屋裡一時寂靜無聲。我想起了一件久藏心底的事，於是不顧環境是否合適，就問她：「你認識一個叫麗芬的女人嗎？」

她張大眼睛。「她怎麼啦？」

「楊先生神志不清時，經常提到她。」我裝得泰然自若，儘管心裡撲撲跳。

「我沒見過她，也不知道她死活。」她用平靜的語調說。

「楊先生老是提到她，說他終於又跟她見面了。」

「那只是幻覺。他也不知道她的下落，這點我可以肯定。」

我心裡難受，話越來越少，不知道該不該再談這個不愉快的話題。我實在不該跟她提起。

「愛總是一廂情願，眞可笑。」她說。「那女人把他當作破布拋掉，可他一輩子忘不了她。我敢說他愛她勝過愛我。這個看不見的情敵讓我絕望，我沒辦法贏得他的歡心，不管我怎麼努力。」她露出苦臉，皺起下巴，兩眼噙著淚水。

想到楊先生在睡夢中怎樣用嚴詞斥責她，我沒作聲。

她嘆息道：「我只希望梅梅不會走上我的錯路。婚姻弄不好就變成地獄。」

「我愛她。」我說。

「這我一開始就知道了。」

又是靜默。我盤算是不是該走了。

這時她問道：「你想看看你老師的骨灰盒嗎？我昨晚取回來的。」

「好的。」我答道，對她的問話感到詫異。她確實是個堅強的女人，聽了我剛才跟她說的事情，她並沒有慌亂。她對自己那場沒有愛情的婚姻，大概已經無所謂了，也不去多想了。

我起身，跟她走進我老師的書房，那也是他們的臥室。牆上掛著一對書法卷軸，一聯是「學而不厭」，另一聯是「誨人不倦」。房裡散發霉味和一股強烈的菸味。在寬三尺長兩尺的小書桌上，擺著一個骨灰盒，四角鍍金，有銅搭扣。骨灰盒前是一幀楊先生的放大照片，他穿套衫，頭髮梳得整整齊齊，白髮不多；眼睛微腫，好像剛哭過；下頜皺紋拉得緊緊的，像要顫動似的。從這照片，我能感到他那種決心，誓要保持他的生活和他的世界的完整，儘管他可能已瀕於崩潰。

我再也忍不住了，淚水奪眶而出。我坐在他的椅子上，臉埋在雙臂裡。雖然我羞於流淚，但繼續無聲地哭泣，楊太太不斷用手輕撫我的頭。「我只是不想過他那種生活。」我說。

「我明白。」

「我不想含恨死去。」

「我知道他一輩子很慘。」

「你是不是覺得梅梅已對我失去信心？」

「別傻。振作起來，萬堅。給她一點時間，她會回心轉意的。」

雖然我沒把她的話當眞，但我命令自己，別哭！她會告訴梅梅。快別哭了！

幾分鐘後，我恢復平靜，用衣袖擦了擦臉。窗外，楊先生和我一起在木柵欄下種植的十來株向日葵，已經半死，闊葉在炎熱中已經枯捲。我去農村前，曾隔一天給它們澆一次水。

我回到宿舍時，見床上有一封梅梅的信。同屋們都不在，所以我不知道她是什麼時候來的。我拆開信，她字跡潦草，寫在印有平行線的紙上。

堅：

既然我們夢想不同，必須各走各路，那我們分手好了。這對我是個痛苦的決定，卻是必要的。祝你生活和事業一帆風順。

梅梅

一九八九年六月一日

我失魂落魄，腦袋發麻，頭皮隱隱作痛。我在黑暗中坐了整整兩個小時，思緒紛亂。一對壁虎棲息在紗窗上，像兩個問號，在月光下閃爍著黃褐色的光。壁虎上方，幾隻草蛉一動不動，像黏在篩孔上似的。天氣悶熱，連蚊子也懶得不想飛，唯獨屋外的蟋蟀嘶鳴不絕。我不知道如何收拾這爛攤子，真想找個人傾吐。

第三十三章

「你們這些傢伙太令人作嘔了！」滿韜對我說，然後往水泥地板上吐了口痰。「解放軍坦克已經開進北京，準備鎮壓學生，你們今晚還有興致開舞會。」

「應該表明正確的政治態度了，萬堅同志！」胡然附和道。他躺在床上，只穿褲衩，我和滿韜則坐在書桌前。

我說：「哪怕他們給我一百塊錢，我也不願在那裡露面，但上面有命令，我們必須出席。」

「要是我有顆炸彈，我就把它扔到舞廳裡。」滿韜說。他皺起胖乎乎的臉，好像不小心咬到一粒沙子似的。

「好啦，別這麼兇。」我一邊說，一邊在一隻破損的杯上撣菸灰。那隻杯的柄摔斷了，被我們拿來當菸灰缸。

雖然遭到我們有些人的強烈反對，但是校方拒絕改變應屆畢業生告別舞會的時間。每個系都採取措施，確保有足夠的人出席。舞會將在教學大樓底層一個小禮堂裡舉行，時間是晚上七點。

我到達時，已有不少研究生在那裡了。禮堂門上方有一橫幅，宣稱「到祖國需要的地方去！」禮堂裡，天花板下懸著彩色汽球和三角旗，每當有人經過，它們就會輕輕飄動。八個掛在鍍金鏈上的毛玻璃燈罩恍似龐大的圓麵包，把四面的白牆變成黃色。有人坐在排列成大馬蹄形的長椅上，但大部分人都站著，手裡拿著飲料在閒聊。舞廳充滿嘈雜的嗡嗡聲，像車站。

維亞和一小群女研究生在那邊，她們有些直接從瓶口喝果味汽水。維亞穿一身無袖黑連衣裙，右胸前別著一朵小白菊花。她的衣著似乎表明，她還沒有忘記我們老師去世。正當我在揣測她從哪裡弄來鮮花時，她看見我，並向我微笑。我揮了揮手，走過去。她不自覺地摸了摸胸前的菊花，她的手比以前更纖細了，像半透明似的。彭書記正在角落裡跟宋教授說話，宋教授最近左眼視網膜脫落，所以左眼戴著眼罩。彭英時不時朝維亞和我這邊瞟一眼。

「你還好吧？」維亞用關心的語氣問我。

「不是太好。」

「你看上去跟平時不大一樣。發生了什麼事？」

「我跟梅梅分手了。」

接著是一陣靜默，她凝視我，目光一下子變得黯淡。她低聲說：「想不到楊先生去世給我們兩個人帶來這麼大的影響。」

「我的世界崩潰了。」我說，心想我們各自的生活發生了多大的變化。她大概是變好。她因我們老師去世而得益，不是嗎？至少他一死，她也就自由了。雖然這事情想起來令我感到痛心，但我發現一跟她說話，我整個人就平靜下來，幾乎像有了一種安全感。每當我跟她在一起，我就有這種安全感，而每當我跟梅梅一起，我總是興奮又焦躁。這大概就是我被維亞吸引的一個原因。我也曉得，她可能是主動跟楊先生結束關係，誰也不應因此責怪她。她還能怎麼做呢？不過，我倒是對她能夠如此從容感到不可思議。她看上去純眞如同一個小姑娘，但另一方面，她又是一個泰然自若的女人。這使我無法鄙視她。

她湊近我，輕聲說：「我要離開學校了。」

「什麼？你要去別的地方工作？」

「不，我會留在城裡，做自己的事情。」

「我不明白你的意思。」我無法想像她放棄正式工作，幾個星期前她還在擔驚受怕，唯恐失去這份工作呢。

「我會靠賣我的畫來養自己。事實上，我上星期賣了兩幅。楊先生去世後，我對人生有了很多想法。我已經三十一歲了，天知道我還能不能再活三十年。我爲什麼要繼續這樣活下去，任由別人隨手碾來碾去？」

「你眞勇敢。」我明白，楊先生一走，她確實沒理由繼續在這裡待下去。再說，放棄教職，擺脫彭英的掌握，不失爲利索的一步。雖然我理解她此舉的邏輯，但我依然感到驚愕：沒想到她這麼有主見、有魄力。「你做事眞果斷，佩服。」我對她說。「譚魚滿怎麼看這件事？」

「他支持我。」

「那就好。」

「哦，對了，我畫了一幅楊先生的肖像。你想不想過來看看？」

「當然想，在哪裡？」

「在魚滿家裡。」

「我周末過去。」

有人大聲擊掌。「請注意，請注意。」黃副校長對著麥克風說。大家安靜下來，有些人坐下。禮堂裡凳子不夠，很多人繼續站著。譚魚滿從維亞背後出現，站在她身邊。他今天興高采烈，嘴巴合不攏，老對人微笑，眼睛四下裡瞟來瞟去。他反剪雙手，像個沾沾自喜的官員，但看上去有點蠢。我朝班平那裡走去，心裡還在想維亞的決定。我不敢相信她竟能在這麼短的時間裡，利用譚魚滿那套房子，在藝術上取得突破。要是有多些機會，天知道她會有多大的成就。

副校長開始宣讀告別演講。他興致勃勃地照著一札講稿唸下去，一頭銀髮閃閃發光。他唸三兩句就咂一下舌，令人心煩。班平和他老婆在一起，她拿一本雜誌當扇子晃。他顯然被冗長的演講悶壞了，便對她說，他要到外面吸根菸。他拽拽我的衣袖，於是我跟他一塊離開禮堂。自從楊先生的追悼會後，我們再沒見過面，我正想跟他聊聊。他眼睛黯淡無光，眼角黏著發白的眼屎，大概是因爲近來在拼命寫偵探小說。我們剛走到門廊，他就問我爲什麼不參加考試。

「就是不想考了。」我沒好氣地說。

「是不是因爲楊先生去世？」他問。

「你怎麼看？」

「我覺得你神經過敏。你這樣放棄，未免太隨便了。如果你不去北京，你跟梅梅的婚事怎麼辦？」

「我不知道。」我感到惱火。兩星期前，他勸我離開學院，還向我保證我不是黨員也能進政策研究室。他顯然已經聽說我不是黨員，得不到那份工作。我倒是想問他，知不知道那份工作是怎樣突然多了那個新要求的。

我沒來得及問他，就見到彭書記走出禮堂，大聲說：「你最近去了哪裡，萬堅？我到處找你。」她在作戲，她剛才明明看見我跟維亞在一起的。

「什麼事？」我問。

「我們需要知道你下學期打算教什麼課。」

「什麼都行。」

她措不及防，接著說：「我是認眞的。」

「我知道你一向認眞。」

「你這話是什麼意思？」

「你明白。」

「我不明白。」

正當我想繼續說下去，突見梅梅和一個高大的男青年出現在樓梯頂，手牽著手。那男人身穿嶄新的小禮服，打著大蝴蝶似的領結。我在一些西方電影裡見過穿小禮服的男人，但從未見過一個眞人穿這樣的上衣。梅梅穿一身綴有紅色圓點的白連衣裙，腰間束一條米色人造皮帶，凸顯出她結實而勻稱的腰肢；裙子微微鼓起，在樓梯平台強光的反襯下，她流線型的大腿和內褲若隱若現。這是我第一次看見她化妝——臉略施脂粉，兩唇嫣紅，雙眉描成俄國式弧形，從鼻側伸向太陽穴。這模樣使她看上去老了幾年，但依然魅力逼人，像個女演員。另一方面，她兩條剛好觸到頸底的小辮子則使她減少異國情調。經這麼一化妝，她的臉變得有點刻板，微笑時並不朝著任何人。她和那男人走下樓梯，當他們向禮堂大門走去時，她放開他的手。我呼吸急促，但強迫自己鎮定地面對她。彭書記和班平朝他們招招手。顯然他們都認識那男青年，他也向他們揮揮手，咧嘴微笑時露出一副大牙。他問道：「我們遲到了沒有，彭阿姨？」

「沒有，剛好來得及。還沒開始跳舞呢。」彭書記回答，綻開討好的微笑。

那男人這麼親昵地跟彭英打招呼，讓我感到奇怪。梅梅無動於衷地走著，昂首挺胸，鞋底的細高跟在水磨石地板上發出清脆的卡嗒響。我打算跟她打招呼，甚至兩次張開口，但又把話吞下去，因爲她不屑於瞥我一眼，好像我完全是個陌生人，而去年夏天她不是跟我而是跟另一個男人度過許多銷魂之夜。我感到自己像個腦頭簡單、四肢不全的人。

那男青年高瘦、長著馬臉，蓄著稀疏的鬍鬚，像個花花公子。他的頭髮又濕又亮，大概塗了足足一杯潤髮油。他們經過我身邊，梅梅留下一陣薄荷香味。雖然那傢伙的黑小禮服看上去非常昂貴，但他那條暗藍色褲子又長又鬆垂，褲腳擦著地板。

班平半張著嘴巴看著他們經過。他朝我搖了搖厚實的下巴。「這一切全是因爲你不上北京？」他問。

「他是誰？」我幾乎是大聲喊道。

「他是黃副校長的兒子，獨生子，在北京外語學院教書，能講流利的法語。聽說他今年秋天要去巴黎大學做研究，但我不知道他跟梅梅這麼親密。」

我太陽穴撲撲直跳，開始感到眼花撩亂。我不自覺地伸手抓住班平，穩住自己。

「別激動，別太激動！」彭英說。

我幾秒鐘就恢復平靜，儘管心還在發抖。我一腳高一腳低地匆匆走開，想找個沒人打擾的地方，理清思路。

我走出大樓，躲到幾叢丁香後。我坐在一個窗下，背靠著牆，把頭埋在雙手間。我睡落了枕，頸肌僵直，還在疼著。約五十米外，在一個彎曲的斜坡上，兩個女生正在用乒乓球拍打羽毛球，球落在球拍上，發出有節奏的得得聲。遠處有人在笑，笑聲在漸濃的黃昏裡時高時低。

我的思路開始清晰起來。原來這就是梅梅拋棄我的緣由。那傢伙在北京，不用說已跟她來往很久了。我終於明白黃副校長探望楊先生的用意——不是爲了維亞，而是爲了梅梅。他想幫他兒子與我的未婚妻建立關係。他要求「讓她自己決定」，指的就是這個。他是在要求我老師別干預他女兒的私生活。我原以爲楊先生臨終前囑我「救救她」，是指救維亞；現在終於眞相大白，他心裡想的是自己的女兒。但梅梅並沒有任何危險呀！她是自願拋棄我的。她跟了那男人，可能就是看準萬一她沒考上兒科學研究生，也可以留在北京。她完全懂得怎樣保護自己。

彭英是怎麼跟黃副校長串通的？無疑，她一直都在幫他兒子。她派我每天下午去照料楊先生，是爲了使我分心，不能集中精力應付考試。她讓我出差去農村，也是爲了浪費我的時間。現在我明白了，當我告訴她我想退出博士生考試時，爲什麼她得意忘形。她一直是黃副校長的同謀，她的任務是讓我考不及格，使我不能去北京跟梅梅會合。

楊先生去世後，我一直都在納悶誰是他的敵人——他臨終時希望殺死的那些人。不言而喻，其中一個就是黃副校長。

坐在越來越濃的夜色裡，我感到自己像一隻小蟲兒，陷在蜘蛛網裡。我愈是掙扎，身上的細絲就纏得愈緊，一點一點地窒息我。這時我想起楊先生所描述的那間四壁都是橡皮的黑房。我也感到自己困在破不了的繭裡，不同的是，我還有希望逃走。

我回到宿舍時，滿韜宣布：「我明天早上要和幾個本科生去北京，到天安門廣場示威去。」

「他要去參加革命。」胡然對我說。我沒吭聲。

「想不想跟我們一塊去？」滿韜問他。

「給一千塊我也不去。」胡然答道。「我下個月就要結婚了。」他是在開玩笑，他連女朋友都還沒有呢。

「那你呢，萬堅？」滿韜問。

「我錢包空空的，沒錢坐火車。」我實話實說。

「沒問題，我可以給你五十塊。瞧，我有錢。」他從褲袋裡掏出一疊鈔票。肯定是有人給他這筆旅費，因爲他比別的研究生還窮，常常得省吃儉用。他每個月都要寄二十五塊錢給在武漢唸大學的妹妹，相當於他一半的助學金。

「哎喲，他今天多豪爽。好一個慈善家。」胡然插嘴道。

滿韜說：「我們已決定去北京參加鬥爭。如果我們現在不參加，中國就沒希望了。」

「我跟你們去。」我說。

「你不是開玩笑吧？」胡然問我。

「不是。」

「你怎麼突然對政治感興趣啦？」他追問。

「這裡太悶了，我想去北京呼吸點新鮮空氣。」

「你倒是有可能呼吸到火藥味。」

「那也不錯。」

滿韜激動地說：「萬堅，你夠朋友，是個眞正的男子漢！」他遞給我一杯青島啤酒，我接過來兩大口就喝掉。我跟他們不同，我沒有堂皇的目標或民主自由之夢，也沒有救國救民之心。我主要是出於個人動機——我被絕望、憤怒、瘋狂和愚蠢驅使著。首先，我要向梅梅證明我不是懦夫，可以在任何時候以我自己的方式去北京。其次，我想在束縛我的繭上戳開一個洞，而我不知怎的，覺得北京——這個國家患病的心臟——正是我要捅進刀子的地方。我瘋了，思路不清，卻有一個強烈的慾望：證明我是一個男子漢，敢於行動，也能選擇。我就這樣頭腦發熱地奔赴北京。

第三十四章

六月三日早晨，我們坐五點半的火車去北京。在一片薄霧裡，曙光初露。兩位老師到月台來爲我們送行。一位是凱玲，另一個是我們學校的足球教練，他兒子也在我們中間。凱玲穿風衣，戴墨鏡。她在離我們約二十米的鐵欄邊，跟滿韜竊竊私語。接著她交給他一個折好的信封，我懷疑裡邊是現金。據說她翻譯德國現代小說賺了不少錢；跟大多數窮教師不同，她請了個女保母，幫她煮飯和做家務。自從楊先生去世後，我發覺每次碰見她，她總是閃避我，大概是她以爲我懷疑她與楊先生的關係，而事實上我一向覺得他們之間純粹是一種友誼。

火車開動時，兩位老師向我們說再見。火車平穩地出站，好像被月台上數十隻揚起的手推著走似的。

我們坐好不久，大家便推選滿韜和我當頭頭，因爲隊伍中只有我們倆是研究生。這些本科生覺得滿韜和我大他們四五歲，對政治鬥爭的認識比他們多。我原不想當什麼頭頭，但經不起他們一再勸說，只好勉強答應。我對自己的新角色感到不自在。每當他們有人叫我萬副團長，我就很不是滋味。

火車沿著北方一片渾濁的湖吭嚇吭嚇地行駛，湖面浮著一叢叢駁雜的綠色和暗灰色蘆葦。一群家鵝像一團白點，幾乎靜止不動地浮在遠方一片被朝陽照亮的水面。過了湖，風景似乎突然收窄。晨霧漸漸消褪，儘管火車的窗玻璃還在淌著霧水，模糊了沿途一望無際的花生地和麥田，一排排矮桑樹把它們分切成一塊塊。車廂前排有個嬰兒放聲大哭，他母親怎麼努力都沒法使他安靜。嬰兒的吵嚷聲混雜著輕柔的台灣歌曲和刺鼻的菸味，使我有點頭暈。地板上撒滿瓜子殼、糖果紙、冰磚盒、雞骨頭。在我們腳下，車輪有節奏地磨輾著，但是噹啷聲實在太吵，我們說話都得扯高嗓門。由於談話困難，我們大部分時間都不出聲，除了偶爾罵罵政府。許多本科生都表情嚴肅，彷彿一夜之間都成熟了。

一個戴藍色鴨舌帽的高瘦乘務員提著大水壺走進車廂，逐個座位逐個座位爲乘客倒開水。除了少數人例外，我們大家都拿出缸子。多數本科生都泡起一個男生帶來的紅茶。早餐時，有些學生把方便麵掰開，放進杯裡，用熱水浸一會兒再吃。乘務員知道我們要去北京參加示威，所以特別耐心地招待我們。跟他們不同，我太睏了，沒心情喝茶吃東西。雖然頭頂上有一個帶鐵絲罩的小風扇不停地轉動，但是車廂裡越來越熱。我身旁那個沾滿煤漬的車窗卡住了，打不開，沒法透進新鮮空氣。擴音器裡播出的新聞無聊極了。我閉上眼睛，上身倚著窗框，頭枕著前臂，很快就入睡了。

晚上火車快到首都時，我們開始制訂下一步計畫。我們決定打出我們那面印有「山寧大學」的校旗，一起走向公共汽車站，再乘車去天安門廣場。我們不知道該乘哪路車，有人說是二十路，有人說是十四路，有人說是一路。但這應該不是問題，我們總可以打聽清楚。

火車晚了兩個小時，晚上八點我們才下車。出了車站，我們被告知，暫時沒有公共汽車服務，因爲所有的車輛都去堵塞街道，阻止解放軍進城。連地鐵也關閉了——有謠言說，軍方正利用地鐵把軍隊運入市中心。一個穿鐵路制服的瘦女人給我們每人一張油印傳單，上面寫有各種口號，例如「祖國在危急中！」「這是我們最後的鬥爭！」「救救共和國！」「阻止軍隊進入首都！」「解除戒嚴！」「打倒腐敗政府！」我有一種不祥的預感，好像遠處正在發生什麼事情。有人暗暗傳說，軍隊今晚要清理天安門廣場。

本科生們聚集在滿韜和我周圍，迷惑、疲倦又害怕。滿韜和我沒來過北京，所以我們也不知所措。我們甚至不知道是否還要按原計畫向天安門廣場進發。滿韜不斷咧嘴而笑，向其他人保證我們一定有辦法，但我能感到他也慌張。他離開我們，去打電話，但十五分鐘後他回來了，有點沮喪，說沒法跟學生自治聯合會的任何人取得聯繫。他的腮幫子鼓起來，嘴角下垂。

一個儀態威嚴的老漢告訴我們，在某些地區，軍隊已打起來，想強行進城。「孩子們，」他搖了搖腦說：「這個國家沒有指望了。你們最好還是回家吧。別在這裡丟掉性命。上面那些狗雜種眼睛不眨一下就會把你們幹掉。回去吧！」他說話時，熱淚盈眶。確實，我們聽到西邊傳來幾聲槍響，還可以看見天空中閃起幾簇粉紅色的光。老漢離開後，那個發傳單的女人告訴我們，昨夜幾個警察用大頭棒把他兒子打得死去活來。

怎麼辦？我們在火車站前就地坐成一圈，簡略地討論了我們的處境，然後說好徒步去天安門廣場。我們決定分成兩組，因爲不知道大家是否都能到達那裡，也擔心會遭警察攔截。雖然我們不熟悉這座城市，但是去廣場並不困難。我們可以問路，況且不少人似乎也要去廣場。

就在出發之前，我們注意到公共汽車站旁停著一輛白色麵包車，車頂有出租車的標牌。於是我們跟司機搭話，他是個三十餘歲的男人，顴骨高圓，左眉與左眼之間長著一個疣。他說去一趟市中心收費二十塊，但聽說我們要去天安門廣場，他便笑著說：「我可以免費載你們去，但不知道去不去得了。大多數街道都被封鎖了。」

「你能把我們拉到哪裡就算哪裡。」我央求道。「我們全都沒來過北京。」

「好吧，上車。」

我們一再謝他，幾個女生甚至叫他叔叔。我們這組一共十六人，紛紛爬進麵包車裡，但它最多只能容納十四個人。

「好啦，不能再多了。」那男人喊道。「這是輛舊車。如果超載，會爆輪子。」

我們只好把兩個男生留在滿韜那一組，然後朝城裡進發。街道非常混亂，到處擠滿行人和自行車。有些地方顯然是白天來過很多人，滿地水果核、香菸盒、傳單、板條箱、玻璃瓶。在一條寬敞的大街上，四輛雙節公共汽車並排著，形成一道路障，車胎全被放掉氣。我們不得不左轉，拐入一條小巷。看來，北京市民是堅決要阻止軍隊了。司機告訴我們，他是個退伍軍人，一年前辭掉鋼鐵廠的工作，他說要不是擁有這輛麵包車，他一定會加入工人「飛虎隊」，那是個最積極支持學生的組織。「眞有意思，我倒覺得現在是這輛車擁有了我。」他說。「我不敢再像以前那樣天不怕地不怕了。」

我們老要停車，掉轉方向。大約半小時之後，司機無奈地對我們說：「你們最好在這裡下車。我沒法送你們去天安門廣場了。我已試過三條不同的路線，全都被堵了。其實，廣場離這裡不遠，最多走十分鐘，但我實在幫不了你們啦。」

我們下了車，再次多謝他免費載我們。我們按照他的指點，朝天安門廣場方向走去。但剛走了約一百米，便遇到一大群人，足足有兩千之衆，他們團團圍住一隊軍車，軍車後面全用帆布遮蓋著。車隊由六輛頂部架著重機槍的裝甲車打頭陣。市民懇求士兵們別再往市中心去，怕他們會傷害學生。有些市民高呼「人民軍隊爲人民！」「我們熱愛子弟兵！」「不許屠殺年輕人！」等口號。這時，高樓背後，天空呈棕土色，彷彿遠處正在著火。雖然我已吩咐大家緊挨在一起，但很快就有人掉隊。兩個女生消失在人群中，我怎麼也找不到她們的蹤影。我正考慮如何應對之際，人群突然湧過來，一下子把我們推往不同方向。我驚慌地四下張望——我們整組人已被衝散，多數已從我視野裡消失，沒消失的，也都不在我身邊。

跟其他人失去聯繫之後，我躋身於人群中，朝前擠，想看看士兵們是什麼模樣。我去不了前面，只好半路停下來。這時我看見一個長髮遮耳的扁臉男青年，站在第一部裝甲車的後門旁。他看上去像個大學生，正向車裡那些滿臉塵埃的士兵慷慨陳詞，告訴他們，他們被政府騙了，首都秩序良好，不需要他們到這裡來。

「他們也會撤回去，像早晨那群士兵。」一個穿工作服的男人對其他人說。

「但這肯定是另一支部隊。」

「他們也屬於三十八軍嗎？」

「難說。」

「昨天一個軍官說他們絕不會傷害老百姓。他倒像是個好人。」

「對，我們送給他的部下們一筐黃瓜後，他便說了那句話。」

「但眼下這些士兵看來不一樣。」

「是呀，像一幫土匪。」

前面的人群中突然有人喊道：「喂，問問他們是哪個部隊的。」

「對，問問他們。」

過了一會兒，一個學生高聲回話：「他們是二十七軍的。他們說他們也不想進市中心，但上面有命令，一定要去天安門廣場。」

「告訴他們，要過我們這關，除非把我們老百姓殺了。」

「對，我們絕不讓他們去天安門。」

大家七嘴八舌地議論起來。這時一輛吉普車嘟嘟響起喇叭，車裡坐著一個方臉的少校和兩名衛兵，他們全都戴鋼盔。老百姓讓出一條路，使吉普車可以開到前面，因爲他們以爲那軍官是來命令部隊撤退的。我抓住這個機會，在人群中往前擠，靠近了第一輛裝甲車。高個子少校下了吉普車，走向那個仍在跟士兵們說話的學生。這軍官十分英俊，令我印象深刻：大眼、濃眉、直鼻，牙齒潔白又結實，下巴豐滿，是做將軍的料，至少儀表如此。跟部下們不同，他穿一件有四個袋的上衣，結一條黑領帶，肩章上有兩槓一星，束著紫腰帶，屁股左邊掛著一副望遠鏡。只見他一言不發就拔出手槍，朝那學生頭上開了一槍，那學生應聲倒地，踢動著兩腿，接著直僵僵，停止了呼吸，腦漿溢到柏油路面上，像搗碎的豆腐；擊碎的頭顱冒出一縷水氣。

大家都震呆了，有兩三秒鐘沒緩過神來。接著人群開始往後潰散，亂成一團。少校掉過頭，大聲向士兵們下命令：「前進！誰擋道就向誰開槍。給這幫暴徒一個血的教訓！」他手一抬，朝天鳴槍。

軍車開始一輛接一輛地蠕動，接著突然向前猛衝。人潮左搖右晃，拼命躲閃，以免被撞。所有裝甲車和卡車開始行駛，像一條發瘋的龍，滾滾向前。霎時間槍聲大作。軍隊朝來不及迴避的人開槍，也朝我們這些開始撤離的人開槍。

「眞子彈！」一個女人尖叫。

「媽呀！」

「哎喲，我的腿！」

「大家逃命啊！」

「我要殺光你們這幫流氓。來吧！」一個士兵哇哇叫著，不斷用衝鋒槍掃射。同一輛軍車裡的幾個士兵則一邊開槍，一邊狂笑。

「讓你們見識見識爺爺的脾氣。」另一個士兵喊道，手裡的步槍砰砰響。

「別扔手榴彈！」少校命令道。

又是一片槍聲，人群朝各個方向潰散。我不知道哪裡安全，只是一個勁地跟著前面一個女人奔跑。她看上去像個大學教師或研究生，留一頭短髮，戴銅框眼鏡，穿一件有多道腰褶的暗藍色連衣裙。我們接近一道高高的廣告牌時，一串子彈掃倒了我前面幾個人。那個年輕女子也倒下，然後掙扎著爬起來，一瘸一拐地向前躥，尖叫著，雙手捂住流血的左腰。她一隻鞋掉了，白襪子被血浸透。我把她拖到一邊，以防她被踩死。她跌坐下去，但我不敢停下來扶走她，因為更多子彈嗖嗖從身邊劃過，迸出一條條火光。我跟著人群逃命，跑啊跑，終於來到一條小巷。我的心猛烈地打鼓，渾身戰慄。

稍微平靜了之後，大家開始痛罵和哭泣。我也哭起來，但我嚇壞了，說不出話來，老是流鼻涕。過了一會兒，有人喊道：「打倒法西斯！」大家跟著他一齊怒吼。我們不停地高呼「打倒李鵬！」「解放軍見鬼去！」「以牙還牙，以眼還眼！」我們繼續叫喊，子彈劈劈啪啪地打在巷口的牆壁上，磚塊的碎片紛紛掉下。

我們一直喊到聲音沙啞才停止。開始議論起來，猜測軍隊為什麼突然狂性大發。然而，隨著事件的兇暴性逐漸顯露出來，我們當中許多人逐漸變得沉默。我感到孤獨和悲哀。我來這裡並不是為了參加民主鬥爭，但我現在捲入了一場對我毫無意義的悲劇中。我當初就不該來這裡。這時我想起那個被我撇下的受傷女人，她大概已經死了。為什麼我不把她拖到更安全的地方？她大概已流血至死，或者被踩死了。**懦夫！**我甚至不能向自己證明我不是膽小鬼。想到這裡，我又淚如泉湧，忍不住痛哭起來。一個老婦人輕輕拍了拍我的肩膀，自言自語地說：「老天啊，救救天安門廣場那些孩子吧！」

她這句話提醒了我，軍隊正開往廣場，清理那裡的學生。完啦！我心口一緊，又感到一陣發麻的疼痛。

「我操鄧小平他娘！」一個男人罵道，一對圓眼睛蓄滿怒火。他有一張鬍子拉碴的臉，兇相畢露。

「一定要李鵬來償命。」一個矮女人插嘴道。

「我知道他女兒住在哪裡。過幾天我就去把她的家給炸了。」

「對，他們現在是咱們的階級敵人了。」

停了一下，有人接著說：「部隊一定是吃了什麼藥。」

「對，他們像瘋了似的。」

「那個少校滿嘴酒氣。」

「他們是另一支部隊。聽說他們是從大同那邊調來的。」

「一幫土匪。」

這樣咒罵和議論了約一個鐘頭後，有些人開始煩躁起來，急著要回家，或尋找出去堵截軍隊的親友。但他們剛踏出巷口，立即就被一陣槍火逼回巷裡。顯然，部隊決心不讓任何人上街。一個擴音器播出命令，要求所有市民遵守戒嚴令留在家裡，因為人民解放軍正在鎮壓反革命暴亂，以恢復首都的秩序。聽了這項宣布，有人又痛罵起來。

一個女學生剛才試圖上街，被一顆子彈擦傷手臂。她坐在地上歇斯底里地啜泣。不時有人把頭探出巷口，看街上發生什麼事。頻頻有坦克經過，發出陣陣轟隆聲。我細細打量被困在小巷裡的一百來人，但找不到我們小組的任何人。我很擔心他們的安全和下落。

我坐在角落裡，又累又餓，很快就沉沉入睡，也不管身邊人來人往。我睡了兩三個鐘頭，其間模模糊糊聽見又有一個人在試圖離開時受了傷，被抬回巷裡。我醒來時，不停地發抖；夜裡很冷，要是我帶來一件上衣就好了。我走到巷口，趴下來，探出頭去看個究竟。一團螢火蟲在我面前飄浮。某處響起砲聲，遙遠的天際顫動一片橙黃色的光，好像在發生戰鬥。兩三輛裝甲車停在附近的街角；更遠處，數十名戴頭盔的士兵疲態畢露，倚著樹蹲伏著，或坐在人行道邊上，他們懷裡都抱著衝鋒槍或半自動步槍。其中一個士兵朝一座公寓樓的一個窗子開了三槍，因爲剛才那窗子裡有居民罵他們。

正當我在觀察的時候，街上突然出現一個少年。他朝士兵們扔了一個空瓶，然後飛速跑開，奔向一個門洞；但他還沒進入門洞，槍聲便響了。「哎呀，我中彈了！」少年倒下，高呼救命。我們這裡有幾個人也爬到我身邊探頭觀看。

一群士兵跑過去，朝少年胸前背後亂踢一通。「別打了，叔叔！」他央求道，但他們繼續用槍托揍他。一會兒他就不吭聲了。

「我們一定要救他。」我說。

「對。」一個穿白衣裙的女人附和道。「他可能還活著。」

「向南不遠就是普仁醫院。」一個禿頂的老漢說。

「你可以給我們指路嗎？」我問他。

「我哪敢出去呀？」

我找來一把長掃帚，把身上的白襯衫脫下來繫在木柄尖上，像一面降旗。我走出巷口，向士兵們喊道：「同志，別開槍。我只是想救救那孩子的小命。他只是個不懂事的小孩兒。請留他一條命吧！」

雖然渾身哆嗦，但我逕直朝約八十米外那團躺著的暗影走去。士兵們沒有開火。接著那個年輕女人和另幾個人也相繼走出小巷，其中一個拿著一塊木板，那是從一輛沒輪的平板三輪車上拆下來的。

一名軍官命令道：「只准三個人來抬走他！」

於是，那女人、老漢和我一齊朝那少年走去。他的胸骨都被踢斷了，左腿被一顆子彈打穿，但他還沒斷氣。正當我蹲下來，準備用襯衫紮緊他的傷口時，那女人提醒說：「我們還需要那個。用這個吧。」說罷，她舉起裙腳咬了一口，一扯就撕下褶邊，然後把那條寬布遞給我。我用那布條綁住孩子的大腿止血。與此同時，老漢剝下他的上衣，蓋住孩子的傷口，以防破傷風。我們把他搬上木板，抬著他離開。

我們直奔醫院。那女人一路上揚起我的襯衫，以防士兵們朝我們開槍。

這孩子不重，約八十斤。但抬了一陣子，前面的老漢開始氣喘吁吁，步履蹣跚，我們不得不放慢速度。街上盡是帽子、袋子、鞋子、自行車鈴、外套、塑料雨衣。拐了三四個彎，我們來到一條較寬的大街，見到公共汽車和卡車在燃燒。事實上，此刻好像整個城市都在燃燒，到處都是火光和濃煙。有個地方一大堆自行車被坦克或裝甲車輾過——金屬和帶血的衣服被壓成一團。不遠處一部雙節公共汽車正在冒煙，兩節車廂中間都被坦克撞出一個大豁口。四下裡散落著水泥柱、鐵棍、自行車道柵欄、燈柱、油桶，甚至有幾隻煤氣罐。

我們到醫院時，已快四點了。醫院擠滿傷員，許多已經瀕臨死亡。有些人到達醫院前就死了。我們抬來的孩子還在呼吸，但護士們將他推入手術室後沒幾分鐘，他的心臟便停止了跳動。一位護士長悲痛地告訴我們：「誰也沒想到會有這次屠殺。我們以爲他們會用催淚彈，所以準備了一些眼藥水和棉球。許多人死了，因爲我們沒藥沒血，救不了他們。」

醫院裡傷員之多，把我看呆了。走廊和小前院擠滿擔架，上面全躺著人，有些人自己舉著點滴瓶和膠管等待治療。一個精神失常的年輕女子一會兒哭一會兒笑，撕扯自己的頭髮和乳房，她的幾個朋友在央求一位護士給她注射鎮靜劑。有人告訴我，這裡有個停屍間，但難以容納這麼多屍體，所以有些死人被暫時貯藏在後院的汽車庫裡。我走過去看一下。小停屍間剛好毗鄰汽車庫，三個護士正在那裡忙著登記屍體和收集死者的資料。一對老夫婦哀號著，他們剛剛發現死人堆裡有他們的兒子。大多數死者都是頭部或胸部中彈。我看到一個男青年肚子上有三處捱了刺刀，手上有一道長長的刀傷。他張著大口，好像仍在掙扎著要咬什麼東西。

但汽車庫完全是另一番景象。約二十具男女屍體堆在一起，像宰好的豬。幾條腿從死人堆裡伸出來；一個少女的手腕綁著一條橡皮筋；一張青腫的臉上，一雙眼睛依然張開著，彷彿在凝視那堵沒塗灰泥的牆。那堆屍體幾步之外，側身躺著一個灰髮女人，背部有一個彈孔，周圍結著一圈血塊兒。我彎下雙腿，蹲下來，開始乾嘔，但什麼也吐不出來。為了順過氣來，我用雙手捶胸，眼前直冒金星，火花在地板上跳躍。

三四分鐘後，我站起來，跌跌撞撞地離開。再踏進醫院時，我已疲累不堪，渾身發麻，但依然清醒。我不知道該留在北京還是回山寧。由於已不可能重新集合失散的同伴，我決定還是盡快回山寧。我向一位護士問路，才知道火車站剛好離醫院不遠。她脫下白大褂說：「穿上這個。你衣服上都是血，出去危險。」

我低頭一看，我的汗衫和褲子沾滿那少年的血。「這袍，你自己不需要嗎？」我問她。

「我們有的是。」

我感謝她，迅速穿上長袍。後來證明，它還眞是管用。我去火車站的途中，士兵們都沒有盤問我，把我當成醫務人員。這時天已經大亮，士兵們看來已經累得不想動了。我繼續朝南走，街道上行人漸多，有些街道像戰場，滿是碎鐵片、染血的水窪、焚毀的卡車和裝甲車。我感到不可思議，手無寸鐵的老百姓，竟能癱瘓這麼多軍車。雖然現在只有零星的槍聲，但是西邊仍不斷冒出濃煙。

臨近火車站時，我見到沿街停著一隊坦克。坦克砲口對著北面，發動機空轉著，後部散發著油煙。空氣中瀰漫著柴油味。有些市民正跟士兵們談話，很多人哭了，皺著臉。我停下來看。一個穿馬褲的軍官正專心聽市民們投訴，不斷搖頭嘆息，表示難以置信。在人群中，一個老頭兒舉起一塊寫著「懲罰殺人犯！」的長標語牌。一條白色橫幅上寫著「血債要用血來償！」

我身邊站著一個小夥子，他用興奮的聲音介紹說：「這些坦克是我國製造的最先進型號，仿蘇聯的T-62坦克。他們屬於三十八軍。他們是好部隊，他們開進來是爲了砲轟那些從大同來的雜種。」

「三十八軍萬歲！」一個男人喊道。

大家舉起拳頭，齊聲高呼。

「消滅法西斯！」那個男人又高喊。

大家又振臂高呼。口號使我有點激動，我的精神開始振作起來。這時我注意到坦克的砲口還套著帆布罩，所有頂部的高射機槍都被蓋著。我的心又是一沉。小時候，有一個裝甲團駐守在我的家鄉，我和同伴們經常到兵營附近玩。我們偶爾會溜進兵營裡去撿舊電池和子彈殼。每當坦克和自行火砲開出來參加實彈演習，所有帆布罩和蓋子都會先除下，然後才出發。因此，現在我能判斷，我面前這些士兵並不是準備打仗，他們可能也是要來鎮壓「暴亂」。我暗自思量該不該告訴大家眞相，最後還是決定不說。

我匆匆趕到火車站，在那裡碰見我們組的兩個本科生，一男一女。他們一見我就禁不住嗚咽起來。我不知道該如何安慰他們，反而跟他們一起哭了。

「我要寫一部小說，把這些法西斯分子全寫進去。」戴眼鏡的女生跺著腳宣布。她的眼鏡片射出兇硬的光芒。

「對，」男生附和道：「我們一定要把他們釘在歷史的恥辱柱上！」

我不知道該如何回答，因爲我不敢肯定光憑文字就能對抗這畜生般的暴力。那女生是寫詩的，經常跟一些初露頭角的詩人在校園文學聚會上亮相。

我們周圍有數百名學生在等火車，許多火車班次都取消了。有些學生受了傷，不斷地哭罵。外面開始下雨，最初一潑雨答答打在車站廣場上，白色水氣升捲而起，像滾滾煙塵，阻止我們出去尋找其他同伴。事實上，我們都嚇壞了，不敢再進城。我們一起待在候車廳的角落裡，等了一整天，才等到我們要坐的列車。

第三十五章

從北京回來後，我睡了十二個小時，也沒有完全恢復過來。我整天都待在宿舍裡，除了中午出去打熱水並在食攤上買了幾個燒餅。我一走路，雙腿就會微顫，所以大部分時間都躺在床上。胡然老問我關於首都大屠殺的事情。他是從「美國之音」聽到消息的，但他似乎一點也不吃驚，還說早就料到會有這種結果。跟他不一樣，整棟宿舍的學生都感到憤慨，有幾個勇敢的學生甚至在手臂上佩戴黑紗。我還沒有恢復平靜，所以不能跟胡然多說什麼，只是一再重複：「他們殺了好多人，好多。」

滿韜還沒返校，我很擔心。臨近黃昏時分，我出去給家裡寄了一封信，告訴他們我在北京目睹的事情。回途中我遇見滿韜他們那組的一個本科生，他是早上回校的。他說他們也沒到達天安門廣場。我問他滿韜在哪裡。

「你不知道嗎？」他那雙恍惚的眼睛突然發亮。

「知道什麼？」

「他向一輛裝甲車扔燃燒彈，臉上中了一槍。」

「他現在在哪裡？」

「我也不清楚。聽說他被送去醫院時，在路上死了。」

我胸口和喉嚨猛地緊縮起來，但我保持鎮靜，繼續問：「你們那組其他人呢？」

「我猜他們都沒事吧。有些人還沒回校。回校那些一整天都在宿舍裡哭罵。老鬼扭傷了胳膊。」

老鬼是經濟系一個骨瘦如柴的傢伙。我繼續往回走。淚水淌下我的臉頰。我眞希望自己是個將軍，能調動部隊，儘管我也知道，哪怕我眞的是，我也無法替死者報仇，因爲軍隊是由黨控制的。在靛藍色的天空中，出現一群野鵝，呱呱叫著，朝北方飛去，它們讓我想起一隊超級轟炸機。「替我報仇……殺死他們，一個也不留！」楊先生的臨終遺言突然在我心中迴響。我猛搖頭，趕走那些縈繞不去的聲音。

回到宿舍，我繼續在床上昏睡。每次醒來，就收聽我那台短波收音機，一次次熱淚盈眶。在英國廣播公司電台裡，一個記者傷心地說，估計已有五千人被殺；說衆多學生被坦克和裝甲車輾死；說由於有更多野戰軍向北京進發，隨時都有可能爆發內戰；說某位與國家最高領導層有聯繫的人士剛把四千萬美金存入瑞士一家銀行，並說據傳有關方面已預留一架大型客機，供他們萬一需要逃離中國時使用。然而，另一位來自香港的記者卻給了不同的說法。她心平氣和地說，最多有大約一千名平民喪生；說政府已牢牢控制局勢；說警察正在圍捕學生領袖，並說已有幾十名知識分子被拘留。在電台裡，外國記者們往往口徑各異，中國大陸的記者則對事件絕口不提，除了政府發言人袁木和負責清理天安門廣場的一名陸軍中校，誰也不敢評論此事。那軍官一再強調，人民解放軍已成功鎮壓這場反革命暴亂，而且沒有打死任何平民。我一會兒聽，一會兒睡。整排宿舍吵吵鬧鬧，無數個收音機吱吱喳喳。

自從上了回來的火車，我就被一個可怕的幻象折磨著。我看見中國像一個老醜婆，衰朽又瘋狂，竟吞噬兒女來維持自己的生命。她貪得無厭，以前已吃掉許多小生命，現在又大嚼新血肉，將來肯定還要吃下去。我擺脫不了這個恐怖幻象，整天對自己說：「中國是吃自己的崽子的老母狗！」叫我怎能不毛骨悚然，叫我怎能不心驚肉跳！兩夜前的騷動還在我耳旁喧囂不止，我怕我就要瘋了。

第二天上午我也沒出去。臨近中午時分，我正躺在床上聽收音機，突然有人敲門。我用胳膊肘撐起身子，叫道：「進來。」

是譚魚滿。他穿一件黃色V形領毛衣，這使他看上去挺精神，好像換了個人。見到他這一身光鮮打扮，我幾乎要罵他。他似乎有點焦急，兩隻眼睛掃視另兩張床上放下來的蚊帳，好像要確保房裡沒有別人。我坐起來瞪著他，心想他大概是上面派來的。我沒好聲氣地說：「就我一個人，什麼事？」

他咧嘴笑笑：「萬堅，我來告訴你，市公安局今天下午要來逮捕你。你得快走。」

我愣住了，接著開始爲自己辯護，彷彿他是警察。我幾乎是叫嚷著說：「我只是因爲個人原因上北京的。相信我，我生梅梅的氣，就想向她證明我不是懦夫，只要我喜歡，我隨時可以上北京。老實說，我並不要求什麼民主自由，甚至都沒去天安門廣場。你知道我從來不過問政治。」

他臉不改色。「說這些沒用，萬堅。他們已斷定你是反革命。」

「爲什麼？」

「我也不清楚。昨天下午彭英派我準備好關於你的一切材料。今天早上我偶爾聽到她在電話裡告訴警察，說如果你還沒有發瘋，那你肯定是個反革命。她已決定，要麼把你送進監獄，要麼送進精神病院。警察下午兩三點就會來抓你。你最好現在就走。」

「我什麼也沒幹，爲啥要逃跑？」

「別傻啦。這不是爭論的時候。他們昨天抓走了王凱玲。你必須馬上就走，或先找個地方避一避。」

「他們逮捕她了？理由呢？」

「聽說她資助學生，否則他們不會上北京。」

我漸漸明白他的話了。我起身收拾要帶走的東西。他焦急地說：「我得走了。別讓任何人知道是我告訴你的。」

「放心，我不會。」

他離去前，我說：「等一下，爲什麼你要冒險來幫我？」我心裡有數，知道我倆彼此彼此，互相瞧不起。

他臉有點紅。「吃午飯的時候我把你的事情告訴了維亞。她要我立即通知你，因爲她不舒服，不能親自來。」

「她怎麼啦？」

「自從聽說軍隊開始鎮壓學生，她就病倒了。」

「那你爲什麼這麼高興呢？是不是因爲有學生死了？」我忍不住要奚落他。

「瞧你，別把我想像得這麼無情無義。聽到消息後，我和維亞一起哭，夜裡我也淚流滿臉，浸濕枕頭，但我在別人面前必須裝得高興。要是我看上去快樂，那是出於習慣。要生存就得戴上面具。」

但我仍然怒氣未消。楊先生去世，給他帶來多少好處。如今他已正式擔任雜誌主編，維亞也已落入他手中，而沒多久他肯定會升為教授。難怪他精神煥發。我對他說：「告訴你，維亞和我是楊先生的學生。對我來說她不只是同學，還是朋友。如果你不好好待她，總有一天我會找你算賬。」

他吃了一驚，臉色一沉，目光依然閃爍不定。接著他嚴肅起來，說：「你為什麼對我這麼傲慢、這麼尖刻？你眞以為我是個幸運兒嗎？我和維亞剛開始約會。你以為我們明天就要結婚了嗎？我倒希望有這樣的福氣。」

我一時無話可說，只是凝視他。他接著說：「維亞實在是個好姑娘，坦白說，我感到我剛剛開始學會怎樣去愛一個女人。」他看見我還傻在那兒，便提醒我說：「你得走了，萬堅。」

我勉強說：「祝你好運。」

「謝謝。」他點了點頭，眼睛一亮。

他走後，我用冷水洗了把臉，讓自己清醒一下。從現在起，我必須鎮靜。

外面，在炎日下，小貓頭鷹舉起兩隻拳頭高呼：「好消息！大新聞！人民解放軍正在北京槍斃反革命！砰砰砰！所有坦克都在砲轟那些小雜種！」他晃著羅圈腿從一排宿舍跑到另一排宿舍，傳播勝利的消息。接著他狂嘯一聲，大概是有人在揍他。

掉我那輛還挺新的鳳凰牌自行車。它是我兩年前用一百九十六塊錢買下的，現在應該還值一百塊。一條大街的道邊上排著不少賣服裝和食物的攤子，我沿著攤子走著，問了幾個人，看要不要買我的自行車。沒人感興趣。

終於，在一個水果攤前，我問賣水果的老頭兒要不要。他細瞧它一番，臉上綻開好奇的憨笑。我又飢又渴，盯著桌上那堆杏子，垂涎欲滴，但我強忍著，集中精力賣車。我再問，他搖了搖鬢髮斑白的頭，不斷晃著手中的芭蕉扇，儘管天氣一點也不熱。接著他呵呵笑起來，讓人覺得他有錢，但似乎擔心這貨來路不明。

我一急，便懇求道：「老大爺，行行好吧！我姊姊在天津病得快死了，我得趕緊去那裡。但我沒錢買火車票。來，留下這車子吧。它結實得像頭驢。」

他揮扇趕走了幾隻蒼繩，再一次搖了搖他那砲彈形的頭。

「你以爲我是賊呀？」我催促道。

他瞇起眼睛看我，豎了豎長眉，磨了磨蛀牙。

「你眞以爲我是賊呀？瞧，我是大學研究生。」我從褲袋裡掏出學生證，拿給他看。「看到這個大印章嗎？絕對是眞的。」

他看看學生證上的照片，再望望我。「七十塊。」他淡淡地說，然後用大拇指按著鼻孔，朝地面擤鼻涕。

「加一些杏子吧。」我答道，心想已經沒時間討價還價了。

他咧嘴笑了笑，站起來，用一張草紙折成一個三角袋，再放進一些杏子。「拿去吧。」他說。

我接過果子。他遞給我十二張五塊和十張油膩膩的一塊的票子。我把自行車鑰匙交給他，掉頭就走。

我在只有一間屋的火車站買了去南京的票，我可以在南京轉乘去廣州的快車。我打算偷渡去香港，儘管我對那裡的地形不熟悉，不知道該如何偷渡。我想起一個月前在楊先生的病房裡，報紙上那個女人被鯊魚咬的照片，但它嚇不住我。如果需要，我會嘗試橫渡那個鯊魚出沒的水域。我是游泳好手，幸運的話應該能成功。我會從香港去另一個國家——加拿大，或美國，或澳洲，或東南亞某個有較多人說漢語的地方。

火車還要兩個鐘頭才到。我向東走了約一百米，在一堆舊枕木後面找到一個安靜角落。其中一條舊枕木上嵌著一對鏽釘，釘著一塊鬆動的鋼片。抬起眼，我看見岔線和主軌的枕木都是混凝土做的，所以這些木材做的枕木肯定是廢棄不用了。遠處，兩道亮閃閃的鐵軌蜿蜒而去，消失在一片年輕的楊樹林後。空氣中瀰漫一股強烈的柏油味，是從我背後那些枕木散發出來的。我坐在一塊煤渣磚上，開始吃杏子。杏子大多又青又酸，有兩顆甜的，卻被蟲子蛀了洞。我不斷吸氣齜牙，我知道被占了便宜。那老傢伙一定是故意撿了些不能吃的杏子給我，否則他不會那麼心甘情願。

吃罷水果，我注意到西北面街角有家理髮店，招牌上畫著一把剪刀、一個理髮推子和一鍋熱氣騰騰的水。我劃了一根火柴燒掉學生證，然後站起來，朝理髮店走去。剪掉長髮，我的臉看上去會狹長些。從現在起我將改名換姓。

〈中文版跋〉

一本寫了十多年的小說

哈金

《瘋狂》是我最早動筆的小說，在一九八八年夏天就開始寫了。當時並不清楚要寫成什麼樣子，只是心裡悶得慌，不得不一吐爲快。第一稿寫完時，根本不成樣子；我意識到自己完全沒有能力將它寫好，只得擱下來。第二年初夏，天安門事件發生了，我決定把這種民族的瘋狂也寫進這個故事。這樣一來，這部小說就難上加難了。其實，年復一年我寫過許多遍，直到《等待》和《新郎》出版後，我才眞正覺得有能力來完成這本書。

一九八二年，我在山東大學美國文學研究所讀研究生時，所裡的一位教授突然中風，住進醫院。醫院沒有足夠的護理人員，所以我們幾個研究生就被派去照料他。我在醫院裡只待了兩個下午，因爲不是他的學生。但這兩個下午眞讓我震顫。這位教授平時和藹謙遜，現在卻不停地胡言亂語，但我又弄不清他到底是不是完全喪失理智。他的胡話中攙雜許多眞話和告不得人的悄悄話。這使我想起巴爾札特在《高老頭》裡說過：「我們的心靈是一座寶庫；如果你將其中的財寶都花掉了，你就會毀於一旦。人們不會寬恕一位眞情亂溢的人，正如人們不能容忍一個身無分文的人。」

後來，我一直在想如果一個人丟掉了心靈上的鎖頭，把心裡的祕密全洩漏出來，其後果是不堪設想的。這會對他自己、家人和朋友都有巨大的破壞作用。這個想法常常攪得我心神不安，所以不得不通過寫作使心緒平靜些。

顯然，最初這部小說並沒有多少政治色彩。可是，天安門事件對我的震撼太大了，使我移居美國，改用英文寫作。我心裡的鬱憤實在難平，就決心將這場民族的悲劇和瘋狂融入這部小說中，將歷史的罪惡在文學中存錄下來。這樣，在技巧上這本書就更難了，因爲要同時講三個故事：楊教授的失常，萬堅的憂慮和覺醒，以及天安門廣場上的事情。而且，每一個細節的安排都要考慮到它對別的故事的影響。此外，這部小說沒有線型的戲劇發展，只能靠實實在在的敘述和描寫，很難達到引人入勝。但這種難度也是一種挑戰。

最難寫的是天安門事件的那一章。我研究了許多資料，寫了數段，皆不如意。主要是因爲我本人並沒親身經歷那場屠殺，而且受難者的冤魂也不允許我以見證人的口吻說話。這涉及到作者的道德責任；我們不能在死者的屍體旁指手畫腳。最後，我決定放棄自己的「研究成果」，依靠萬堅的無知來描寫這個事件。萬堅在北京迷了路，連街道的名字都不知道，也不明白爲什麼大家要阻止軍隊進城，但他有自己的眼睛和耳朵，有自己的感受。從這樣一個窄小的角度來寫，能夠做到可信，並且負責任。

這是一本沉重的書，又是一本文氣十足的書。感謝黃燦然先生精細的譯筆給了它一個漢語的聲音。感謝時報出版社給了它新的生機——在中文中找到讀者。

大師名作坊87

瘋狂

作者—哈金
譯者—黃燦然
主編—葉美瑤
編輯—邱淑鈴
董事長
總經理—趙政岷
總編輯—余宜芳
出版者—時報文化出版企業股份有限公司
10803台北市和平西路三段二四〇號三樓
發行專線—（〇二）二三〇六—六八四二
讀者服務專線—〇八〇〇—二三一—七〇五・（〇二）二三〇四—七一〇三
讀者服務傳真—（〇二）二三〇四—六八五八
郵撥—〇一〇三八五四〇時報出版公司
信箱—台北郵政七九～九九信箱
時報悅讀網—http://www.readingtimes.com.tw
電子郵件信箱—liter@readingtimes.com.tw
企畫—陳靜宜
校對—余淑宜、邱淑鈴、黃燦然
印刷—盈昌印刷有限公司
初版一刷—二〇〇四年五月三十一日
初版五刷—二〇一五年二月九日
定價—新台幣二八〇元
⊙行政院新聞局局版北市業字第八〇號

ISBN 978-957-13-4127-4
Printed in Taiwan

國家圖書館出版品預行編目資料

瘋狂／哈金著；黃燦然譯. -- 初版. -- 臺北市：
時報文化, 2004〔民93〕
面：　　公分. --（大師名作坊；87）
譯自：The crazed
ISBN 978-957-13-4127-4（平裝）

874.57　　93008307

請沿虛線摺下裝訂，謝謝！

編號：AA0087	書名：瘋狂
姓名：	性別：＿＿＿＿ 1.男　2.女
出生日期：　年　月　日	e-mail：
＿＿＿＿ 學歷：1.小學　2.國中　3.高中　4.大專　5.研究所（含以上）	
＿＿＿＿ 職業：1.學生　2.公務（含軍警）　3.家管　4.服務　5.金融　6.製造　7.資訊　8.大眾專播　9.自由業　10.農漁牧　11.退休　12.其它	
地址：＿＿＿＿ 縣（市）＿＿＿＿ 鄉鎮區 ＿＿＿＿ 村 ＿＿＿＿ 里 ＿＿ 鄰 ＿＿＿＿ 路（街）＿＿ 段 ＿＿ 巷 ＿＿ 弄 ＿＿ 號 ＿＿ 樓　郵遞區號 ＿＿＿＿＿＿	

（下列資料請以數字填在每題前之空格處）

＿＿＿＿ **您從哪裡得知本書／**
1.書店　2.報紙廣告　3.報紙專欄　4.雜誌廣告　5.親友介紹
6.DM廣告傳單　7.其他 ＿＿＿＿

＿＿＿＿ **您希望我們爲您出版哪一類的作品／**
1.長篇小說　2.中、短篇小說　3.詩　4.戲劇　5.其他 ＿＿＿＿

您對本書的意見／
＿＿＿＿ 內　容／1.滿意　2.尚可　3.應改進
＿＿＿＿ 編　輯／1.滿意　2.尚可　3.應改進
＿＿＿＿ 封面設計／1.滿意　2.尚可　3.應改進
＿＿＿＿ 校　對／1.滿意　2.尚可　3.應改進
＿＿＿＿ 翻　譯／1.滿意　2.尚可　3.應改進
＿＿＿＿ 定　價／1.偏低　2.適中　3.偏高

您的建議／

＿＿＿＿＿＿＿＿＿＿＿＿＿＿＿＿＿＿＿＿
＿＿＿＿＿＿＿＿＿＿＿＿＿＿＿＿＿＿＿＿
＿＿＿＿＿＿＿＿＿＿＿＿＿＿＿＿＿＿＿＿

請沿虛線撕下後對折裝訂寄回，謝謝！

廣告回郵
北區郵政管理局登
記證北台字1500號
免貼郵票

時報出版
CHINA TIMES PUBLISHING COMPANY
尊重智慧與創意的文化事業

地址：108台北市和平西路三段240號3樓
讀者服務專線：0800-231-705．(02)2304-7103
讀者服務傳眞：(02)2304-6858
郵撥：01038540 時報出版公司

請寄回這張服務卡（免貼郵票），您可以——
●隨時收到最新消息。
●參加專為您設計的各項回饋優惠活動。

MASTERPIECE
大師名作坊

世界一流作家名作精粹

寄回本卡，大師名作將優先與您分享